DU MÉME AUTEUR EN ANGLAIS

Notebook Mysteries ~ Decisions and Possibilities (Livre deux)

Notebook Mysteries ~ Changes and Challenges (Livre trois)

Notebook Mysteries ~ Unexpected Outcomes (Liver quatre)

Notebook Mysteries ~ Haunted Christmas (Une nouvelle)

Notebook Mysteries ~ Suspicions (Livre cinq)

Notebook Mysteries ~ Untitled (Livre six, August 2023)

LES CARNETS MYSTÉRIEUX

EMMA

KIMBERLY MULLINS

LES CARNETS MYSTÉRIEUX

Tradut de l'anglais per Diane Garo

JKJ Books, LLC

Les carnets mystérieux ~ Emma

Copyright © JKJ books, LLC 2023

ISBN (ebook): 979-8-9871148-5-8

ISBN (Hardback): 979-8-9871148-6-5

ISBN (Paperback): 979-8-9871148-7-2

Publié par JKJ, Books, LLC.

Couverture: More Visual

PROLOGUE

Par où commencer ? se demanda la narratrice en tapotant ses lèvres.

Par où commencer ? se répéta-t-elle en parcourant la pièce lumineuse du regard, en quête d'inspiration. Pour se lancer dans son projet d'écriture, elle avait choisi les combles de la vieille maison victorienne où elle vivait avec sa famille. Le bâtiment était orienté vers l'est. Les lucarnes de la pièce captaient la lumière vive du matin et baignaient de soleil le bureau où elle était assise. Elle préférait les premières lueurs de l'aube pour travailler sur son livre, car elle aimait la sensation du soleil sur son visage et la paix que cela lui procurait.

La pièce était grande et meublée d'un vieux fauteuil en cuir brun foncé, placé à côté d'un bureau ancien d'un marron plus clair contre le mur est. En face du bureau, il y avait une grande commode blanche avec des poignées en laiton, deux lits jumeaux en fer blanc recouverts d'édredons en patchwork et de couvertures en vieille dentelle. Le sol était blanchi à la chaux et un grand tapis coloré était disposé sous les lits.

C'était un endroit où elle pouvait échapper à l'agitation de la maison. Sa famille était généralement d'humeur enjouée et pouvait être assez bruyante. *La famille*, pensa-t-elle en secouant la tête d'un air exaspéré. *Il faudra que je m'y mette tôt ou tard.*

Elle ôta sa main de ses lèvres et saisit le crayon posé sur le bureau, le faisant rouler distraitement d'avant en arrière, tout en continuant à se concentrer sur son livre.

Un bruit de chaussures montant les marches attira son attention, et sa bouche s'étira en un petit sourire. Elle regarda vers la porte et vit son cher et tendre entrer dans la pièce.

C'était un homme grand et mince – si grand qu'il devait se baisser pour passer la porte du grenier. Il portait son habituel costume brun avec une chemise et un gilet repassés. L'air absent, il avait une boîte marron abîmée sous son bras gauche et (bien sûr) un livre ouvert dans sa main droite.

Il déposa la boîte sur son bureau, la faisant sursauter, puis s'installa dans le fauteuil en cuir le plus proche d'elle. Il se détendit, posa les pieds sur le bord du bureau et continua à lire. Tout cela sans lui adresser le moindre regard, mais cela n'avait rien d'inhabituel.

Il ne leva pas les yeux jusqu'à ce qu'elle tape sur sa chaussure en cuir brun abîmé.

— Par où dois-je commencer ? demanda-t-elle en penchant la tête vers sa feuille de papier et sa machine à écrire.

Le lecteur se demandera peut-être pourquoi la narratrice ne posa aucune question sur la boîte. Le fait est que son cher et tendre était toujours en train de déplacer des choses et de travailler sur des projets ; cela devenait fatigant de demander ce qu'il y avait dans telle ou telle boîte, aussi les ignorait-elle simplement.

Il baissa son livre, écarta une épaisse boucle brune de son front, puis, croisant enfin son regard, il répondit assez brusquement :

— Eh bien, au début, bien sûr. Là où tout a commencé.

Elle jeta un coup d'œil à son bureau, écartant à nouveau la boîte pour pouvoir jeter un coup d'œil à ses notes. *Le début*, pensa-t-elle. Elle réfléchit à la façon dont sa vie d'enquêtrice avait commencé. Une longue carrière, avec des affaires diverses et variées, des hauts et des bas, affectant nécessairement ses proches. Quand elle s'était lancée dans cette nouvelle vie, elle ignorait qu'elle en arriverait là et qu'elle en viendrait à écrire un livre, mais elle n'aurait échangé sa situation pour rien au monde.

— Mais... et pour les détails ? Comment se souvenir de tout ? s'inquiéta-t-elle.

Cette fois, son cher et tendre ne leva pas les yeux de son livre quand il répondit :

— Regarde dans la boîte. Il y a peut-être quelque chose là-dedans qui pourrait t'aider.

Elle ne remarqua pas l'étincelle dans ses yeux, car il gardait la tête résolument baissée sur son livre.

Elle lui lança un regard suspicieux, se leva et écarta le couvercle. Elle comprit ce que contenait la boîte presque immédiatement et fit tomber la lourde chaise de bureau en s'approchant. Elle eut un grand sourire. En le regardant, elle demanda :

— Où as-tu trouvé ces carnets ?

Il leva les yeux et, avec un sourire, répondit :

— Je les ai fait mettre de côté. J'ai pensé que tu voudrais peut-être t'y replonger un jour.

Ses yeux se remplirent de larmes alors que les souvenirs commençaient à affluer. Elle chassa ses larmes et, en respirant profondément, commença à sortir les objets de la boîte. Elle retira carnet après carnet, et fut surprise par leur nombre. Il s'agissait de petits livres noirs aux pages bien remplies qui se glissaient facilement dans la poche. Ils regorgeaient d'années d'informations, détaillant la vie d'une aventurière.

— Il y en a tellement, murmura-t-elle. Tant d'aventures.

Son cher et tendre hocha la tête en silence.

— Une vie bien remplie, c'est certain.

Il lui avait suggéré le début. *Je pourrais aussi bien commencer par là*, pensa-t-elle. Elle fouilla pour trouver le plus vieux carnet et la plus ancienne affaire. Le cuir noir s'effrita légèrement lorsqu'elle le manipula, mais les feuilles à l'intérieur n'avaient pas été endommagées.

Elle en prit une dans sa main.

— Je vais l'appeler Affaire 1 – Le Bureau.

Il l'interrompit à nouveau pour dire :

— Mon amour, il y a une autre affaire dont tu devrais parler, une affaire très importante, lui rappela-t-il. Tu devrais probablement commencer par là.

Elle savait à quoi il faisait référence et finit par acquiescer d'un signe de tête.

— Oui, tu as raison. Je devrais commencer par là.

Elle commença à trier les carnets par date. Mais elle savait que cette affaire, elle aurait quasiment pu la raconter de mémoire. Elle ouvrit le premier carnet et vit le titre. Elle prit son crayon pour commencer le travail.

CHAPITRE I
CHICAGO, 1871 – FIN DE SOIRÉE

— Réveillez-vous, Dora, Emma, fit leur père en leur tapotant l'épaule.

Il s'approcha pour allumer la lampe à gaz au-dessus de la table d'appoint.

Les deux filles dormaient depuis des heures et étaient groggy.

Dora ouvrit les yeux en bâillant et vit son père debout au-dessus d'elles. Elle sut tout de suite que quelque chose clochait.

— Papa ? Qu'est-ce qui ne va pas ?

Emma se réveilla, frotta ses yeux ensommeillés, puis resta silencieuse, tous ses sens en alerte, attendant d'entendre la réponse de son père à la question de Dora.

— L'heure n'est pas aux questions. Habillez-vous, leur intima-t-il en remettant leurs vêtements à ses filles et en s'asseyant sur le bord du lit.

Elles s'approchèrent de leur père et s'empressèrent d'enfiler leurs robes sur leurs chemises de nuit.

Il s'agenouilla devant elles pour les aider avec leurs boutons.

Elles observèrent leur père en silence et remarquèrent que ses mains tremblaient. Ses mains ne tremblaient jamais. Emma prit la main de Dora. Elles se serrèrent fort, demeurant silencieuses, attendant les ordres de leur père. Dora et sa sœur étaient des petites filles de 8 et 6 ans. Elles faisaient tout ce que leur père bien-aimé leur demandait.

La maison était sombre et silencieuse. Se tenant par la main, les fillettes suivirent leur père dans l'escalier menant au rez-de-chaussée. En se rapprochant de la porte d'entrée, elles prirent conscience du bruit à l'extérieur.

Leur père se tourna vers elles et s'accroupit devant elles, prenant leurs petites mains dans les siennes. Il leur chuchota :

— Écoutez-moi bien, les filles. Il se passe quelque chose dehors. Nous allons sortir, mais j'ai besoin que vous restiez sur le perron et que vous soyez aussi silencieuses que possible. C'est d'accord ?

Il n'attendit pas de réponse et leur tendit leurs chaussures.

— Dora, mets les tiennes et aide ta sœur à enfiler les siennes.

— Oui, papa, répondit Dora en s'asseyant pour s'occuper de leurs chaussures.

Alors qu'elles attendaient que leur père les fasse sortir, Dora ne put s'empêcher de demander :

— Papa, que se passe-t-il ?

Elle regarda dans le hall, sentant que quelque chose ou quelqu'un manquait, et réalisa soudain que sa mère n'était pas là.

— Papa, où est maman ?

Sa sœur continua à la laisser parler pour elle tandis qu'elle lui tenait la main.

Leur père, ne voulant pas répondre à une question dont il ignorait la réponse, resta silencieux pendant un long moment. Il se leva sans rien dire et se dirigea vers la porte. Il ne pouvait se résoudre à l'ouvrir ; il sentait que ce geste le forcerait à admettre que ce qu'il redoutait s'était produit. Tendant la main avec hésitation vers la poignée de la porte en laiton, il l'ouvrit finalement. Il se retourna vers les filles, prit leurs mains dans les siennes et les conduisit sur le perron. Elles restèrent ensemble, se tenant la main, Dora s'appuyant sur la jambe de leur père.

Le chaos les accueillit. Leurs sens furent submergés par les bruits de détresse provenant des voisins, des amis et de la famille dispersés dans la rue. Une odeur de fumée flottait dans l'air et le désordre général conférait un aspect presque surréaliste à la nuit. On aurait dit que tous les voisins étaient sortis précipitamment de chez eux. La plupart étaient encore en pyjama. Si la scène n'avait pas été aussi effrayante, elle aurait pu prêter à rire. Même Mr Smith, le prédicateur local, d'ordinaire très digne et sans un cheveu de travers, était dans la rue en longue robe de chambre, coiffé d'un bonnet qui peinait à contenir ses cheveux noirs.

Les gens continuaient à affluer dans les rues depuis les maisons environnantes.

— Au feu ! s'écria quelqu'un.

— Le feu nous aura tous ! répétait la foule qui s'était formée.

Les gens pouvaient sentir la fumée et voir les flammes alors que le feu se propageait dans la ville et au-dessus des bâtiments. Le brasier se trouvait en réalité à une plus grande distance de leur quartier qu'il n'y paraissait, mais les habitants, paniqués, ne le réalisaient pas.

Dora, incertaine de la suite, s'assit sur la dernière marche du perron et commença à pleurer devant cette confusion en murmurant :

— Je veux maman.

Sa sœur restait à côté d'elle, lui tapotant tranquillement la tête, encaissant silencieusement toute cette pagaille.

Leur père, qui n'avait pas bougé du perron depuis qu'ils étaient sortis de la maison, parut chasser le sentiment de malaise qui le tenaillait. Il reprit ses esprits et s'adressa à la foule d'une voix forte :

— Amis, voisins, famille, clama-t-il en adressant un signe de tête à chaque groupe.

Il poursuivit d'un ton calme, mais sévère :

— Le vent ne semble pas pousser le feu dans notre direction. Nous devons rester calmes et surveiller tout changement du vent. Les personnes avec des enfants en bas âge sont priées de rentrer chez elles. Quant à ceux qui sont en mesure d'aider, nous devons commencer à former des groupes pour mettre à l'abri les survivants et trouver de la nourriture. Si vous pouvez nous aider, rejoignez-moi près de mon perron.

Cette déclaration et son apparente assurance calmèrent la foule. Cela donnait un objectif aux gens. Les groupes commencèrent à se disperser et les familles avec de jeunes enfants rentrèrent chez elles. Lorsque les volontaires s'approchèrent du perron pour aider, leur père désigna des chefs de groupe et leur demanda de compiler des listes de nourriture, de ressources et d'abris disponibles.

Le père se dirigea vers l'endroit où ses filles étaient toujours assises. Il s'installa entre elles, les serrant contre lui, et leur expliqua doucement :

— Vous devriez aller vous reposer chez votre oncle Hans.

Dora leva les yeux de la poitrine de son père, les yeux pleins de larmes, et demanda une dernière fois :

— Papa, où est maman ?

Il ne pouvait mentir à ses filles, et cette fois, il n'éluda pas la question.

— Elle a peut-être été piégée par l'incendie à la boulangerie. Nous n'en savons pas plus, avoua-t-il en essayant de tenir bon pour ses filles.

Emma observa son visage et parut satisfaite. Les yeux de Dora menaçaient de déborder de larmes, mais elle les retint.

— D'accord, papa, allons chez oncle Hans.

Leur père fit signe à Frederick de venir les chercher. Frederick était le fils aîné de Hans et le plus vieux cousin de la famille. C'était un jeune homme très beau, mince, aux cheveux bruns épais et au sourire ravissant. Leur père fut heureux de voir qu'il arrachait déjà des sourires à ses jeunes cousines alors qu'il les emmenait chez lui pour qu'elles se reposent.

Les oncles, Hans, Paul, Ernst et Otto, demandèrent au père d'envoyer un petit groupe de deux personnes dans le quartier de la boulangerie de leur mère. Le père accepta et entreprit d'enfiler sa veste pour partir avec eux. Otto l'arrêta, posa une main sur son bras et soutint avec un accent allemand grondant :

— Ellis, il est préférable pour Dora et sa sœur que tu restes là.

Hans acquiesça et ajouta :

— De plus, le voisinage va te demander conseil.

Ellis voulut rétorquer quelque chose, mais il regarda autour de lui les gens encore dans les rues, puis son regard se dirigea vers la maison de Hans. Il savait qu'ils avaient raison, et il accepta à contrecœur d'attendre. Ils décidèrent que Paul et Otto se dirigeraient vers le quartier de la boulangerie et, avec un peu de chance, retrouveraient la mère des fillettes.

*
**

Les deux frères revinrent des heures plus tard. Ils étaient en sueur et couverts de suie. Les deux autres, restés derrière, accoururent avec de l'eau et des chiffons mouillés. Les quatre frères se serrèrent dans leurs bras, heureux d'être à nouveau ensemble.

Paul et Otto acceptèrent volontiers l'eau et les chiffons ; la nuit était chaude et le feu l'avait rendue presque insupportable. Otto soupira, sachant qu'il ne pouvait pas attendre plus longtemps, et lança :

— Allons trouver Ellis.

Les frères hochèrent la tête et allèrent chercher le père.

Ce dernier dirigeait les survivants vers les abris établis lorsqu'il repéra les quatre frères qui venaient vers lui. Il s'empressa d'aller à leur rencontre.

Le premier à prendre la parole fut Otto. Il regarda Ellis droit dans les yeux.

— Ellis, la zone grouille de gens qui évacuent. Paul et moi n'avons pas pu passer, et les Pinkertons nous ont dit que l'incendie ne s'arrêterait pas de sitôt.

Cette déclaration parut les toucher autant qu'Ellis. Tête baissée, les hommes semblaient vaincus.

— Il y a encore une chance, chuchota Ellis d'une voix brisée, une chance qu'elle fasse partie des évacués ou les blessés.

Tout en parlant, il jeta un coup d'œil à la rue plongée dans les ténèbres.

Les hommes se regardèrent et secouèrent la tête. Paul et Otto s'étaient approchés suffisamment près de la zone pour déterminer que le feu avait fait des ravages et qu'il ne devait pas y avoir beaucoup de survivants.

Ellis refusait d'accepter que sa femme ait pu leur être enlevée. Regardant dans la direction de la boulangerie, il plissa les yeux, essayant de voir plus loin. Une silhouette familière s'approchait de lui. Il secoua la tête pour chasser cette image.

— Non, fit-il.

Il regarda à nouveau. Elle était toujours là. Il se mit à sourire et s'éloigna d'eux en courant. Hans voulut le suivre, mais Otto lança :

— Non, laisse-le.

Les frères le regardèrent sans intervenir.

Il continuait à courir vers son image, mais plus il s'approchait, plus elle devenait transparente. Finalement, alors qu'il ralentissait, il vit qu'elle souriait d'un air triste et lui faisait signe. Son image disparut dans la nuit avant qu'il ne puisse l'atteindre. À ce moment-là, il sut que c'était sa femme qui lui faisait un dernier adieu. Le chagrin l'envahit et il tomba à genoux en pleurant.

Les frères s'approchèrent de lui, le relevèrent et le prirent dans leurs bras. Ellis laissa ses émotions prendre le dessus pendant quelques instants et pleura sur l'épaule d'Otto. Les hommes observaient la scène, des larmes roulant sur leurs visages.

Quand Ellis se calma, il se retourna vers la maison de Hans.

— Les filles, dit-il.

Il se redressa et s'éloigna d'Otto.

— Je dois être là pour elles.

Les frères acquiescèrent et lui tapotèrent l'épaule, puis se frottèrent les yeux.

Les heures passèrent. L'incendie s'éteignait lentement, mais aucune trace de sa femme. Elle commençait généralement à 3 heures du matin, mais était allée travailler plus tôt pour préparer une commande spéciale pour le lendemain matin. Le dessert traditionnel allemand pour laquelle elle était célèbre – des poires pochées à l'Asbach Uralt avec mousse au quark pamplemousse-citron et feuilles de chocolat – nécessitait des heures de préparation et de cuisson.

Ellis n'arrêtait pas de marmonner :

— Ce dessert... si elle n'avait pas eu besoin d'aller travailler si tôt, elle serait encore en vie.

Dora et Emma entendirent ses commentaires cette nuit-là. Ce souvenir ne les quitterait pas.

On était en 1871 et il n'était pas loin de minuit. Les nouvelles filtrèrent lentement pendant le reste de la nuit, informant les gens des pertes humaines et matérielles. L'incendie s'était rapidement propagé dans le quartier de Chicago où se trouvait la boulangerie. Il avait été particulièrement rapide et destructeur, les matériaux de construction étant principalement du bois recouvert de toits en goudron ou en bardeaux hautement inflammables. La récente sécheresse avait également contribué à ce que la ville brûle pendant trois longs jours. Face aux braises qui volaient, les résidents avaient peur de tout perdre.

L'incendie finit par détruire environ 9 kilomètres carrés, tuant 300 personnes et faisant 100 000 sans-abris. De nombreux sans domicile trouvèrent refuge dans des parties de la ville où le feu n'avait pas pris.

Leurs craintes s'étaient réalisées ; leur mère faisait partie des 300 personnes qui avaient péri dans l'incendie. Les filles restèrent avec leurs tantes, leurs oncles et leurs cousins pendant que leur père et les quatre frères de leur mère se frayaient un chemin à travers les barricades mises en place par les Pinkertons pour protéger les habitants de la ville encore en feu.

Ils avaient mouillé des couvertures dans des abreuvoirs à chevaux et les avaient drapées sur leurs épaules. Ils purent se frayer un chemin à travers les bâtiments en flammes pour atteindre la boulangerie de la mère. Les hommes ne prêtèrent guère attention à la destruction totale du quartier ; ils avaient un but : retrouver la mère des fillettes.

En entrant dans ce qu'il restait de l'ancienne boulangerie, ils constatèrent que la partie avant, consacrée aux clients, n'avait pas survécu à l'incendie. Les murs avaient disparu, les meubles n'étaient plus que des décombres noirs. Ils entrèrent dans la cuisine et furent surpris de la trouver en grande partie intacte grâce aux murs en pierre et au sol en ciment sur lesquels le père avait insisté. *Mais cela n'a quand même pas suffi à la protéger,* pensa Ellis. *Ce n'était pas suffisant, j'aurais dû mieux faire.*

Ce fut Hans qui aperçut le premier ses cheveux blonds.

— Par ici ! Elle est là ! s'écria-t-il.

Chose surprenante : elle n'avait pas été brûlée du tout. Pendant un moment, les frères eurent l'espoir qu'elle soit encore en vie. Mais Ellis savait que ce n'était pas le cas.

Lors de visites ultérieures, il établirait les problèmes structurels qui avaient conduit à la mort de sa femme. Pour l'heure, ses seules pensées étaient de la retrouver. Elle était coincée sous une grande poutre de soutien qui était tombée du plafond de la cuisine. Il chassa l'émotion et s'activa toute la matinée avec ses beaux-frères pour extraire son corps.

Aucun d'entre eux ne pipa mot tandis qu'ils s'affairaient à la libérer. Les hommes se brûlèrent les mains en retirant la poutre, mais ils n'en avaient que faire. Une fois son corps découvert, ils prièrent en silence avant de la déplacer. Ils la recouvrirent d'un drap blanc, se signèrent, murmurèrent une dernière prière et la ramenèrent chez elle.

La police fut informée, mais il n'y eut pas d'enquête. La cause de la mort était considérée comme accidentelle en raison de l'incendie.

De plus, un membre du personnel était absent. C'était un

aide de cuisine qui était toujours aux côtés de leur mère. En l'absence de corps, la police le présuma mort.

Il n'y avait pas le temps de faire son deuil. Il fallait tout nettoyer et reconstruire. Ellis s'assit pour expliquer à Emma et Dora ce qui était arrivé à leur mère. Ils tentaient de s'occuper du mieux qu'ils pouvaient. Dora paraissait être la plus affectée par ce tragique événement. Ellis l'entendait pleurer la nuit. Il fit ce qu'il put pour aider ses filles, tout en pensant que si Mary n'avait pas eu cette commande spéciale, elle aurait été en sécurité avec eux.

Emma, Dora et leur père furent entourés par la famille de leur mère, ses amis et ses clients lors des funérailles. Tout le monde portait du noir et tentait d'aller de l'avant. Ce fut une période sombre et sinistre de l'histoire de Chicago.

Le temps finit par guérir les blessures et la vie reprit son cours. La famille convint que Frederick, surnommé « Cousin », avait la volonté et le talent pour reprendre la boulangerie. La famille apporta main-d'œuvre et matériaux, et donna de son temps pour relancer le commerce. Ils renommèrent la boutique « La Boulangerie de Cousin » avec l'approbation d'Ellis.

Jusqu'à ce que la boulangerie soit à nouveau fonctionnelle, Cousin et d'autres membres de la famille travaillèrent depuis la cuisine de la maison de Dora et Emma. Ils pouvaient ainsi surveiller les filles, garder la famille unie et la boulangerie en activité. La mère de Dora et d'Emma avait déjà commencé à les former. Elles purent donc aider leur cousin tout en continuant à apprendre.

Le nettoyage commença, tout comme les plans de reconstruction de la ville. Chicago se relèverait alors même que ses briques étaient encore fumantes ; rien ne retiendrait la population.

Ellis, ingénieur en structure de métier, enquêterait également sur l'incendie. Il aiderait à déterminer que les codes de construction faisaient partie des causes du drame, ainsi que le manque de réserves d'eau en cas d'incendies. Il serait à l'avant-garde des nouveaux codes et des nouvelles normes de construction, et serait sollicité par d'autres villes pour les aider à rénover leurs structures.

Chicago renaîtrait rapidement de ses cendres et repartirait sur des bases plus solides.

CHAPITRE 2
CHICAGO 1881 – AUJOURD'HUI

Il observait sa fenêtre, située au deuxième étage de la maison, attendant que la lampe s'allume et lui indique qu'Emma s'était levée. Il restait tapi dans l'ombre à guetter cette lueur.

*
**

Emma se réveilla tôt ce matin-là, bien avant que le soleil ne commence sa course matinale dans le ciel. Elle s'étira et bâilla largement avant d'écarter les couvertures. Elle resta allongée un moment avant de se redresser. Elle se leva et grimaça lorsque ses pieds touchèrent le parquet. C'était le début du printemps à Chicago, et les matins pouvaient encore être froids. Elle alluma la lampe à gaz sur sa table de chevet, illuminant la pièce. Sa chemise de nuit était chaude, mais ne protégeait pas ses pieds du froid. Assise sur le lit, elle enfila de grosses chaussettes en laine qu'elle gardait sur sa table de nuit. Elle traversa la pièce au pas de course pour mettre du bois dans la cheminée. Une fois qu'il fut allumé, elle resta là un moment,

16

profitant de la chaleur rayonnante, se frottant les mains et pensant à sa journée à venir.

Quand elle fut un peu réchauffée, elle fit ses ablutions matinales, en utilisant la bassine et le pichet situés dans sa chambre. Elle passa rapidement aux toilettes, au bout du couloir, et revint pour enfiler son uniforme de boulangère. Elle troqua ses chaussettes de laine contre de longs bas noirs, restant aussi près que possible de la cheminée pendant qu'elle s'habillait.

Elle prit ensuite un moment pour se regarder dans le grand miroir sur pied. Elle avait apporté quelques modifications à l'uniforme blanc de base exigé par son cousin. La plupart des boulangères portaient de longues jupes blanches qui couvraient leurs bottes. Emma avait transformé sa jupe ample en jupe fendue et l'avait raccourcie de façon à ce que l'ourlet touche juste le haut de ses longues bottes noires. Le haut de l'uniforme consistait en une chemise blanche boutonnée avec des manches bouffantes et comprenait des boutons supplémentaires pour attacher un tablier. Elle apportait son tablier et sa toque avec elle à la boulangerie. Emma choquait généralement les gens par son approche avant-gardiste de la mode, mais elle n'en avait que faire. Personne n'aurait pu la pousser à changer de style. Elle se considérait comme une jeune femme de 16 ans indépendante, qui refusait de suivre les règles de la mode à la lettre.

Finissant de se préparer, elle attacha ses cheveux blond clair sur sa tête en une queue de cheval haute et percha son chapeau rouge sur le dessus. Elle inséra soigneusement son épingle à chapeau, attrapa son sac et descendit tranquillement les escaliers dans la pénombre de la maison. *C'est toujours étrange à quel point une maison peut changer lorsque les voix qui font normalement trembler les chevrons se taisent.* Elle marqua une pause pendant un moment. *Je crois que je préfère le bruit.* Elle sourit et continua vers la cuisine.

Elle poussa la porte battante et trouva son petit-déjeuner sur la grande table ronde en chêne. Une note l'accompagnait. *Ma sœur, n'oublie pas ton déjeuner et pense à petit-déjeuner. Je t'aime.* Dora l'appelait toujours Emma ou « ma sœur ».

Elle veillait toujours à lui préparer des fruits, du pain et un sac de pâtisseries. Emma prit du beurre dans la glacière et tartina sa tranche de pain, qu'elle avait déjà engloutie lorsqu'elle enfila son manteau rouge et quitta la maison. Elle avait quelques kilomètres à parcourir pour se rendre à la boulangerie ce matin-là.

Tout en marchant, elle termina son petit-déjeuner et sortit son fidèle carnet noir et son stylo. Elle notait ses observations en marchant. *Il fait froid, les rues de la ville sont sombres, et les familles ne sont pas encore de sortie.*

Sa silhouette blanche brillait dans la nuit alors qu'elle se déplaçait dans les rues. La lune était pleine et illuminait le chemin. Emma ne remarqua pas la silhouette qui l'accompagnait jusqu'à la boulangerie.

*
**

L'observateur, tapi dans l'ombre, en était bien conscient : l'œil avisé d'Emma lui compliquait la tâche. Il devait garder une bonne distance entre eux, pour qu'elle ne détecte pas sa présence. Il sursauta en voyant quelqu'un s'approcher d'elle. Mais il s'effaça en réalisant que c'était Tony, le garçon qui lui tournait toujours autour. Il ne la lâchait pas d'une semelle, surtout le matin.

*
**

Comme d'habitude, elle sentit plus qu'elle ne vit Tony prendre son bras droit. Elle lui jeta un coup d'œil, lui sourit et le taquina :

— Tu n'as rien de mieux à faire que de m'accompagner à la boulangerie les jours où je travaille ?

— Non, je dois y aller de toute façon, et tu es sur ma route, lança-t-il d'un ton guilleret.

Emma savait que c'était faux. Tony vivait près de la boulangerie et devait marcher davantage pour la rejoindre le matin. Elle ne le lui rappela pas. Au lieu de cela, elle lui tendit distraitement une pomme et une brioche laissées par Dora.

Il accepta l'offrande et sourit en prenant une bouchée. *Lentement, mais sûrement, elle s'habitue à moi. Ma prochaine étape est de l'inviter à danser. J'ai une vision claire de mon avenir et de celui d'Emma. Elle ne le sait simplement pas encore*, pensa-t-il.

Ils marchèrent ensemble, profitant du calme du petit matin et de leur compagnie mutuelle.

— Alors, quel est le programme aujourd'hui ? Même si je pense connaître au moins une des réponses, plaisanta Emma.

— Des livraisons. Pour la boulangerie ce matin et j'ai différentes missions de coursier cet après-midi.

— Et... ? fit-elle en l'encourageant.

— Et le musée, ajouta-t-il. Ils ont des expositions incroyables cette semaine. Je t'ai dit que le conservateur m'avait demandé mon avis sur certaines des nouvelles peintures ?

— Vraiment, Tony ? C'est merveilleux.

Emma savait que Tony adorait le musée. Il y traînait toujours quand il n'était pas à la bibliothèque en train de consulter des livres d'art. Son objectif était d'y travailler un jour.

— Et tes projets à toi ? demanda Tony.

— J'ai peur qu'ils ne soient pas aussi excitants que les

tiens. Je suis sûre que ça impliquera des petits pains de seigle, des tartes et peut-être des desserts spéciaux.

Elle soupira, résignée.

Emma travaillait plusieurs matins par semaine dans la boulangerie familiale. Il s'agissait de la même boulangerie que sa mère avait ouverte lorsqu'elle avait émigré d'Allemagne, située dans le quartier commerçant. *Mais si Cousin arrive à ses fins, il y aura des boutiques dans tout Chicago*, pensa Emma.

La boulangerie de sa mère avait été fortement endommagée lors de l'incendie de 1871 et avait dû être reconstruite. Lorsque ses oncles avaient inspecté la boulangerie endommagée avec son père, ils avaient réalisé que de nombreux commerces autour n'ouvriraient plus. Sa famille avait mis en commun ses ressources pour agrandir le local et s'était développée pour devenir l'une des plus grandes boulangeries de la région.

Son père n'était pas impliqué dans la gestion quotidienne de la boulangerie, mais il avait été présent à chaque étape de la reconstruction. Il s'était assuré qu'ils respectent des normes strictes afin que la cuisine mais aussi l'ensemble du bâtiment survive au prochain incendie. Il s'était également intéressé de près à l'ancrage des poutres de soutien et aux types de matériaux utilisés. Son objectif était d'éviter tout autre drame comme celui qui avait tué leur mère.

Le jour de l'ouverture de la nouvelle boulangerie, une plaque avait été mise en place sur laquelle on pouvait lire : *Boulangerie Mary Evans, fondée en 1861.* Son père avait juré que cette boulangerie resterait debout et qu'on se souviendrait de sa mère. Toute la famille était présente lorsqu'on avait dévoilé la plaque. Emma et Dora étaient très fières de ce que leur mère avait entrepris.

Leur famille était convaincue que la boulangerie les souderait et serait une extension d'eux-mêmes. Toute la famille contribuait à son fonctionnement, de la cuisson au nettoyage et à la comptabilité. Tous les enfants devaient consacrer du temps à aider et à apprendre le métier. Ils ne deviendraient pas tous boulangers, mais auraient le sens du labeur et de l'entreprise familiale.

Alors qu'Emma et Tony s'approchaient de la porte, Tony s'arrêta pour discuter avec les autres livreurs et Emma entra pour commencer sa journée de travail.

*
**

L'observateur resta dans l'ombre jusqu'à ce qu'elle quitte son champ de vision. Il connaissait son emploi du temps et serait de retour à l'heure de son départ.

*
**

Lorsqu'elle ouvrit la porte arrière et entra dans la cuisine, elle fut accueillie par l'odeur du pain et des autres pâtisseries qui doraient au four. Elle adorait ça. Des souvenirs de sa mère l'inondèrent. Elle fut rapidement tirée de ses pensées, car tout le monde s'exaspérait du courant d'air qui entrait dans la pièce. Poussant la lourde porte avec son épaule, elle se dirigea vers son poste de travail. Sa liste de tâches l'attendait. Elle la prit et commença à la lire. *Du pain de seigle, bien sûr,* pensa-t-elle en roulant des yeux tout en continuant à parcourir la liste.

L'agitation régnait dans la cuisine. Tout le monde arrivait et prenait place à son poste pour la journée. Il s'agissait d'une grande pièce contenant une rangée de sept fours contre le mur du fond et des tables de travail individuelles alignées en rangées de 3x2. La salle était déjà pleine de boulangers, et les fours conféraient une chaleur bienvenue à la pièce.

Des bonjours retentissaient de tous côtés, et elle salua ses collègues. Elle enleva son manteau et son chapeau, et boutonna son tablier, l'attachant à l'arrière. Alors qu'elle enfilait sa toque, elle remarqua qu'il était 4 h 15 – l'heure de commencer sa journée. Après avoir accroché son chapeau et son manteau, elle jeta un nouveau coup d'œil à sa liste, puis rassembla les ingrédients pour la pâte qui servirait à faire les pâtisseries, les fonds de tarte et le pain de seigle. Elle les plaça pêle-mêle sur son poste de travail et commença à les séparer pour sa première commande de la journée.

Elle commença par le pain de seigle et se mit à rouler la pâte pour les brioches et les pains, en faisant la conversation avec les autres boulangers. Travailler la pâte lui faisait penser à une citation qu'elle avait lue dans *Early American Cookery, The Good Housekeeper, 1841*. L'auteur disait : « Trois ingrédients doivent être réunis pour faire du bon pain : la qualité de la levure, la légèreté ou la fermentation de la pâte, et la chaleur du four. Aucune règle précise ne permet de vérifier ces points. Il faut savoir observer, réfléchir et juger rapidement quand tout est bon. La femme qui a toujours du bon pain fait maison sur la table montre qu'elle a du bon sens et fait preuve d'une bonne gestion. »

Ce qu'Emma avait toujours retenu de cette citation, c'était « observer, réfléchir et juger rapidement ». Cela définissait sa façon de voir la vie.

Au fil du temps, il était devenu plus facile de faire du pain. *La levure, quelle merveille,* pensa-t-elle. Elle avait été inventée en 1868 par les frères Fleischmann. La levure chimique, quant à elle, avait vu le jour en 1869 ; permettant de faire lever la pâte sans levain. En 1873, la farine avait été améliorée grâce à un moulin à farine qui séparait efficacement le germe et le son du blé de l'endosperme blanc, facilitant ainsi la fabrication des gâteaux et des tartes.

Chaque jour, à l'heure du déjeuner, les petits pains de

seigle étaient systématiquement victimes de leur succès. Dans de plus en plus de foyers, les deux membres du couple travaillaient désormais, et les ménages devaient acheter le pain au lieu de le préparer.

— Comment vas-tu aujourd'hui, Emma ? demanda Chloé, l'une des rares employées qui n'étaient pas une cousine ou un membre de la famille.

Chloé arrivait à un âge où elle devait décider entre continuer à travailler à la boulangerie ou se marier. Elle avait des projets à long terme permettant d'allier les deux. Elle jeta un long regard en coin au cousin d'Emma.

—Je vais bien, répondit Emma.

Alors qu'elle continuait à préparer ses petits pains, elle remarqua que les yeux de Chloé dérivaient de temps à autre vers son cousin. Emma sourit et continua à travailler.

La boulangerie était un endroit joyeux, débordant de ragots sur le quartier, la famille et toutes sortes de choses. Emma tenait à se souvenir de ce qui se disait pour le partager avec Dora plus tard.

Son cousin racontait son week-end tout en travaillant son pain.

— ... c'est une jolie fille et nous avons passé un bon moment. Je lui demanderai peut-être à nouveau de sortir avec moi.

Son cousin était grand, avec de larges épaules, d'épais cheveux bruns et des yeux gris. Ses deux parents étaient venus d'Allemagne.

Deux des cousines d'Emma, qui travaillaient près de lui, échangèrent un sourire, sachant qu'il aimait papillonner et ne pensait à rien d'autre que la boulangerie. Il finirait par se marier, mais il faudrait attendre un certain temps avant qu'il ne trouve comment combiner boulangerie et vie de famille. Il avait des projets pour faire grandir cette entreprise et il ne voulait pas être ralenti par quoi que ce soit ou qui que ce soit.

Les conversations se poursuivaient au gré des préparations. Le pain et les tartes sortaient des fours et les étagères étaient remplies pour les livraisons du matin et le coup de feu du petit-déjeuner.

Emma était particulièrement intéressée par les livreurs qui arrivaient chaque matin. Elle les regardait s'agglutiner en passant par la porte arrière. Ils se présentaient aux premières heures du jour, alors que le soleil se levait à peine, pour prendre des commandes de pain, de gâteaux, de tartes et d'autres desserts, prêts à être livrés le jour même. Tony arrivait à la boulangerie plus tôt que les autres livreurs parce qu'il accompagnait Emma. Il attendait généralement son ami Tim avant d'entrer dans la cuisine.

Alors qu'ils pénétraient ensemble dans la boulangerie, Tony la chercha de ses yeux marron foncé. Il lui offrit un large sourire et inclina son chapeau melon vers elle. Elle hocha la tête en retour et lui adressa un sourire similaire. Tim lui fit un signe de la main distrait et se dirigea vers les boîtes de gâteaux, les tartes et le pain.

Les livreurs étaient généralement vêtus de pantalons longs, de chemises et de vestes amples. Les chapeaux qu'ils portaient étaient de différents types, des chapeaux de feutre souples descendus sur les yeux aux chapeaux melons plus habillés. Ils grommelaient en récupérant leurs livraisons. Le cousin d'Emma offrait à chacun une boule de Berlin et un sourire pour qu'ils déguerpissent.

Emma en connaissait beaucoup, mais elle avait grandi avec Tony et Tim. Tony Marella était italien et avait des cheveux châtain clair raides, des yeux marron foncé et une frêle carrure. Il était sûr de devenir un jour un homme d'affaires et de rendre sa famille fière. Tony avait une famille adorable avec un père, une mère et trois frères. Son père possédait une entreprise de plomberie avec deux de ses frères. Leur activité consistait principalement à créer des conduites de gaz et d'eau.

Tim Flannigan était calme et aussi grand qu'un chêne. Il faisait trente bons centimètres de plus que Tony, et ses bras dépassaient de ses manches. Il avait des cheveux roux épais et des yeux bleus. Un vrai Irlandais. Tim vivait avec son oncle et sa tante ; ses parents avaient péri dans l'incendie de 1871. Il avait eu la vie sauve parce qu'il dormait chez des amis la nuit de l'incendie. Plus âgé que Tony et Emma de quelques années, il suivait déjà des cours du soir pour obtenir son diplôme de comptabilité.

Avant que son oncle et sa tante ne déménagent à Chicago pour s'occuper de lui, Tim avait vécu à la pension pendant un certain temps après l'incendie. Tony venait rendre visite à Emma et Dora tous les jours. Ils étaient devenus des amis très proches à cette époque. Les garçons avaient également commencé à suivre des cours de mathématiques et d'ingénierie avec Emma et son père. Chacun d'entre eux excellait dans ses études.

Emma regarda avec nostalgie les chariots garés devant la boulangerie. Elle enviait la liberté qu'avaient les garçons de quitter la boutique et de courir dans les rues de Chicago pour faire des livraisons et vivre des aventures. Ils semblaient toujours s'amuser beaucoup plus qu'elle.

Tim croisa son regard et la fixa d'un air pensif. Il secoua la tête comme pour s'éclaircir l'esprit. *Je vais devoir réfléchir à la manière de procéder*, marmonna-t-il pensivement.

— Emma, fit son cousin brusquement, mais avec un léger sourire. Arrête de rêvasser et enfourne-moi ces tartes.

Cela tira Emma et Tim de leurs pensées.

— Oui, Cousin, répondit Emma en s'exécutant immédiatement.

Elle termina les petits pains et passa à la préparation finale des tartes. En découpant le surplus de pâte sur le bord, elle ajouta une tresse décorative complexe. Elle les passa à l'œuf pour les faire dorer avant de les mettre au four. La prochaine pâtisserie sur sa liste était les soufflés aux amandes et aux cerises avec une sauce au chocolat chaud.

— Emma, lança son cousin. J'ai un changement sur ta liste.

— Un changement ? demanda-t-elle en se figeant.

Elle avait déjà à la main les ingrédients pour la prochaine préparation de sa liste.

— Oui, fit son cousin. On nous a commandé la spécialité de ta mère, les poires pochées à l'Asbach Uralt avec mousse au quark pamplemousse-citron et feuilles de chocolat. C'est une commande pour cette semaine. On l'ajoutera à ta liste. Laisse-moi la liste des ingrédients dont tu auras besoin.

— D'accord, répondit-elle.

En son for intérieur, elle pensa : *C'est étrange. Maman était réputée pour ce dessert, mais personne hormis la famille n'en a commandé depuis l'incendie.* Elle était la seule à avoir suffisamment d'expérience pour le préparer correctement. Elle dressa la liste des ingrédients nécessaires et la posa sur le bureau de son cousin.

Tout en continuant à travailler, Emma nota bien l'heure de départ des livreurs. Elle sortit son carnet en cuir noir et écrivit autant de notes sur les garçons que possible, cataloguant ces informations pour y revenir plus tard. Leurs pantalons, leurs vestes non repassées et leurs chemises boutonnées. Leurs casquettes et leurs chapeaux. Ils étaient peu recommandables, mais cela ne les rendait que plus intéressants.

Alors que Tony faisait des allers-retours vers les chariots, il la vit griffonner et sourit.

— Tu notes tout ? la taquina-t-il à voix basse.

Elle leva les yeux et lui rendit son sourire.

— J'essaie, chuchota-t-elle en jetant un nouveau coup d'œil à son cousin.

Les livreurs récupéraient gâteaux, tartes et différents types de pains pour les livraisons matinales et rapportaient de nouvelles commandes pour le soir même ou le lendemain. Une fois les livraisons de pâtisseries effectuées, ils passaient à d'autres types de livraisons, comme les journaux, le bois, etc. Ils avaient le champ libre et pouvaient se rendre n'importe où en ville. Son cousin permettait aux garçons de garder les chariots et les chevaux pour leurs livraisons de l'après-midi et en retour, ils les nourrissaient et nettoyaient les écuries.

Emma avait soif d'aventures, elle aussi. Elle voulait voir autre chose que la boulangerie et la pension de famille. Il n'y avait aucune chance que cela arrive si elle ne trouvait pas un moyen de s'éclipser. Elle serait toujours passionnée par la pâtisserie, mais savait que son avenir impliquerait des activités annexes.

Je dois trouver un moyen d'accompagner les garçons pour leurs livraisons et d'explorer la ville, pensa-t-elle. Emma avait déjà vu un peu de Chicago, mais voulait en voir plus. Après l'incendie, son père n'avait pas voulu les quitter, Dora et elle, et ses filles l'avaient suivi sur plusieurs de ses chantiers d'ingénierie et avaient ainsi pu découvrir la ville dès leur plus jeune âge.

Une fois sa matinée terminée, Emma rentra chez elle pour déjeuner et étudier.

*
* *

L'observateur était resté à proximité et était là quand elle sortit de la boulangerie pour rentrer chez elle. Il connaissait son chemin. Il restait en retrait pour ne pas être repéré. Il veillait toujours à savoir où elle était et ce qu'elle faisait.

*
**

Brossant sa jupe et sa chemise blanches en chemin, Emma poursuivait sa route vers la maison, son chapeau rouge posé nonchalamment sur sa tête et son manteau sur le bras. Elle le mit sur son épaule, sortant son carnet et son stylo pour prendre des notes tout en marchant.

Une voix lança :

— Emma !

Elle se retourna.

*
**

L'observateur fit un pas vers Emma jusqu'à ce qu'il voie sa réaction à la personne qui l'appelait. Il reconnut immédiatement le chauffeur-livreur, Tim, et se retira dans l'ombre.

*
**

Tim garda son chariot de livraison le long du trottoir près d'Emma.

— Salut, Tim. Tu as fini tôt aujourd'hui ? demanda-t-elle.

— Nan, j'ai pas encore terminé. Tu veux que je te ramène chez toi ? Je vais dans cette direction, indiqua Tim d'un signe de tête.

— Avec plaisir, fit Emma, et elle lui prit la main pour monter sur le chariot. Rien d'intéressant en chemin aujourd'hui ? demanda-t-elle alors qu'ils se mettaient en route.

Tim secoua la tête.

— Non, rien d'inhabituel, mais quand même plusieurs livraisons chez les grands magasins Stubing. Et des commandes pour la gare.

Emma adorait entendre parler des gens qui voyageaient.

— Tu as pu voir les passagers ? demanda-t-elle avec enthousiasme en se hissant sur le siège du chariot.

— Oui, certains. La plupart du temps, on entre par l'arrière de la gare, mais cette fois-ci, ils nous ont laissés apporter des boules de Berlin aux ingénieurs du train. On a pu voir l'intérieur, du coup, se vanta-t-il.

Tim crut qu'Emma allait tomber du siège tant elle était surexcitée. Elle avait un million de questions sur le train.

— Comment fonctionne le train ? Tu as vu le moteur ? Est-ce qu'il est bruyant ? Tu as pu monter dedans ?

Et elle le noya sous un torrent de questions. Ils parlèrent plus longuement du train et de tout ce que Tim avait vu alors qu'ils se dirigeaient vers la maison d'Emma. Tim arrêta les chevaux et sauta à terre pour l'aider à descendre du chariot.

— Dora est à la maison ? demanda-t-il innocemment en la faisant descendre, regardant partout sauf dans sa direction.

Emma cacha un sourire en plaçant une main sur ses lèvres comme pour essuyer quelque chose.

— Oui. Tu pourrais lui demander si elle a besoin de livraisons cette semaine.

Emma savait que Dora n'avait pas l'habitude de commander quoi que ce soit, mais Tim voulait manifestement la voir. Elle l'accompagna jusqu'au perron de la maison. Ils entrèrent dans la cuisine en passant par la salle à manger.

Dora avait ouvert en grand la maison. Le soleil y pénétrait allègrement, la lumière de l'après-midi ajoutant des reflets à ses cheveux bruns. Elle était assise à la table de la cuisine et prenait des notes. Elle avait le même souci du détail qu'Emma, mais l'appliquait aux comptes du foyer. Elle profitait de la pause entre le petit-déjeuner et le déjeuner pour mettre à jour le livre de comptes. Lorsqu'elle entendit la porte s'ouvrir, elle leva les yeux, s'attendant à voir son assistante Amy, Emma ou l'un des pensionnaires. Elle fut surprise de voir Tim et Emma sur le pas de la porte.

Emma parla la première, car Tim et Dora étaient écarlates et s'employaient à ne pas se regarder.

— Dora, Tim voulait te parler d'une commande dont tu pourrais avoir besoin.

Elle leur adressa un regard encourageant à tous les deux. Voyant qu'aucun des deux n'allait parler, elle combla le silence, discutant de tout ce qui lui passait par la tête. Elle se mit alors à raconter qu'elle avait vu des tigres dans les rues ce matin-là. Cela ne suscita aucune réaction de la part de ses compagnons. Elle eut confirmation qu'ils n'écoutaient pas.

Emma vit avec exaspération Tim se retourner pour partir sans dire un mot à Dora. Elle l'arrêta en posant une main sur son bras.

— Oh, pour l'amour du ciel. Dora, Tim dit qu'il y a un bal ce week-end et il voudrait savoir si tu y vas.

Tim parut abasourdi, car il n'avait rien affirmé de tel, mais il ne se laissa pas démonter pour autant.

— Il y a une fête à l'église ce week-end. Voudrais-tu... y aller avec moi, Dora ? fit Tim en manquant de s'étrangler.

Dora n'avait pas d'excuse et ne comptait pas en chercher. Elle le regarda pour la première fois, sourit lentement et répondit :

— Je t'accompagnerai avec plaisir, Tim.

Il sourit si largement que son visage menaça de se fendre en deux. Il commença à reculer et heurta le mur, et le tableau à côté se mit à osciller dangereusement. Marmonnant qu'il passerait la chercher à 20 heures le samedi, il manqua de peu de heurter le seuil de la porte en sortant. Emma et Dora entendirent un grand « youhou » depuis l'entrée de la maison.

Lorsqu'elles entendirent la porte d'entrée se fermer, les deux filles éclatèrent de rire.

— J'ai cru qu'il n'y arriverait jamais, fit Emma.

— Non, confirma Dora, il lui aura fallu vingt ans.

Elle s'assombrit brusquement et demanda à Emma d'un ton inquiet :

— Qu'est-ce que je vais porter ?

Emma avait sorti son carnet et le lisait lorsqu'elle entendit le commentaire inquiet de Dora.

— Tu n'avais pas prévu de mettre ta robe rose ? demanda-t-elle.

— C'était avant de savoir que je serai accompagnée, rétorqua Dora.

— On va trouver, la rassura-t-elle.

Elle passa ses doigts sur ses lèvres et suggéra :

— J'ai une pièce de dentelle qui pourrait convenir. Dépose la robe de ton choix sur mon lit et on pourra y apporter quelques retouches ce soir.

— D'accord, mais rien de trop osé, fit-elle avec un clin d'œil, et merci.

— Il n'y a pas de quoi. Bien, je te laisse à ton travail, lança Emma. J'ai dit à papa que j'étudierais cet après-midi.

Sur ce, elle se dirigea vers le bureau de son père, laissant Dora penser à Tim.

Emma et Dora étaient toutes deux scolarisées à domicile par leur père. Dora avait délaissé l'ingénierie pour les mathématiques. Elle avait 18 ans à présent et avait décidé que les mathématiques étaient cruciales pour travailler sur ses livres de comptabilité et ses dépenses. Emma avait continué à s'intéresser au génie civil et structurel. Son père l'utilisait comme assistante pour les applications concrètes du code des bâtiments.

Après avoir terminé ses leçons avec son père, Emma s'appliqua à réaliser le drapé en dentelle de la robe de Dora. Sa sœur avait choisi sa robe bleue pour le bal. *Ça ira très bien avec ses yeux bleus,* pensa Emma.

Le dîner ce soir-là fut à nouveau un événement convivial orchestré d'une main de maître par Dora et Amy. À la fin du repas, les groupes se séparèrent. Les enfants faisaient leurs devoirs à la table de la salle à manger et les adultes discutaient tranquillement dans la salle familiale. Son père partageait son temps entre l'aide aux devoirs et les conversations des adultes.

Dora s'affairait à une petite table près du canapé, mettant à jour ses livres de comptes de la semaine, tandis qu'Emma travaillait avec miss May, ajoutant des détails à la dentelle de la robe de Dora. Les autres adultes présents dans la pièce lisaient ou discutaient en toute tranquillité.

Son père avait entendu parler de l'invitation de Dora par Tim.

— D'après ce que j'ai compris, Dora, Tim était tellement excité qu'il a fait trois pâtés de maisons avant de se rappeler qu'il avait un chariot avec lui, le taquina son père.

Dora prit la plaisanterie avec bonhomie, heureuse que Tim soit aussi enthousiasmé qu'elle par le bal. Elle leva la tête de ses livres et se mit à rêver à Tim et à leur avenir possible.

Emma vit qu'elle était embarrassée et ne se joignit pas aux taquineries de son père. Elle se concentra sur le modèle de dentelle pour la robe de Dora. Emma pouvait compter sur ses compétences en ingénierie pour créer des dessins et des modèles de dentelles complexes qu'elle et miss May concevaient. Elle devait s'atteler avec ardeur à ce projet pour qu'il soit terminé d'ici le samedi soir. Miss May l'aiderait à fixer la dentelle à la robe.

Miss May et miss Marjorie discutaient à côté d'Emma pendant qu'elle travaillait la dentelle. La soirée se termina dans le calme. On éteignit les lampes à gaz et chacun regagna sa chambre.

CHAPITRE 3

Le lendemain matin, à la pension de famille, Emma se réveilla en sursaut et se rendit compte qu'elle n'avait pas à se lever tôt ce jour-là. Elle se renfonça lentement dans son matelas et s'étira de la tête aux pieds. C'était son jour de congé, et elle pouvait déjà entendre les autres pensionnaires dans les escaliers, se préparant pour leur journée.

Ce matin-là, elle prit le temps d'enfiler une jupe fendue semblable à celles qu'elle portait à la boulangerie, mais celle-ci était d'un rouge vif. Elle avait également une bande noire à la taille et une couche de dentelle en bas. Sa tenue était complétée par une chemise en dentelle blanche à col haut et une longue veste rouge. Le rouge était sa couleur préférée, et elle en portait dès qu'elle le pouvait.

Debout devant son miroir, elle se fit une queue de cheval et attrapa son chapeau melon rond modifié. Il était noir et avait une bande rouge similaire à celle de sa jupe. Assise sur le lit, elle enfila puis laça ses bottes noires avant de descendre.

— Ma sœur, appela Dora en entendant les pas d'Emma dans l'escalier, passe par la cuisine d'abord.

— Très bien, gémit Emma.

Elle se dirigea vers la cuisine, enlevant son chapeau et le plaçant dans un placard du hall. Elle avait espéré sortir en douce pour s'entraîner à manier ses couteaux dans le jardin avant le petit-déjeuner, mais c'était impossible dans cette maison.

Le petit-déjeuner d'abord. Elle connaissait la chanson et se rendit dans la cuisine. Elle savait ce que Dora attendait d'elle, aussi traversa-t-elle la salle à manger. Elle attrapa des assiettes dans le garde-manger, et tourna autour de la grande table marron pour la dresser pour le petit-déjeuner. Elle entra dans la cuisine avec sa théâtralité habituelle.

Dora avait préparé un gâteau à la gelée tôt ce matin-là. Elle était occupée à le couper en fines tranches pour le petit-déjeuner quand Emma entra dans la cuisine.

— Bonjour, Dora, Amy, fit Emma d'un ton chantant.

Dora et Amy regardèrent toutes deux vers la porte et sourirent.

— Bonjour, ma sœur, lança Dora. Tu as bien dormi ?

Emma hocha la tête.

— Oui, répondit-elle en prenant un biscuit.

Dora jeta un coup d'œil à l'horloge et demanda :

— Tu as fait la grasse matinée ?

Dora et Amy s'étaient levées tôt pour commencer à préparer le petit-déjeuner.

— Oui, répondit Emma, la bouche déjà pleine de biscuit et de confiture.

Dora jeta un coup d'œil à la jupe fendue d'Emma.

— Tu as perdu un morceau de ta jupe ? la taquina-t-elle.

Emma fronça les sourcils, puis elles échangèrent un sourire. Dora et Amy continuèrent leurs préparatifs pour le petit-déjeuner. Emma se joignit à elles pour les aider à disposer la nourriture sur des plateaux et à les placer sur la table de la cuisine, prêts à être transportés dans la salle à manger.

La cuisine et le reste de la maison étaient le domaine de Dora. Emma savait qui était la patronne et faisait ce qu'on lui disait.

*
**

Dora et Emma avaient deux ans de différence, mais étaient plus proches que la plupart des sœurs en raison de la perte de leur mère alors qu'elles étaient encore très jeunes. Les sœurs étaient à moitié allemandes (du côté de leur mère) et à moitié galloises/anglaises (du côté de leur père). Dora avait plutôt une carrure allemande, avec une très jolie silhouette. Emma avait tiré de la famille de son père et était de faible corpulence. Toutes deux avaient de beaux cheveux : ceux de Dora, épais et châtain clair ; ceux d'Emma, épais et blond clair. Dora avait des yeux bleus, tandis que ceux d'Emma étaient marron. Les deux filles ressemblaient à leur mère.

Leurs parents s'étaient rencontrés quand leur mère avait immigré en Amérique. Elle était à la recherche d'un bon bâtiment solide pour lancer son entreprise et on lui avait dit que leur père était la meilleure personne pour l'aider à effectuer les inspections. Ils s'étaient bien entendus dès le début et l'histoire racontait que leur père avait fait sa demande en mariage dans les deux semaines qui avaient suivi leur rencontre. Leur mère ressentait manifestement la même chose, car elle avait dit oui.

Avant l'incendie de 1871, Emma, Dora et leurs parents étaient les seules personnes à vivre dans la grande maison. Leur père était un ingénieur en structure prospère et avait économisé pour offrir une vie confortable à sa famille. La maison avait de nombreuses chambres libres et faisait trois étages. Leur mère avait taquiné leur père sur son désir de remplir toutes les pièces avec des enfants. Malheureusement, ce n'était plus possible désormais.

Au rez-de-chaussée, il y avait une vaste entrée menant aux escaliers. On y trouvait également une grande cuisine, une salle à manger, un bureau et un salon. Le premier étage comprenait cinq chambres, et le deuxième étage cinq autres. Le grenier du troisième était l'espace le plus élevé de la maison et avait été utilisé principalement du vivant de leur mère pour des projets et de la couture.

Après l'incendie, des tas de personnes s'étaient retrouvées sans abri et avaient eu besoin d'aide. Leur père avait ouvert sa maison à ceux qui avaient besoin d'un toit pendant la reconstruction de leurs maisons. Ce qui avait commencé comme un refuge pour les amis et la famille était finalement devenu une pension gérée par la famille. Ces dernières étaient très appréciées des visiteurs et des personnes qui venaient aider à reconstruire Chicago. Elles fournissaient un hébergement et des repas moyennant paiement.

Leur père avait toujours eu une vision à long terme de l'avenir de ses filles. Il était conscient qu'avant 1860, tout argent gagné par une femme par le biais d'un salaire, d'un investissement par donation ou par héritage devenait automatiquement la propriété de son mari une fois qu'elle était mariée. Les lois contribuaient également à ce que l'identité de la femme soit légalement absorbée par celle du mari. Cela faisait du couple une seule personne au regard du droit.

Leurs parents n'avaient jamais voulu de cela pour elles ; ils voulaient qu'elles soient des femmes libres de penser et capables de faire leur chemin dans le monde. Ils avaient toujours séparé l'argent de leurs entreprises respectives au cas où quelque chose arriverait à l'un d'entre eux. Les législateurs travaillaient sur la loi sur la propriété des femmes mariées pour protéger les droits des femmes, mais il faudrait attendre des années avant qu'elle voie le jour.

La pension de famille assurait un revenu à leurs filles et leur permettait de s'occuper et de ne pas trop penser à la perte de leur mère.

Une fois que l'entreprise était devenue permanente, le talent de Dora pour les affaires et l'organisation s'était révélé. Elle avait convaincu leur père de la laisser diriger la pension de famille. Il avait la même idée en tête et il n'avait pas été difficile de le convaincre.

Ils s'inquiétaient pour Dora depuis que leur mère était décédée. Elle ne s'était jamais enthousiasmée pour quoi que ce soit jusqu'à ce qu'elle prenne en charge la gestion de la pension de famille. Dora aimait les gens et l'énergie qu'ils dégageaient. Avoir des enfants dans la maison et dans la cuisine la rendait heureuse.

Au début, Dora faisait la cuisine et gérait la maison avec l'aide d'Emma. Bien qu'elle soit jeune, elle avait prouvé qu'elle pouvait en faire une entreprise prospère. Grâce à un succès florissant, Dora avait pu engager Amy pour l'aider en cuisine, au service et pour faire le ménage. Les événements plus importants, comme Noël, nécessitaient des bras supplémentaires.

Dora avait endossé son nouveau rôle avec aisance ; à l'origine discrète, elle avait pris goût au fait de diriger. *Avec le recul, elle aurait été un excellent général de troupes*, pensa Emma avec un sourire.

*
**

Comme d'habitude, Emma avait sorti son petit carnet noir et y griffonnait.

— Qu'est-ce que tu écris cette fois ? demanda Amy.

Amy Brown était une petite femme, mais son squelette

était fait d'acier. Sa taille et son physique la faisaient paraître beaucoup plus jeune qu'elle ne l'était. Elle avait une vingtaine d'années, un petit corps, une frêle ossature et des cheveux roux bouclés. Elle ne vivait pas à la pension de famille, mais chez son frère et sa famille à proximité. Son statut de célibataire ne semblait pas la déranger. Elle aimait travailler et était prête à effectuer toutes les tâches qu'on lui proposait.

Emma répondit en haussant les épaules :

— Des observations en tous genres. Ce que je vais faire aujourd'hui et ce sur quoi je dois travailler.

Elle ne voulait pas en dire trop avant d'être sûre de ce que ses observations pouvaient signifier.

Dora remplissait des plateaux, et intima à Amy et Emma :

— Emma, pose-moi ça pour l'instant. Aidez-moi toutes les deux à mettre le petit-déjeuner sur la table.

Emma referma le carnet dans un claquement et le rangea dans la poche de sa jupe. Les plateaux étaient remplis de boules de Berlin, d'œufs, de saucisses, de bacon, de pain frais, de confitures et de gelées. Alors qu'elles apportaient les plats dans la salle à manger, les odeurs parfumées se répandirent à l'étage. Les pensionnaires commencèrent à apparaître avant que Dora n'ait pu sonner la cloche du petit-déjeuner.

Les pensionnaires actuels comprenaient deux dames âgées, miss Marjorie et miss May, ainsi que deux familles avec de jeunes enfants. Dans la confusion générale, Emma s'assit à sa place favorite entre miss Marjorie et miss May.

Miss Marjorie avait l'apparence d'une vieille femme fragile de 80 ans, mais elle était en fait une criminelle de premier plan. Elle et son mari étaient des braqueurs de banque professionnels. Ils s'étaient fait prendre lors de leur dernier casse et avaient été envoyés en prison. Miss Marjorie avait été la seule à s'en sortir la dernière fois. Elle était philosophe sur ce qui était arrivé à son mari et avait dit qu'ils avaient vécu une vie grandiose et aventureuse ensemble.

Leur père avait été ami avec Marjorie et son mari dans le passé. Emma n'était pas sûre de savoir depuis combien de temps il les connaissait, mais elle savait que leur amitié remontait à loin.

Miss Marjorie était l'une des nombreuses « spécialistes » que leur père avait fait venir à la pension après l'« incident » avec Emma. La spécialité qu'elle devait inculquer à Emma n'avait rien à voir avec l'ouverture de coffres-forts. Il s'agissait du lancer de couteaux. Elles travaillaient ensemble, développant les compétences d'Emma depuis quelques années. Cette dernière était aussi douée, sinon meilleure que miss Marjorie.

Miss Marjorie regarda Emma et demanda :

— Allons-nous nous entraîner aujourd'hui ?

Emma acquiesça, la bouche pleine de pâtisseries et de saucisses. Elle déglutit et s'essuya avec sa serviette avant de dire :

— Retrouvons-nous dehors après le petit-déjeuner.

Marjorie acquiesça d'un signe de tête. Emma ne le vit pas, mais miss Marjorie regarda miss May et lui fit un clin d'œil. Miss May hocha discrètement la tête.

Dora se racla la gorge en entendant les projets d'Emma pour la matinée.

— Oh, et après ça, j'aiderai en cuisine, s'empressa d'ajouter Emma.

Dora sourit d'un air approbateur.

Miss May s'en mêla, ne voulant pas être en reste.

— Nous devons également travailler sur cette dentelle ce soir. Certaines doivent être prêtes d'ici la semaine prochaine.

Emma lui sourit chaleureusement et mit sa main sur la sienne.

— J'ai hâte d'y être.

Ses joues rougirent et elle sourit.

Miss May avait beaucoup de talent et était très demandée. Elle n'avait pas d'enfants et souhaitait transmettre son savoir-faire en matière de dentelle à Emma, qui vendait déjà ses modèles à des boutiques locales pour apporter une touche finale aux robes. Miss May était une autre spécialiste choisie par son père ; sa spécialité était l'art de l'évasion. Elle pouvait se libérer de tout type de liens : menottes, cordes, chaînes et verrous. Elle disait que travailler la dentelle lui permettait de garder les doigts agiles, au cas où.

Alors qu'Emma débarrassait la table, tout le monde s'en alla vaquer à ses occupations. Dora lui lança un regard en coin et fit un signe de tête vers la cuisine. Emma et elle finirent de débarrasser la table pendant qu'Amy commençait à faire la vaisselle. Lorsqu'elles eurent terminé, Dora s'assit, résignée, et lança :

— Très bien, je n'aime pas les commérages, mais si tout le monde sait ce qui se passe, alors je veux être au courant, moi aussi.

Emma partagea les potins qu'elle avait recueillis le matin précédent chez son cousin – sa nouvelle amie, les regards langoureux de Chloé et toutes les autres informations qui circulaient dans la boulangerie.

Une fois qu'il n'y eut plus aucune trace du petit-déjeuner, Emma retrouva miss Marjorie dehors dans le jardin. Il était clôturé et comportait une parcelle d'herbe bien entretenue, ainsi que des carrés remplis de fleurs et de légumes. Ce jardin accueillait de nombreuses activités. Emma y travaillait le lancer de couteaux, et s'entraînait avec son spécialiste de l'au-todéfense.

Elle transporta les cibles – des panneaux de contreplaqué représentant grossièrement un corps humain – jusqu'à la clôture la plus éloignée. Miss Marjorie et Emma avaient délibérément choisi de s'entraîner de bon matin, après le petit-déjeuner, afin que les enfants de la pension soient à l'école pour ne pas les blesser.

— Il est important de s'entraîner et de savoir à tout moment où va le couteau. Tu veux blesser ton agresseur, mais tu dois également savoir comment effectuer un lancer mortel, répétait miss Marjorie chaque fois qu'elles travaillaient ensemble.

Emma avait deux couteaux distincts, l'un équilibré et l'autre non. Elle préférait le premier, car elle pouvait le lancer par la lame ou le manche.

— Il est également important, affirma miss Marjorie, de savoir comment lancer les deux types d'armes au cas où tu te retrouverais dans une situation où tu devrais utiliser une arme inconnue.

Elle poursuivit en expliquant que le couteau de lancer était généralement une seule pièce d'acier ou d'un autre matériau, contrairement à la plupart des couteaux. Le couteau de lancer avait deux sections, la lame et le manche. Le but du manche était de permettre à l'utilisateur de manipuler le couteau en toute sécurité et d'équilibrer le poids de la lame.

Emma travailla son lancer jusqu'à ce qu'elle maîtrise parfaitement tous les mouvements. Elle avait un talent naturel et savait que cette compétence serait utile.

— Emma, nous devrions travailler sur les couteaux dissimulés et sur la manière d'y accéder sans se blesser, déclara miss Marjorie.

La narratrice fut interrompue par son cher et tendre qui lisait par-dessus son épaule.

— Tu devrais mentionner les cicatrices.

— C'est vrai, approuva la narratrice.

Revenons-en à l'histoire...

EMMA APPRIT à maîtriser les couteaux grâce aux séances d'entraînement quotidiennes avec miss Marjorie. Au cours de ces séances, elle subit quelques coupures accidentelles, l'une sur le haut du bras et l'autre sur le dos de la main. Toutes deux guérirent, mais lui laissèrent des cicatrices ; celle sur le dos de sa main lui rappellerait constamment de rester concentrée sur la tâche à accomplir.

— Emma, dit miss Marjorie, j'ai quelque chose pour toi.

— Vraiment ? demanda Emma en inclinant la tête.

— Tu as déjà appris tant de choses sur les couteaux, mais je dois encore te dévoiler certains secrets. Premièrement, tu dois toujours avoir deux couteaux sur toi. Ils pourraient bien te sauver la vie, un jour. Deuxièmement, personne, pas même tes amis proches, ne doit savoir où tu les ranges, poursuivit miss Marjorie.

Emma l'écoutait très attentivement. Elle avait connu son lot d'aventures et savait qu'Emma suivait sa voie.

Miss Marjorie continua :

— May et moi avons discuté de l'endroit où dissimuler le second couteau.

Elle sortit une boîte de sous son châle et l'ouvrit. À l'intérieur se trouvait un petit couteau d'environ 15 centimètres de long, avec un étui en cuir et un lien.

— Tu devras le porter sur la partie supérieure de ta cuisse. Nous découperons une fente dans les poches de ta jupe qui te permettra d'y accéder facilement. Laisse-moi te montrer comment l'enfiler.

Emma releva sa jupe pour que miss Marjorie puisse placer le fourreau sur sa jambe. Elle laissa retomber sa jupe et miss Marjorie s'approcha et déchira la poche pour lui montrer comment y accéder.

— On ne devrait pas le placer à l'intérieur de ma jambe, au cas où on me fouillerait ? demanda Emma, inquiète qu'on puisse lui confisquer le deuxième couteau.

Miss Marjorie réfléchit un moment avant de dire :

— Comme tu es une femme, je ne pense pas qu'ils te penseront assez intelligente pour avoir une telle chose sur toi.

Elle l'avertit toutefois :

— Tu vas devoir t'entraîner à le sortir sans te couper.

— May ? appela-t-elle doucement en regardant par-dessus l'épaule d'Emma.

— Oui, souffla miss May, je l'ai juste ici.

Emma sursauta en entendant l'autre femme.

— J'ai eu peur ! rit-elle.

— C'est pour toi, fit miss May avant de tendre à Emma une boîte à chapeau.

Emma poussa un cri surexcité en retirant le couvercle de la boîte et en apercevant le magnifique chapeau melon en feutre noir avec un ruban de dentelle rouge et une plume assortie. Elle le sortit lentement de la boîte en faisant attention de ne pas écraser la coiffe délicate.

Miss Marjorie fit observer sèchement :

— Emma, donne-moi ça. Tu dois faire très attention. C'est un chapeau spécial.

Emma le lui tendit avec précaution.

Miss Marjorie sortit l'« épingle » du chapeau. Il s'agissait en réalité d'un couteau à l'aspect létal et pourvu d'un manche noir. Miss Marjorie le lança et atteignit le centre de la cible.

— Ce n'est pas une simple épingle à chapeau, fit remarquer Emma en allant la chercher.

— Non, convint miss Marjorie.

Emma revint et lui tendit le couteau. Elle continua :

— J'ai demandé à Mark, mon forgeron, de l'équilibrer pour toi. J'ai également demandé à May de placer un compartiment à la place de l'épingle à chapeau, afin que tu puisses l'avoir toujours sur toi. Tu dois y faire bien attention.

La plume était attachée directement au chapeau et le couteau avait un support spécial pour protéger Emma des coupures.

Emma acquiesça.

— Je serai prudente.

Elle remarqua la complexe dentelle rouge qui rehaussait la base du chapeau. Reconnaissant immédiatement le travail de miss May, elle l'enlaça longuement pour la remercier. Miss May pleura en la serrant dans ses bras.

Miss Marjorie se racla la gorge ; elle voulait revenir aux choses sérieuses.

— Maintenant, expliqua-t-elle, nous devons travailler à retirer le couteau du chapeau et à le lancer en un seul mouvement fluide.

Emma acquiesça, sérieuse et attentive aux instructions qui lui étaient données. Elle enfila le chapeau sur sa tête et commença à s'entraîner à sortir le couteau et à le lancer. Cela lui demanda un peu d'entraînement, mais elle parvint à atteindre ses cibles.

Miss Marjorie commenta :

— Tu devras continuer à t'entraîner avec les deux couteaux, mais n'oublie pas que leur emplacement doit rester secret jusqu'à ce que tu aies besoin de les utiliser.

— Merci, miss Marjorie, fit Emma en la serrant dans ses bras.

— De rien, répondit-elle en tapotant l'épaule d'Emma. Tu sais que nous ferions n'importe quoi pour toi.

Après le lancer de couteaux, Emma passa le reste de la matinée à travailler avec son père sur des équations mathématiques et des dessins techniques pour son entreprise. Elle planchait sur sa table à dessin, dans le bureau de son père, s'employant à apporter des modifications aux schémas de son chantier en cours.

Après la mise à jour des croquis, elle dut s'occuper du ménage et du déjeuner. Les pensionnaires étant généralement déjà partis au travail ou à l'école, le déjeuner ne réunissait souvent que la famille, miss May et miss Marjorie.

Son père remarqua le nouveau chapeau d'Emma posé sur une table voisine. Elle capta son regard interrogateur et expliqua d'un ton précipité :

— Papa, miss May et miss Marjorie l'ont fait pour moi.

Son père regarda les dames assises à table.

— C'est un joli chapeau, mesdames, et un cadeau très attentionné, les complimenta-t-il.

Elles rougirent devant le compliment.

— Emma, dit miss Marjorie, ne l'oublie surtout pas.

Elle plissa les yeux en lui lançant cet avertissement.

— Aucun risque, répondit Emma. Je ne voudrais pas qu'il soit endommagé.

Elle le récupéra soigneusement, l'emporta dans sa chambre et le plaça dans une boîte sous son lit. Elle avait montré à Dora le chapeau et le secret. Dora serait la seule personne à savoir pour le couteau, mais personne ne saurait où elle avait caché le second.

Au cours de l'après-midi, Emma lut et travailla sur plusieurs modèles de dentelle. La journée se termina lentement avec la routine familière consistant à apporter le dîner à table. Les pensionnaires rentrèrent et les conversations familières portant sur les événements de la journée s'élevèrent.

Miss May regarda Emma.

— Nous devons travailler sur ces nouveaux dessins ce soir et terminer la dentelle de Dora.

Emma hocha la tête et sourit. Elle appréciait la dentelle et voulait lui montrer certaines des idées qu'elle avait dessinées plus tôt dans la journée. Elle passa la soirée à travailler sur la dentelle avec miss May. Le résultat fut au rendez-vous. Les motifs complexes étaient fin prêts à être remis à la couturière.

CHAPITRE 4

Le lendemain matin, Emma voulait discuter de quelque chose avec son père. Elle descendit dans son bureau à la cave.

— Papa, lança-t-elle, le regardant assis à sa table à dessin, en train d'analyser plusieurs types de béton à la recherche de défauts.

Lorsque son père travaillait sur un projet, il était sourd à tous les bruits alentour.

Emma essaya à nouveau, cette fois en tapant sur son bras.

— Qu'est-ce que c'est ? fit son père, surpris.

Il faillit tomber de sa chaise en essayant de voir qui était derrière lui.

— Rien, papa, répondit Emma en souriant et en écartant les cheveux de son front. Tu étais encore trop pris par ton travail.

Il l'enlaça dans une étreinte d'ours.

— Ne refais jamais ça, fit-il en gloussant. Qu'est-ce que je peux faire pour toi ? C'est déjà l'heure des cours ? demanda-t-il en continuant à regarder d'un air distrait le béton et les autres papiers sur sa table à dessin.

— Eh bien, dit Emma, j'ai une faveur à te demander.

— Une faveur, dis-tu ? demanda son père en la regardant pensivement.

Bien qu'elle soit une élève douée, capable de calculer les angles d'un bâtiment rien qu'en le regardant, sans instrument de mesure, son père savait qu'elle préférait être dehors, au cœur de l'action. Il avait sa petite idée de la direction que prenait cette conversation. Quand Tim avait déposé Emma la veille, il s'était arrêté pour évoquer l'idée qu'elle l'accompagne lors de ses livraisons. Ils avaient élaboré un plan qui permettrait à Emma de le rejoindre quand elle se sentirait prête. Il ne s'attendait pas à ce que sa demande soit si soudaine. Il prit une profonde inspiration quand elle se mit à exposer sa requête.

— Papa, commença Emma nerveusement, j'aimerais travailler avec les livreurs quand je ne suis pas à la boulangerie ou en train de t'aider.

Il prit un moment pour expliquer ce que cela pouvait signifier.

— Emma... Après l'incident...

Ses yeux se remplirent de larmes.

— Je sais, papa, mais tu sais aussi que j'ai travaillé avec les spécialistes que tu as fait venir et que je sais comment me protéger, affirma-t-elle en le regardant droit dans les yeux.

Elle ne montra aucune émotion. Elle refusait de laisser le passé affecter ses projets d'avenir.

*
**

L'événement auquel son père faisait référence remontait à l'époque où Emma avait 10 ans. Elle avait commencé à travailler le matin à la boulangerie et rentrait généralement seule chez elle à pied avant de déjeuner à la pension de famille. Cette promenade était d'ordinaire tranquille, mais ce jour-là, elle avait pris un chemin légèrement différent pour voir de nouveaux quartiers. Elle n'avait plus que des flashs de cette journée. Elle se souvenait de son carnet, d'un objet qui lui avait heurté la tête et d'un homme de petite taille, mais très fort.

Elle ne savait pas se défendre à l'époque et avait bien failli être battue à mort ce matin-là. Elle avait été sauvée par une personne qui avait obligé l'agresseur à s'enfuir. Il l'avait ramenée à la pension de famille, l'avait laissée sur le pas de la porte et avait frappé avant de partir. Tony et Tim, qui étudiaient avec son père, avaient ouvert la porte et découvert Emma étendue sur le perron. Lorsqu'ils l'avaient ramenée à la maison, elle n'avait eu de cesse de réclamer son carnet de notes. Elle était presque inconsciente, mais tout ce qu'elle voulait, c'était ce livre.

Nul n'avait jamais su qui l'avait sauvée ce jour-là et on n'avait jamais retrouvé le carnet. Son père avait cherché et fait jouer ses contacts, mais n'avait pas réussi à établir l'identité de son agresseur ni de son sauveur.

En se réveillant, Emma avait réclamé son carnet, sans savoir pourquoi elle ressentait une telle urgence. Sa mémoire continuait d'être un sujet de préoccupation ; le médecin avait dit que c'était normal et qu'elle pourrait ne jamais se souvenir de ce jour-là.

Son père lui avait laissé le temps de se remettre. Avec Dora et Tony, ils lui avaient tenu compagnie, lui faisant la lecture et la faisant rire à nouveau. Ils avaient compris, lorsqu'ils l'avaient surprise à essayer de se promener toute seule, qu'il n'y aurait pas moyen de la retenir.

Son père avait alors élaboré un plan pour commencer à protéger Emma dès que possible, sachant que son sens de l'aventure faisait partie intégrante de sa personnalité.

Son plan consistait à créer un groupe de spécialistes qui apprendraient à Emma et à Dora comment se protéger. Le premier de ces spécialistes, Danny Madden, un ami, était arrivé peu après l'événement. La spécialité de Danny était l'autodéfense. Il croyait en l'importance de la forme physique. Ils avaient travaillé le kickboxing, le shin-kicking et le jump-kicking.

Emma avait excellé en kickboxing et avait commencé à porter des bottes pointues spéciales lors de son entraînement. Elle avait appris que ses coudes et ses genoux pouvaient dissuader la plupart des agresseurs. Pour les attaques plus sérieuses, sa jupe fendue l'aiderait à utiliser ses compétences en kickboxing. Dora avait pris part aux cours d'autodéfense avec Danny, mais avec le temps, elle avait décidé que ses projets ne nécessitaient pas d'autre formation spécialisée.

*
**

— Papa, tu sais que je peux prendre soin de moi, dit Emma, les tirant tous deux du passé.

— Je sais, Emma. Je ne voudrais pas me retrouver face à toi dans un combat, la taquina-t-il, mais il avait toujours l'air préoccupé.

Cela fait six ans, et nous n'avons toujours pas trouvé l'homme qui l'a attaquée, pensait-il.

— Papa, essaya-t-elle de nouveau, tu sais que Tim et Tony veilleront sur moi.

Ils étaient aussi proches que des frères et la laissaient traîner avec eux sans souci. Personne ne les embêtait et ils se tenaient à l'écart des problèmes. Son père connaissait bien les deux garçons, il pouvait leur faire confiance.

Il répondit :

— *Ja*, je sais bien.

Bien que son père soit anglais, il avait appris les expressions allemandes de leur famille élargie.

— S'ils sont d'accord, tu pourras y aller avec eux... et me faire un câlin.

Il sourit à Emma et elle lui rendit son sourire, le prenant dans ses bras.

— Emma, fit-il, n'oublie pas de porter les bottes pointues en permanence.

— Promis, papa.

Et elle se retourna pour regagner l'étage.

Avant qu'elle n'aille très loin, son père la retint doucement par sa queue de cheval, tira légèrement dessus, puis la laissa partir.

Il lui lança lorsqu'elle montait les escaliers :

— Oh, au fait, nous allons faire des maths ce soir.

Elle gémit, mais elle savait qu'il y aurait des contreparties.

— Encore une chose, n'oublie pas ton petit-déjeuner.

— Tout de suite, dit-elle en montant rapidement les escaliers.

Son père sourit en la regardant quitter la cave. Il avait encore des craintes, mais il savait qu'elle avait l'entraînement nécessaire pour prendre soin d'elle, et que Tim et Tony garderaient un œil sur elle. Il retourna à son travail, s'en tenant à sa décision.

Le rituel du petit-déjeuner reprit et les familles s'installèrent autour de la table bien remplie. Personne ne manquait jamais le petit-déjeuner à la pension.

Emma entra dans la cuisine et demanda :

— Dora, qu'est-ce que j'apporte à table ?

Dora et Amy commencèrent à lui tendre des plats d'œufs et de saucisses. Elles la suivirent avec des plateaux de pâtisseries, de toasts et de biscuits.

Alors qu'elles faisaient un dernier trajet à la cuisine pour récupérer des pichets de lait et de jus d'orange, Emma arrêta Dora avant qu'elle ne les prenne.

— Je n'ai pas le temps de m'asseoir pour manger. Je vais aider à livrer notre cousin.

Dora leva les yeux au ciel. Elle était inquiète, mais elle savait que rien ne la retiendrait.

— Papa est d'accord ? demanda-t-elle avec désinvolture Emma gémit.

— Oui, maman, la taquina-t-elle. Papa approuve. Et toi ?

Dora regarda Emma et affirma d'un air grave :

— Tu n'es pas ma fille, mais tu es ma sœur et ma meilleure amie. Prends bien soin de toi. Tu seras avec Tim et Tony ?

— Oui. Tu veux que je transmette un mot à Tim ? demanda-t-elle effrontément.

— Oh, toi, dit-elle en donnant une tape sur le derrière d'Emma. Prends quelque chose à manger.

Elles portèrent la cruche à deux et l'apportèrent dans la salle à manger.

Emma la suivit et se prépara un sandwich au bacon et aux œufs avant de se précipiter dans les escaliers. Elle avait fini de le manger avant d'atteindre le premier étage. Elle se dirigea vers la petite chambre d'amis située à gauche du couloir principal, pour aller chercher les objets oubliés par d'anciens pensionnaires.

Emma ouvrit la porte et entra dans la pièce. Déplaçant les boîtes empilées, elle se dirigea vers une commode située à l'autre bout. Elle fouilla dans les tiroirs jusqu'à ce qu'elle trouve un pantalon d'homme, une chemise blanche et un chapeau bien usé. Se déshabillant rapidement, elle enfila les vêtements qu'elle avait trouvés et noua ses longs cheveux blonds en une tresse serrée, qu'elle enroula à l'intérieur du chapeau.

Emma voulait voir si le déguisement fonctionnait sur les gens qui la connaissaient. Elle se souvint du conseil de miss Marjorie et se glissa hors du pantalon pour regarder de près les poches. Elle fendit la couture de la poche droite pour pouvoir accéder au couteau qu'elle avait attaché à sa cuisse. Puis Emma s'entraîna à le faire entrer et sortir de sa cachette. Ses bottes pointues étaient visibles, son pantalon ne couvrant que le haut des chaussures. *Elles ne font pas très garçon*, pensa-t-elle, *mais ça fera l'affaire. Je me demande s'il est possible d'ajouter un couteau à mes chaussures. Personne ne s'y attendrait.* Elle devrait en parler à miss Marjorie.

Elle entra dans la cuisine et y vit Dora, qui pétrissait la pâte à pain sur la table. Elle jeta à peine un coup d'œil à Emma qu'elle lui demanda avec étonnement :

— Ma sœur, qu'est-ce que tu portes ?

— Tu m'as reconnue ?

Dora haussa un sourcil à cette question. Emma était déçue de ne pas l'avoir dupée.

— Oui. Maintenant, dis-moi ce que tu manigances ? demanda Dora.

Emma lui dévoila son plan et comment elle allait demander à Tony et Tim de veiller sur elle. Elle hocha la tête et dit :

— Si papa est d'accord, alors je le suis aussi, mais fais attention. Dis à Tim que j'aurai sa peau s'il t'arrive quelque chose.

— Sa peau, hein ? C'est tout ce que tu veux ? la taquina Emma, faisant rougir Dora.

Dora contourna la table pour l'atteindre, mais Emma était trop rapide.

Les deux sœurs se dévisageaient de part et d'autre de la table, et Dora fut celle qui cessa les hostilités.

— Ma sœur, ne reste pas dehors trop tard. Tiens, prends

ton déjeuner avec toi puisque tu n'iras pas chez notre cousin aujourd'hui.

Elle lui tendit un sac rempli de rosbif avec un petit pain dur.

— J'y ai aussi mis une boule de Berlin en guise de collation matinale.

— Je peux en avoir une pour Tim et Tony ? quémanda Emma.

Dora tendit la main pour récupérer le sac et accéda gracieusement à sa demande, ajoutant d'autres boules de Berlin.

Dora fit le tour de la table et tendit le sac plein à Emma. Alors qu'elle le prenait distraitement, l'esprit déjà occupé par d'autres choses, Dora en profita pour lui botter le derrière.

— Hé ! glapit Emma en sursautant.

Le pantalon de garçon n'offrait que peu, voire pas de rembourrage entre la main de Dora et son derrière.

— Tu l'as bien mérité.

Elle désigna Emma du doigt, mais il y avait une étincelle dans ses yeux.

— Oui, confirma Emma avec un sourire malicieux, et je continuerai à le faire.

Elle sortit d'un bon pas et salua les pensionnaires encore assis dans la salle à manger en train de discuter. Elle se précipita vers le perron et descendit les marches deux à deux. S'arrêtant brusquement, elle se souvint que les livreurs avaient rarement le visage propre. Elle se pencha au pied du perron où étaient plantées quelques fleurs et frotta de la terre sur son visage et ses mains. *Pas besoin de mettre de la terre sur mes bras et mes jambes puisqu'on ne les verra pas,* se dit-elle.

Comment approcher Tim ? Elle réfléchit un moment et commença à marteler ses lèvres de ses doigts jusqu'à ce qu'elle se souvienne que ses mains étaient sales. *Eh bien,* pensa-t-elle, *le meilleur moyen est d'être moi et d'être directe.* Il passait régulièrement à la boulangerie pendant la journée, et elle s'empressa donc de marcher dans cette direction.

*
**

Son observateur avait l'habitude de dormir quand Emma était censée être chez elle. *On ne sait jamais trop avec elle*, pensa-t-il juste avant de s'assoupir. Le bruit de ses bottes sur le béton le réveilla en sursaut. Il secoua la tête pour s'éclaircir l'esprit. *Je vois*, marmonna-t-il pour lui-même, *du mouvement.* Il remarqua quelque chose de différent chez Emma. *Des vêtements de garçon aujourd'hui ? Intéressant.*

*
**

Elle se dirigea vers la boulangerie et elle était à mi-chemin quand elle vit Tim sur son chariot.

— Hé, Tim ! cria-t-elle, mais il continua sans s'arrêter.

Il leva la main et la salua distraitement, mais ne la regarda pas. Elle comprit qu'il ne la reconnaissait pas, et courut jusqu'au chariot.

— Tim, j'ai une faveur à te demander, dit-elle en trottinant à côté de lui.

En entendant sa voix, Tim arrêta le chariot et se retourna. Rapide comme l'éclair, il attrapa le chapeau d'Emma.

— Alors comme ça, on joue à se déguiser ? se moqua-t-il en rebondissant sur le siège du chariot, tenant toujours son chapeau.

Il inclina la tête et lui adressa un large sourire, du genre qui prend tout le visage et qui plisse la peau autour des yeux.

Il s'attendait à voir Emma à un moment ou l'autre ce jour-là. Son père lui avait envoyé un mot pour lui faire savoir qu'elle avait sa permission pour être chauffeur-livreur. Il ne s'attendait pas à ce qu'elle soit habillée en garçon. *Après tout*, pensa-t-il, *ce sera plus sûr et ça créera bien moins de problèmes.*

— Qu'est-ce qui te tracasse ? demanda-t-il.

Emma avait réfléchi à la manière de lui poser la question, mais elle gâcha tout en se précipitant.

— J'aimerais te demander quelque chose. Est-ce que je peux accompagner les livreurs dans leurs tournées ?

Il prétendit avoir besoin d'un moment pour réfléchir à sa question.

— Je ne sais pas trop, Emma. On va dans des quartiers difficiles, fit-il prudemment.

— Je pourrais rester avec toi ou Tony, tenta-t-elle de l'amadouer. Je veux juste un peu d'aventure, ne pas être coincée à l'intérieur toute la journée.

Il comprenait. Il n'aurait pas aimé ça non plus.

— D'accord, céda-t-il, sachant que son père lui faisait confiance et qu'elle pouvait se débrouiller seule.

Tim et Tony savaient que le père d'Emma avait veillé à ce que Dora et Emma soient formées à l'autodéfense et qu'elles connaissaient toutes les deux de sacrés tours pour se sortir des mauvais pas.

— Mais ne dévoile pas ton identité aux autres. Sauf à Tony. Et reste près de moi, ajouta-t-il, la mine grave.

Tim et Tony pouvaient être surprotecteurs depuis l'incident.

— En plus, poursuivit-il, on a une place qui s'est libérée. La famille de Rudy a déménagé et on a besoin d'aide. Tu seras la moins bien payée puisque tu es nouvelle.

Elle hocha la tête et s'exclama :

— C'est génial.

Et comme elle ne s'attendait pas à être payée, toute somme aussi modique soit-elle serait la bienvenue.

— Tu devrais peut-être essayer de marcher un peu différemment. Tu marches comme une fille, fit-il remarquer en lui renvoyant son chapeau.

Emma l'attrapa au vol et répondit du tac au tac :

— Eh bien, c'est ce que je suis.

— Si tu veux qu'on te prenne pour un garçon, évite de te déhancher et parle le moins possible, suggéra-t-il.

Alors qu'elle tentait de monter dans le chariot, il brisa ses rêves de livraisons.

— Pas aujourd'hui. Retrouve-moi à la boulangerie lundi matin à la première heure et entraîne-toi à marcher comme un garçon.

— Je ne peux pas t'accompagner pour tes livraisons de l'après-midi ? demanda-t-elle, déçue. J'ai des boules de Berlin et je peux t'en donner une si tu me laisses venir.

Elle secoua le sac devant lui comme un pot-de-vin.

Il l'avait déjà repéré et le lui arracha habilement des mains.

— Et voilà, j'ai le sac maintenant, et tu ne commenceras pas aujourd'hui. Mes livraisons de l'après-midi sont très lour-des, expliqua-t-il.

Il voulait aussi faire part à Tony des projets d'Emma. Tony était son meilleur ami et il savait qu'il avait des sentiments pour Emma, même si elle choisissait de les ignorer.

— D'accord, mais je peux au moins avoir mon sandwich ? demanda Emma.

— C'est faisable, dit Tim en fouillant dans le sac.

Récupérant son sandwich, il le lui lança.

— Merci, fit-elle en se retournant pour rentrer chez elle. Elle se sentait à la fois excitée à l'idée d'effectuer ce travail et un peu triste de ne pas pouvoir commencer immédiatement.

Alors qu'Emma s'éloignait, Tim fit claquer sa langue, et le cheval et le chariot avancèrent vers leur prochaine livraison.

CHAPITRE 5

Tony vint à la pension de famille pour dîner ce soir-là. Elle remarqua qu'il avait l'air plus sérieux que d'habitude. Il s'assit à côté d'elle au dîner et ne dit pas grand-chose, mais il fit honneur à la cuisine de Dora. Son père avait une bonne idée de la raison de sa présence. Il comptait laisser Emma et Tony en discuter.

Au moment où Amy, Emma et Dora débarrassaient la table du dîner, Tony posa sa main sur celle d'Emma.

— J'aimerais te parler, glissa-t-il doucement.

Emma jeta un regard interrogateur à Dora, qui se contenta de hocher la tête.

Emma et Tony étaient meilleurs amis et partenaires occasionnels de crime. Elle leva les yeux vers lui :

— D'accord.

Ce n'était pas une surprise qu'il veuille lui parler. Elle se dit que Tim l'avait informé de ses projets.

— On fait le tour du quartier ? suggéra-t-elle.

— Oui, répondit-il.

Il était beaucoup plus silencieux que d'habitude avec elle.

Sa tête était légèrement penchée, ses cheveux bruns soyeux tombaient dans ses yeux alors que tous deux sortaient de la pension de famille.

Une fois dehors, ils commencèrent leur marche en silence, côte à côte, sans se toucher.

— Emma, commença Tony en regardant la rue et, pour une fois dans sa vie, Emma ne l'interrompit pas.

Tony fut surpris de sa réaction. Il avait marqué une pause, attendant qu'elle prenne la parole. Il prit une profonde inspiration et poursuivit :

— Emma, je sais que ton père, Dora et Tim ont tous donné leur accord pour que tu fasses des livraisons avec nous, mais est-ce que ce serait vraiment sans danger pour toi ?

Comme elle connaissait Tony, elle le laissa parler. Elle garda son regard tourné vers les maisons du quartier. Elle pouvait voir davantage que la rue devant elle ; son avenir commençait à se dessiner.

— Tony, c'est l'heure. Il est temps pour moi de partir à l'aventure et de voir tout Chicago, puis, éventuellement, le monde entier. Tu le sais.

Elle s'arrêta un moment, continuant à regarder la rue.

— Dis-moi une chose. Si je n'avais pas été blessée, serais-tu aussi protecteur envers moi ?

Il l'arrêta, posa sa main sur son bras et la tourna vers lui. Il tendit la main et inclina son menton pour qu'elle le regarde dans les yeux.

— Honnêtement, je ne sais pas. Je ne pense pas. J'aimerais que tous tes rêves deviennent réalité, mais, Emma, je ne peux pas oublier ce jour, quand j'ai porté ton corps brisé chez toi.

Sa voix dérailla.

— Je sais, fit-elle, la mine grave, et tu as été incroyable. Je n'ai pas oublié que tu venais tous les jours t'asseoir avec moi, que tu me lisais des livres et que tu me parlais quand je devenais folle d'ennui. Tony...

Elle marqua une pause et lui attrapa la main.

— Tu sais que je peux me débrouiller.

Cet événement avait changé la façon dont elle se voyait et dont elle voulait être vue. Elle considérait son ancien moi comme étant faible. Elle était beaucoup plus forte à présent et elle voulait qu'il la perçoive ainsi.

— Oui, répondit Tony, qui avait participé à quelques entraînements avec elle.

Il était conscient qu'elle savait se battre. Il pensa : *Elle a tellement changé après cet événement. L'aventurière est toujours là, mais elle a aussi une nouvelle force.*

— Emma, fit-il avec passion, je veux que tu profites de ta vie et que tu deviennes la personne que tu es censée être. Tu n'as que 16 ans, mais je veux te connaître à 18, 25, 45, 65 ans...

Cela la fit rire. C'était tout Tony : toujours dans la planification. À 16 ans, elle ne savait pas si elle faisait partie de ses projets d'avenir, mais pour l'heure, elle voulait qu'il soit son ami, son meilleur ami.

— Tu feras attention.

C'était plus une injonction qu'une question.

— Oui.

Alors qu'ils retournaient vers sa maison, ils continuèrent à marcher côte à côte. Tony passa un bras autour de son épaule et la serra.

— D'ailleurs, fit Emma en souriant, je ne te verrai pas lundi matin à la première heure, pour mon premier jour de livraison ?

Elle lui donna un petit coup de hanche. Il avait toujours fait comme s'il la croisait par hasard sur le chemin de la boulangerie.

— Je serai là comme d'habitude pour t'accompagner le

matin, répondit Tony, admettant pour la première fois qu'il la rejoignait exprès. Pour être clair, ce n'est pas pour te protéger, mais pour *me* protéger.

Ils furent pris d'un fou rire et ne purent s'arrêter que lorsqu'ils atteignirent son perron.

— À bientôt, lança-t-il, et il la regarda entrer dans la pension.

Il pensa à Emma sur le chemin du retour.

—À bientôt, chuchota Emma, puis elle ferma la porte.

Elle pensa à Tony et à la semaine suivante.

CHAPITRE 6

Le samedi arriva plus vite que prévu pour Emma. Elle avait posé sa robe jaune et blanche avec des bordures vertes sur le lit. Dora entra dans la chambre d'Emma en tournant sur elle-même, exhibant sa robe bleu vif avec une magnifique dentelle. Emma applaudit et sourit, ravie que sa sœur soit si heureuse.

— Oh, Emma, la robe a l'air toute neuve. Merci beaucoup d'avoir ajouté cette dentelle. Qu'en penses-tu ? De quoi ai-je l'air ? demanda Dora avec enthousiasme en se tournant vers le miroir et en tapotant ses cheveux relevés.

— Je pense que Tim va adorer, dit Emma, répondant ainsi au sous-entendu.

Dora prit une délicieuse teinte rouge, mais ne chercha pas à la contredire.

— Emma, Dora, votre chauffeur est arrivé, lança Amy d'en bas.

Dora ouvrit la porte et se retourna vers Emma.

— Tu es prête, ma sœur ? demanda-t-elle, distraite, en pensant à Tim.

Emma la regarda d'un air un peu perplexe. Elle n'avait pas encore enfilé sa robe. Décidant de laisser Dora tranquille, elle lui glissa doucement :

— Presque, je te retrouve en bas.

Elle savait combien le bal était important pour Tim et Dora.

Dora lui tapota à nouveau la tête et descendit.

Tim entendit du mouvement et leva les yeux ; tout sembla figé pendant un instant. Quand Dora entra dans le hall, il lança :

— Dora, tu es magnifique.

C'était la déclaration la plus personnelle qu'il lui ait jamais faite.

— Merci, fit-elle, rayonnante, tu es très élégant toi aussi.

— Très bien. Allons-y.

Il l'attrapa par la main et commença à la tirer vers la porte. Il n'avait d'yeux que pour elle. Le reste n'existait plus.

Elle planta ses talons dans le sol alors qu'il essayait de la faire sortir.

— Tim, on doit attendre ma sœur, lui rappela-t-elle.

Il secoua la tête comme pour s'éclaircir l'esprit.

— Oh, c'est vrai, dit-il en baissant les yeux et en réalisant qu'il tenait toujours sa main.

Au lieu de la lâcher, il attira la jeune femme vers lui et lui donna leur premier baiser. Il était doux et intense, tout comme Tim.

La tête de Dora se mit à tourner et elle ferma les yeux, se délectant du moment.

Emma, qui descendait les escaliers dans sa précipitation habituelle, réalisa qu'elle risquait d'interrompre quelque chose. Elle s'arrêta et s'appuya contre la balustrade.

— Salut, Tim. J'y ai le droit, moi aussi ? le taquina-t-elle.

Tim vira au rouge brique, mais il attrapa son bras pour l'embrasser sur la joue une fois qu'elle atteignit le palier.

Tous trois échangèrent des sourires.

— Papa vient avec nous ? demanda Emma.

— Non, répondit Dora. Il a une réunion tardive. La famille de Tim nous retrouvera là-bas.

— Emma, fit Tim innocemment, Tony a demandé s'il pouvait venir avec nous ce soir. Je lui ai dit que c'était bon.

Emma hocha la tête et répondit en souriant :

— Tu as bien fait.

Tim se retourna et sourit en son for intérieur. *Tony serait heureux d'entendre ça.*

Il aida Dora à se hisser sur le siège du chariot, en utilisant une caisse sur le trottoir pour l'aider à prendre place malgré sa robe. Il fit le tour et installa Emma à l'arrière du chariot. Il l'avait nettoyé et y avait installé une couverture pour plus de confort. Alors qu'ils partaient pour le bal, Tony arriva en courant derrière eux. Tim ne s'arrêta pas et Tony sauta à l'arrière, rejoignant Emma.

— Salut, dit-il en faisant un signe de tête à Tim et Dora. Salut, Emma.

Il rebondit un peu en s'asseyant à côté d'elle.

— Salut, Tony. Comment ça va ? Tu as travaillé aujourd'hui ? demanda-t-elle, toujours intéressée par ce que faisaient les garçons.

— Oui, j'ai eu de nouvelles livraisons pour le conservateur du musée, répondit-il.

— Quelque chose d'intéressant ? poursuivit-elle.

Il hocha la tête.

— C'étaient de nouvelles esquisses d'un artiste local. Le conservateur était là et m'a laissé regarder pendant qu'il les déballait.

Ils continuèrent à discuter du musée jusqu'à ce qu'ils arrivent au bal.

C'était le bal de la fin du printemps à leur église, un événement animé et haut en couleur, avec un orchestre et beaucoup de monde. En entrant dans la salle bondée, Emma jeta un coup d'œil autour d'elle. Des tables dédiées aux rafraîchissements s'étendaient le long des murs, on avait installé des chaises pour que les gens puissent se reposer entre deux danses, et il y avait également une piste de danse et un orchestre.

Emma et Dora avaient déposé le gâteau au chocolat allemand pour la table des desserts plus tôt dans la journée. Alors que Tim et Tony les aidaient à enlever leurs manteaux, Emma regardait déjà les rafraîchissements.

Emma dansa avec Tony et Tim – quand Tim accepta d'être arraché à Dora. Elle regarda autour d'elle et remarqua que Chloé regardait son cousin danser avec plusieurs partenaires. Elle s'approcha d'elle et lui demanda à voix basse :

— Qu'est-ce que tu fais ? Va danser avec lui.

— Non, répondit-elle, ce n'est pas comme ça qu'il va me remarquer. J'ai une autre idée.

Elle s'approcha du groupe et demanda à jouer pour la prochaine chanson. Elle n'avait jamais fait ça auparavant et Emma vit les yeux de son cousin suivre sa silhouette gracieuse jusqu'à l'estrade. Il parlait à une autre fille, mais il lui fit signe de s'en aller et continua à fixer Chloé.

Curieux, il la vit montrer du doigt une petite valise qu'elle portait. Le chef d'orchestre hocha la tête et l'invita à monter sur l'estrade. Elle grimpa les marches et les rejoignit rapidement. Elle ouvrit son étui et en sortit un violon et un archet. Le cousin d'Emma la regarda tester l'archet et les cordes. Elle porta le violon à son menton et fit un signe de tête au chef d'orchestre. Elle passa l'archet sur les cordes et entama une gigue animée, les autres musiciens se joignant à elle.

C'était une idée des plus divertissantes et elle avait attiré l'attention du cousin d'Emma. Il commença à taper dans ses mains, réalisant qu'il s'amusait pour la première fois de la soirée. *Hmm, je pourrais bien avoir un intérêt pour les violons,* pensa-t-il en regardant Chloé plus attentivement.

Emma regarda Chloé, abasourdie, et secoua la tête. La soirée se poursuivit. Emma observa surtout les autres danseurs et se promena avec Tony, l'écoutant décrire diverses pièces du musée pendant qu'ils se gavaient de délicieuses pâtisseries. Ils adressèrent un petit signe de la main à Tim et Dora qui parlaient avec l'oncle et la tante de Tim.

À la fin du bal, tous les quatre se retrouvèrent et reprirent le chariot pour rentrer. C'était une nuit calme et tous les quatre laissèrent un silence confortable s'installer. Ils s'arrêtèrent à la pension de famille et Tony aida Emma à descendre de l'arrière du chariot. Ils se firent leurs adieux et elle gravit les marches du perron. Tony la regarda disparaître à l'intérieur et se retourna pour dire bonne nuit à Tim et Dora. Il leva la main, mais réalisa qu'ils ne se quittaient pas des yeux. Lentement, il laissa tomber son bras et se tourna vers la maison avec une démarche sautillante.

Tim et Dora restèrent encore un moment ensemble avant de sortir du chariot. Ils continuaient à se dévorer des yeux. Dora fut la première à parler.

— Bien, je devrais y aller.

Tim sauta alors du chariot et s'approcha d'elle.

— Laisse-moi t'aider à descendre.

Il la déposa sur le trottoir.

— Tim, j'ai passé un moment merveilleux, murmura Dora, toujours dans ses bras.

— Moi aussi, dit-il sans la lâcher. Dora, aimerais-tu aller à l'église avec moi demain ? demanda-t-il.

Comme elle était sur le point d'acquiescer, il continua :

— Et au parc pour un pique-nique samedi prochain, et ensuite. ...

Il aurait continué, mais Dora toucha sa main de la sienne.

— Tim, j'irai où tu veux avec toi.

En souriant, Tim passa ses bras autour d'elle et l'embrassa jusqu'à ce que ses genoux en tremblent. Il la raccompagna jusqu'à la porte et l'embrassa à nouveau. S'éloignant d'elle, il remit son chapeau sur sa tête et commença à descendre les marches du perron deux à deux.

Il avait tourné à droite et se dirigeait vers sa maison quand Dora lança :

— Tim ?

Il leva les yeux vers elle, toujours souriant, et demanda :

— Oui ?

— Tim, tu vis par là, glissa-t-elle doucement en indiquant la gauche.

Il jeta un regard à gauche et à droite, et réalisa qu'elle avait raison. Il tourna à gauche et reprit le chemin de la maison.

— Tim ? l'appela-t-elle à nouveau.

Il leva les yeux vers elle et demanda :

— Oui, Dora ?

— Tu as oublié ton chariot, commenta-t-elle avec un petit rire.

Son visage vira au rouge brique. Il regarda autour de lui et parvint à localiser le chariot. Il s'en approcha, grimpa sur le siège, prit les rênes et se tourna vers Dora pour lui dire :

— Tout est bon, maintenant ?

Il attendit qu'elle acquiesce pour s'éloigner vers chez lui.

Dora continua de rire doucement de ses pitreries en entrant.

En refermant la porte, elle s'appuya sur celle-ci et regarda d'un air rêveur le palier où Emma l'attendait patiemment. Elle se précipita à l'étage pour lui parler, prête à échanger des confidences jusque tard dans la nuit.

CHAPITRE 7

Le lundi matin à la première heure, avant que le jour ne se lève, Emma se dirigea vers la boulangerie. La seule différence, c'était que cette fois, elle était habillée en livreur. Tony la retrouva en chemin, comme d'habitude, et la salua de la main.

*
**

Son observateur aperçut les deux garçons et réalisa que l'un d'eux était Tony. Il ne pouvait pas les entendre, mais vit, lorsque Tony retira le chapeau de l'autre garçon, une tresse blonde brillante tomber dans son dos. C'était Emma. *C'est donc parti pour l'aventure,* pensa-t-il. Cela rendrait son travail plus difficile, mais il s'adapterait.

*
**

Emma s'entraîna à marcher comme un garçon sur le chemin de la boulangerie. Tony lui donna une tape sur les fesses avec son chapeau et le lui rendit pour qu'elle le mette avant que les autres garçons ne la voient.

— Emma, dit-il, reste au niveau de l'entrée arrière près des chariots. Je suis sûr que tes cousins te reconnaîtraient plus vite que moi.

Elle hocha la tête, pensant qu'elle devrait probablement annoncer à son cousin qu'elle s'occuperait des livraisons pendant un certain temps. Elle irait le voir plus tard dans la journée.

Les autres garçons commencèrent à arriver. Emma n'établit pas de contact visuel avec eux et rabattit son chapeau sur ses yeux. Elle attendit à côté du chariot de Tim.

De retour à la boulangerie...

Quand les autres garçons arrivèrent, ils rangèrent leurs chariots et allèrent chercher leurs livraisons. Elles contenaient généralement des tartes, des gâteaux, des miches de pain et d'autres petites pâtisseries. On les plaça soigneusement dans les chariots. La boulangerie disposait de plusieurs chariots tirés par des chevaux, avec des boîtes à clé spéciales pour les pâtisseries. Les autres livraisons locales étaient effectuées par des chariots à bras ou des sacs.

Tim et Tony faisaient partie du groupe de chauffeurs. Emma voulait les accompagner sur l'un de ces trajets, car ils s'enfonçaient plus profondément dans la ville et elle souhaitait en voir le plus possible.

Tim sortit de la boulangerie avec le premier chargement de pains, de gâteaux et de tartes. Il fit signe à Emma de l'aider à les charger dans la boîte du chariot. Elle monta à l'arrière et il lui passa les articles. Il leur fallut plusieurs voyages avant qu'ils ne puissent se mettre en route. Après avoir placé les derniers articles dans la boîte et l'avoir verrouillée, Emma sauta à terre. Elle passa à l'avant pour grimper sur le siège du buggy quand Tony s'approcha.

Il s'amusa à tirer le chapeau d'Emma sur ses yeux et lui fit un sourire en coin.

— Tim, toi et... ? demanda-t-il.

— EJ, compléta Emma. EJ étant le diminutif d'Emma Jane.

— Je vois, toi et EJ, passez une bonne journée, dit-il en insistant sur EJ.

Il regarda Tim en plissant les yeux.

Tim acquiesça à la question silencieuse.

Tony hocha la tête et retourna à son chariot ; il était temps de se mettre en mouvement. Emma sortit son carnet de notes pour documenter la journée et les allées et venues des gens au petit matin.

Tim regarda Emma et son éternel carnet noir. Il ne se souvenait pas de la première fois qu'il l'avait vue l'utiliser ; c'était comme s'il avait toujours fait partie d'elle. La présence de ce livre lui rappelait un funeste jour, six ans plus tôt, lorsque Tony et lui l'avaient trouvée blessée sur le perron et qu'elle demandait sans relâche ce carnet. Elle avait continué à le demander pendant sa convalescence. Ils ne l'avaient jamais retrouvé.

Tim avait une liste de livraisons à effectuer ce matin-là ; la plupart étaient habituelles, mais il pouvait y avoir des ajouts de dernière minute.

— Emma, coche chaque livraison au fur et à mesure, lui demanda-t-il en lui tendant la liste.

Elle suivit ses instructions alors qu'ils commençaient leurs livraisons. Tim lui demandait de descendre et d'apporter les articles à la porte.

Lorsqu'ils arrivèrent dans un quartier plus agréable où toutes les maisons étaient en pierre, Tim précisa :

— Rappelle-toi que tu dois passer par la porte arrière de ces maisons. Un domestique récupérera les livraisons.

— C'est compris, répondit-elle, connaissant bien le quartier.

Elle était en effet passée par la porte avant de bon nombre de ces maisons lorsque son père travaillait comme consultant en ingénierie, mettant à jour les exigences de conception après l'incendie.

Tim lui remit leur commande : pains, tartes et un gâteau. Elle devrait faire deux voyages. En passant par l'arrière du bâtiment, elle utilisa son coude pour frapper à la porte. Celle-ci s'ouvrit rapidement, révélant une imposante gouvernante.

— Vous avez quelque chose pour Mr Black ? demanda-t-elle d'un ton vif.

C'était une femme qui avait des choses à faire et ce petit bout de fille, habillée en garçon, la ralentissait.

— Oui, vos tartes, votre gâteau et votre assortiment de pains, dit Emma alors qu'on l'invitait à pénétrer dans la cuisine pour placer la commande sur une grande table rectangulaire.

Elle respira les odeurs merveilleuses et nota les couleurs de la cuisine : sol à carreaux noirs et blancs, comptoirs et armoires blancs, et plateaux argentés préparés pour le petit-déjeuner de la famille.

Emma s'empressa de poser les articles et fit un second voyage pour livrer le reste de la commande. Elle le plaça avec les autres pâtisseries sur la table de la cuisine.

— Du balai, maintenant, lui intima la gouvernante en la poussant vers la porte.

Elle avait certainement une journée bien chargée.

— Vous, là-bas, l'entendit Emma dire aux domestiques dans la cuisine, rangez ces tartes, ces gâteaux et ces miches de pain.

Ils s'empressèrent d'accomplir leur tâche.

Emma sortit en essayant de garder tous ces détails en tête pour les consigner plus tard. Elle sauta sur le siège du chariot à côté de Tim sans aucune aide. Elle adoptait déjà des manières plus garçonnes.

Tim le remarqua et le côté droit de sa bouche se releva, mais il ne dit rien. Plus elle se comporterait comme un garçon, plus elle serait en sécurité.

Le travail ne dérangeait pas Emma. Elle était si excitée de pouvoir sortir et explorer la ville. *Il y a tellement de gens qui se déplacent, même aux premières heures de la journée. Des gens à cheval et des trolleybus, des personnes en route pour le travail ou commençant leur journée à la maison. Des camions de lait qui avancent lentement, mais sûrement.*

Elle observa tout attentivement ce premier jour. Elle nota les changements au fil de la journée, les rues tranquilles qui se remplissaient de gens, de chevaux, de buggies et de carrioles. Le bruit commença vraiment lorsque les ouvriers du bâtiment entamèrent leur journée. Chicago était en reconstruction permanente depuis l'incendie. Les bâtiments seraient plus hauts que partout ailleurs dans le pays. Elle était impatiente de voir la ville depuis ces hauteurs.

Elle décrivait en détail les gens qu'elle voyait au coin des rues. *Il est intéressant de constater que les quartiers semblent dicter la tenue vestimentaire des gens.* Elle remarqua que les personnes vivant dans les quartiers les plus agréables avaient des vêtements plus discrets et élégants, tandis que les gens vivant dans les quartiers ouvriers avaient des vêtements plus rêches et dans les endroits consacrés au jeu, les tenues étaient plus voyantes et peu recommandables.

Tim interrompit ses observations.

— Emma, où en sommes-nous de la liste ?

Elle l'avait en main et lut les deux prochains lieux de livraison.

— On doit rester concentrés, Emma. Il faut respecter le programme, et c'est à toi de t'assurer que je ne manque aucune livraison, lui rappela-t-il.

— Oh, nous n'en manquerons pas, je te le promets, le rassura-t-elle en s'appliquant à mettre la liste à jour.

Feuille en main, elle ne cessait de regarder autour d'elle, consignant ses observations aussi vite qu'elle le pouvait. Elle ajouta également quelques notes aux pages consacrées aux livraisons pour repérer les endroits afin d'être plus efficaces la fois suivante.

En poursuivant ses observations, Emma remarqua que les domestiques des quartiers plus agréables se faisaient livrer du lait à leur porte et que, dans les quartiers plus pauvres, les familles portaient des cruches que le chauffeur des camions remplissait. Quelques heures après avoir commencé leurs livraisons, ils virent les commerces ouvrir leurs portes et les enfants aller à l'école.

Tim lui expliqua qu'ils faisaient davantage de livraisons dans les quartiers ouvriers, les femmes commençant à travailler en dehors de la maison.

— Pourquoi ça ? demanda Emma.

Tim répondit :

— Les femmes n'ont plus le temps de passer leur journée à cuisiner, donc on leur livre le pain et les pâtisseries chaque semaine maintenant.

Alors que la matinée se terminait, Emma voulut échanger sur tout ce qu'elle avait vu.

Tim la mit en garde :

— Emma, c'est formidable que tu aimes travailler avec moi, mais souviens-toi que tu ne seras sur le chariot que quelques jours par semaine.

— Je sais, murmura-t-elle. Mais j'adore être dehors et voir tant de choses et de gens.

Elle continua à parler de sa journée avec un grand sourire et Tim ne put s'empêcher de sourire à son tour.

La curiosité prit finalement le dessus.

— Qu'est-ce que tu griffonnes tout le temps ? demanda-t-il en agitant la main vers le carnet noir.

— Juste ce qui se passe autour de nous, répondit-elle.

Son visage prit un air plus sérieux et elle continua :

— Je ne voudrais surtout pas passer à côté de quelque chose d'important.

Au cours des semaines suivantes, l'emploi du temps d'Emma changea pour lui permettre de passer plus de temps avec Tim sur le chariot de livraison. Durant les tournées, elle apprit à connaître les quartiers et les entreprises situées sur leur parcours. Elle continua à documenter ses observations, cherchant à repérer des schémas chez les gens et leur journée type.

Le soir, elle relisait ses notes et commençait à regrouper celles qui sortaient du lot. Les premières concernaient Stubbings, le grand magasin situé sur leur itinéraire. Il y avait quelque chose d'étrange dans les livraisons quotidiennes de gros chariots de Stubbings, mais elle ne parvenait pas à déterminer ce que c'était. Elle transféra ses observations de son carnet général à un carnet qui se concentrait uniquement sur cet endroit.

Elle garda les deux carnets avec elle pendant les livraisons de la semaine suivante. Emma passa également plusieurs après-midi après son service à la boulangerie à traîner autour de Stubbings, prenant des notes sur les horaires et les livraisons. Son carnet sur Stubbings était rempli de dessins et de commentaires. Il y avait quelque chose d'étrange avec la hauteur des roues des chariots utilisés pour leurs livraisons et retours.

Elle commença à faire des croquis des différentes hauteurs de roues pour illustrer la différence en fonction du poids du véhicule. Cela lui permit de déterminer approximativement les poids susceptibles d'avoir un impact sur la hauteur des roues. En examinant les types de camions qui livraient le magasin, elle put déterminer que ceux qui quittaient Stubbings étaient plus lourds qu'à l'arrivée.

Elle repéra également des similitudes dans les horaires de livraisons. Elle prenait également des notes séparément sur les vêtements des livreurs et leur comportement.

Emma passa en revue ses notes après quelques semaines d'observations. Organisant ses conclusions, elle décida de soumettre ces informations à Tim pour obtenir son avis avant de passer à l'étape suivante. Elle attendit qu'ils soient en route pour leur première livraison pour aborder le sujet.

— Tim, dit-elle d'un air déterminé en le regardant droit dans les yeux.

— Oui, répondit-il distraitement tandis qu'il conduisait le chariot.

Il semblait regarder devant lui, se concentrant sur sa conduite, mais son esprit pensait en fait à la prochaine fois qu'il verrait Dora.

— Tu m'as demandé ce que j'avais observé et si j'en avais tiré quelque chose... fit-elle en gardant un ton neutre, ne voulant pas paraître trop excitée par ses découvertes.

— Oui, répéta-t-il, ralentissant cette fois le chariot pour l'arrêter et se tourner vers elle.

— L'endroit où on se trouve en ce moment, c'est là qu'on est habituellement à cette heure de la journée, pas vrai ? demanda-t-elle en indiquant le grand magasin Stubbings de la main.

Il hocha la tête en guise de confirmation.

— Ce camion est venu tous les jours cette semaine.

Elle bougea la tête pour indiquer le grand camion garé sur le quai de chargement.

— N'est-ce pas ?

— Où veux-tu en venir ? demanda Tim, un brin exaspéré. On a du travail, tu sais.

— J'y viens, donne-moi une seconde, assura-t-elle, et elle continua à lui faire part de ses découvertes. Dans ce quartier de la ville, les camions de livraison vont et viennent entre les différents grands magasins, les boutiques luxueuses de vêtements pour hommes et les restaurants. J'ai fini par penser que quelque chose clochait avec les camions et le personnel de Stubbings.

Il attendit plus patiemment cette fois. Elle avait piqué sa curiosité. Il avait une question, cependant.

— Qu'est-ce qui t'a fait suspecter ces camions en particulier ?

— Ils semblent tous appartenir à la même entreprise, mais il n'y a pas d'insigne sur les uniformes ; les vêtements que les hommes portent ne correspondent pas. Et ils fument. Quand j'ai remarqué ces différences, j'ai commencé à surveiller les camions, expliqua-t-elle simplement. J'ai aussi remarqué quelque chose de bizarre avec la hauteur des roues des véhicules lors de leurs allées et venues.

Elle sortit son carnet et lui montra les dessins.

— Les roues sont plus basses quand les chariots sont pleins. J'ai comparé les roues de leurs véhicules à leur arrivée et à leur départ. On devrait voir davantage les roues de ceux qui partent ; le véhicule ici présent est généralement plus chargé lorsqu'il part.

Ils avaient une vue dégagée sur l'allée où s'effectuaient les livraisons pour le magasin. Tim dit pensivement :

— Eh bien, ça pourrait être parce qu'ils ont des choses à renvoyer aux fabricants.

— Je ne pense pas que la différence serait si extrême, et le véhicule ne serait pas vide en entrant dans le magasin, fit-elle remarquer.

— Autre chose ? demanda-t-il en réfléchissant à ce qu'elle lui avait montré et en se frottant le front de la main droite, tout en gardant la main gauche sur les rênes.

— C'est tout, répondit-elle en refermant son carnet.

Tim leva les yeux au ciel et, semblant parler à une puissance supérieure, fit remarquer :

— Je voulais juste lui donner une chance de sortir de la maison et de participer aux livraisons, au lieu de quoi, on se retrouve plongés dans une nouvelle aventure.

Il secoua la tête d'un air exaspéré.

Il sembla prendre une décision et la regarda en plissant les yeux.

— Si tu as raison, ça pourrait être un vol organisé qui dure depuis un bon moment.

— Je pense que oui, acquiesça-t-elle nonchalamment.

Puis elle demanda :

— Qui prévenir ?

— Pas la police, firent-ils tous les deux en même temps.

Ils savaient que le maire Harrison était corrompu. Les gangsters de la région pouvaient s'en tirer à bon compte.

— J'ai une idée, lança Tim, et il gara le chariot devant un café voisin.

Ils descendirent et traversèrent la rue, se dirigeant vers l'entrée de Stubbings.

Le magasin n'était pas encore ouvert, mais ils pouvaient voir du mouvement à l'intérieur. Emma tapa légèrement sur les fenêtres. Au début, le personnel à l'intérieur les ignora, mais une personne s'approcha de la porte lorsqu'elle reconnut Emma et Tim du chariot de livraison de la boulangerie. Une femme vêtue d'une robe noire, avec des boucles rousses relevées sur sa tête, entrebâilla la porte.

— Qu'y a-t-il, les enfants ? Avez-vous des pâtisseries pour nous ce matin ? demanda-t-elle en leur souriant.

— Votre responsable est-il là ? demanda Tim, ignorant sa question.

— Pourquoi ? Vous avez besoin d'un travail ? plaisanta-t-elle.

Comme ils ne répondaient pas à ses questions, elle continua :

— Je suis miss Woods. Nos bureaux seront ouverts plus tard dans la journée si vous voulez postuler, bien que vous soyez un peu jeunes.

— Non, corrigea Emma, nous avons des informations importantes qui pourraient intéresser votre responsable.

Son ton était empreint d'un sérieux qui fit hocher la tête à miss Woods. Elle semblait avoir pris une décision quand elle dit :

— Un instant.

Elle ferma la porte à clé. Ils la virent s'enfoncer précipitamment dans le magasin.

Quelques instants plus tard, un homme grand et distingué,

vêtu d'un costume bleu foncé, d'une chemise blanche impeccable et d'une cravate assortie, se dirigea vers la porte d'un pas tranquille, suivi de miss Woods. Il l'ouvrit en grand et leur demanda d'entrer.

— Je suis Mark Jones, directeur général de Stubbings. Miss Woods m'a indiqué que vous deviez me parler d'un sujet important. En quoi puis-je vous aider ? demanda-t-il en les regardant droit dans les yeux.

Tim fit signe à Emma de commencer.

— Mr Jones, nous pensons que vos livreurs ne vous livrent rien, mais prennent des marchandises de votre magasin.

Il demanda alors d'un ton neutre :

— Qu'est-ce qui vous fait dire cela ?

Emma sortit son carnet noir pour consulter ses notes.

— Eh bien, d'une part, les uniformes des chauffeurs-livreurs ne correspondent pas à ceux que portent normalement les vôtres ; d'autre part, ils fument ; enfin, les chariots sont plus remplis au départ qu'à l'arrivée.

— Comment avez-vous remarqué cela concernant les chariots ? demanda Mr Jones, curieux.

Emma se référa aux dessins techniques dans son carnet.

— Le véhicule est plus bas.

Elle indiqua les mesures.

— Hmm, murmura Mr Jones, ces dessins me rappellent quelqu'un. Seriez-vous, par hasard, liée à Mr Evans, l'ingénieur en structure ?

— C'est mon père, répondit doucement Emma.

Mr Jones parut arriver à une conclusion et se tourna vers miss Woods en disant d'une voix autoritaire :

— Pouvez-vous aller chercher Mr Taylor ?

Il se retourna vers les enfants.

— C'est notre chef de la sécurité.

Miss Woods partit immédiatement le chercher.

Elle et un homme qu'Emma supposa être Mr Taylor arrivèrent avec une dizaine d'hommes costauds. Les hommes le regardaient, attendant ses ordres. *Ce doit être le personnel de sécurité*, pensa Emma.

En regardant Mr Jones interagir avec Mr Taylor, elle remarqua que sa veste avait quelque chose d'étrange. Elle semblait un peu plus grande que nécessaire au niveau de la poitrine. Elle continua à l'étudier quand elle réalisa que la veste devait couvrir une arme. Elle nota ses observations sur les gens et leurs activités.

Mr Jones regarda les deux enfants et suggéra :

— Vous feriez mieux d'y aller. Je vous recontacterai bientôt.

Emma et Tim sortirent par où ils étaient entrés. Ils traversaient la rue quand ils virent Mr Taylor et ses hommes sortir en masse des quais de chargement. Ils fondirent sur l'équipe de livraison qui chargeait les véhicules et attrapèrent le responsable du chargement par le cou, le tirant dans le magasin.

Emma et Tim étaient aux premières loges. Elle jeta un regard sombre à Tim.

— Qu'est-ce qui va leur arriver ?

Il haussa les épaules.

— Je ne sais pas trop. Je pense que ça dépend si le magasin veut étouffer l'affaire ou impliquer la police.

— Est-ce qu'on attend ? demanda-t-elle.

— Non, répondit-il. Mieux vaut s'occuper de nos affaires.

— Mais Mr Jones nous a bien dit « à plus tard » ? fit-elle remarquer sans quitter des yeux le magasin.

— Oui, mais je pense qu'il est un peu occupé en ce moment, fit Tim avec ironie. Allez, viens.

Emma et lui remontèrent dans le chariot pour continuer leur journée.

Alors qu'ils partaient, Tim jeta un coup d'œil à Emma et sourit :

— Alors, tu cogites déjà ?

Il poursuivit sur le ton de l'avertissement :

— Si j'étais toi, je ne mentionnerais notre implication dans cette affaire à personne.

Il fit claquer sa langue et les chevaux se mirent en route.

Ils reprirent la route comme si rien ne s'était passé. Ils avaient environ une heure de livraisons à effectuer près de Stubbings. Emma avait espéré qu'ils auraient du nouveau concernant ses observations, mais elle était consciente que cela pouvait être dangereux. Si un gang se cachait derrière le vol, il valait mieux que leurs noms ne soient pas cités. Ils poursuivirent leur chemin, les gens ne les remarquant guère.

Emma se remit à noter d'autres observations sur leur parcours. Ils terminèrent leur journée, et Tim la déposa chez elle avant d'aller effectuer ses livraisons de l'après-midi. En rentrant, elle repensa aux événements de la matinée et à l'excitation de voir sa première affaire couronnée de succès. Elle baissa la tête en jetant un coup d'œil à son carnet quand elle sentit l'odeur du beurre et du chocolat. Elle savait ce qui se préparait en cuisine et s'y rendit immédiatement.

À l'intérieur, elle trouva Amy en train de travailler dur pour nettoyer après le déjeuner et Dora en pleine préparation du dessert du soir. Emma eut l'eau à la bouche en voyant tous les ingrédients pour confectionner un gâteau au beurre allemand à la liqueur d'œuf.

Emma essaya d'attraper un peu de pâte, mais Dora fut plus rapide et éloigna le saladier. Emma lui adressa un regard triste et sa sœur céda rapidement et lui donna une cuillère à lécher. Prenant la cuillère offerte, elle s'assit à la table pour la déguster. Quand elle eut fini, elle se dirigea vers l'évier pour la laver.

— Raconte-nous ta journée, demanda Amy. Elle était curieuse de savoir ce qui se passait en ville, mais pas assez pour vouloir s'y rendre, même si elle appréciait les histoires d'Emma.

Emma était très silencieuse alors qu'elle se dirigeait vers la glacière pour en sortir les ingrédients pour son déjeuner. On leur livrait de la glace tous les deux ou trois jours pour conserver les aliments. Elle sortit le fromage et commença à se préparer un sandwich. Dora et Amy se regardèrent en voyant qu'Emma ne comptait pas les régaler de ses aventures de la journée. En temps normal, elle les aurait inondées de détails. *Qu'est-ce qui a changé aujourd'hui ?* se demanda Dora.

Emma posa les ingrédients sur la table et attrapa une assiette pour préparer son sandwich. Elle remit les produits dans la glacière et sortit de la pièce avec son repas.

— J'emporte mon sandwich à l'étage, fit-elle, tellement distraite qu'elle en oublia de répondre à la question d'Amy.

Elle ouvrait déjà son carnet noir en montant l'escalier.

Amy regarda Dora, qui haussa les épaules. *Je lui demanderai ce qu'il en est plus tard*, pensa-t-elle en retournant à son savoureux dessert.

Pendant ce temps, Emma se dirigeait vers le bureau de sa chambre. Elle finit son sandwich et commença à ajouter des notes sur l'affaire des voleurs de Stubbings. C'était une affaire passionnante, mais elle était un peu déçue de ne pas être impliquée dans le démantèlement. *Peut-être dans le futur*, pensa-t-elle. Elle ferma le carnet consacré à cette affaire et le rangea.

Elle sortit son carnet noir général et commença à examiner ses notes des semaines précédentes pour voir si elles pouvaient être déplacées dans un carnet individuel.

Les quartiers ont un rythme qui leur est propre, pensa-t-elle en continuant à réfléchir aux différentes zones de Chicago. Les quartiers résidentiels riches étaient calmes, la seule activité matinale étant les livraisons de lait, de journaux et de pâtisseries. Le calme qui régnait à l'extérieur des maisons n'était pas révélateur du travail réel qui se déroulait au rez-de-chaussée. Le personnel travaillait dur pour se préparer à la journée. Beaucoup de ces maisons avaient besoin de pâtisseries pour commencer leur journée.

Emma connaissait déjà les quartiers où sa famille vivait. Beaucoup d'habitants possédaient des entreprises ou exerçaient une profession libérale. Les familles employaient des domestiques vivant ou non sur place. La classe moyenne achetait ou confectionnait ses propres pâtisseries.

Ils ne livraient pas autant les personnes moins fortunées ; la plupart des femmes faisaient leur pain et, si elles voulaient des pâtisseries ou d'autres douceurs, elles étaient de la veille. Le cousin d'Emma faisait livrer des tartes et des gâteaux de la veille dans ces quartiers et l'argent qu'il en tirait était partagé entre les livreurs.

Il y avait aussi le quartier du jeu sur leur route. Ces rues étaient aussi calmes que les autres quartiers d'affaires. Ce n'étaient pas des gangs de rue, mais des établissements commerciaux qui cachaient leurs activités à la police. Ils étaient aussi de bons clients de la boulangerie. Son cousin disait que les affaires étaient les affaires et que, tant qu'ils payaient, il était normal de leur fournir des boules de Berlin, des gâteaux et des miches de pain. Ils étaient relativement sympathiques, mais Tim ne voulait prendre aucun risque et demandait à Emma de rester dans le chariot pendant ces livraisons.

Elle termina de relire ses notes et referma son carnet. *Il est temps de passer à mes devoirs et au lancer de couteaux*, pensa-t-elle en se changeant et en descendant les escaliers.

La soirée fut calme. La famille et les pensionnaires, restés en bas, discutaient, faisaient leurs devoirs et d'autres choses. On frappa à la porte.

— Je vais ouvrir, lança Emma en se levant.

C'était le facteur. Il lui tendit deux enveloppes et lui demanda de signer. Elle s'exécuta avant de refermer la porte. En examinant les enveloppes, elle vit que l'une était adressée à Tim et que l'autre était pour elle. En ouvrant celle qui portait son nom, elle constata qu'elle provenait du directeur du magasin Stubbings qu'ils avaient aidé ce matin-là. Un mot disait simplement « Merci » et l'enveloppe contenait 50 dollars. Emma resta bouche bée un moment et réalisa que l'enveloppe de Tim contenait très probablement aussi cinquante dollars.

— Emma, qui était-ce ? demanda son père.

— Personne. Ce n'était rien, répondit-elle distraitement.

Elle monta lentement à l'étage avec les enveloppes, en pensant à l'argent. Elle travaillait à la boulangerie le lendemain et pourrait remettre son enveloppe à Tim à ce moment-là. Défaisant le montant de son lit, elle cacha son argent et sa carte dans l'interstice. En le remettant en place, elle pensa : *J'ai tenu parole et je n'ai parlé à personne de cette aventure. Cet argent doit donc rester secret.* C'était plus sûr pour tout le monde s'ils restaient discrets.

Elle apporta l'enveloppe à Tim à la boulangerie le lendemain matin. Elle dit au revoir à Tony qui partait pour ses livraisons et rentra dans la boutique. Elle se retourna et lança :

— Dis, Tony ?

— Oui ?

— Tu peux demander à Tim de venir me voir quand il arrivera ?

— Bien sûr, répondit-il d'un ton où perçait la curiosité.

Mais comme elle parlait à Tim presque tous les jours, cela ne semblait pas sortir de l'ordinaire.

Tim reçut le message et vint retrouver Emma. Il la repéra et se dirigea vers son poste de travail.

— Tu voulais me voir ? demanda-t-il avec un sourire.

Elle fit un signe de tête vers le placard à manteaux. Tim eut un regard interrogateur, mais haussa les épaules et fit ce qu'elle lui indiquait.

Lorsqu'ils furent dans le placard, elle ferma la porte et lui tendit son enveloppe. Elle lui annonça en essayant de masquer l'excitation de sa voix :

— Je les ai reçues la nuit dernière. J'ai ouvert la mienne et je pense que tu vas être content.

Il ouvrit lentement son enveloppe et s'arrêta net en voyant que c'était de l'argent. Il eut les larmes aux yeux et pensa : *Ça suffira probablement à payer le reste de mes études de comptable.*

Il resta là, choqué, incapable de bouger. Il la regarda droit dans les yeux, mais il voyait tellement plus que ce placard à ce moment-là.

— Tim, fit Emma en touchant sa main.

Cela parut le tirer de sa rêverie. Il secoua la tête.

— Oui ? demanda-t-il.

— Je peux garder l'enveloppe et tu peux venir la chercher ce soir à la maison, suggéra-t-elle avec un sourire.

Il hocha la tête :

— Bonne idée, je préfère éviter de l'avoir sur moi pendant les livraisons.

Il lui rendit l'enveloppe avec l'argent. Elle la glissa dans la poche de sa robe.

Il l'attrapa et la serra fort dans ses bras. Il s'en alla alors débuter sa journée, quittant la boulangerie en sifflant.

Emma se rendit à son poste de travail pour poursuivre sa liste de tâches du jour.

Tony était intrigué par cet échange, mais savait que le cœur de Tim appartenait à Dora. Il se nota mentalement de les questionner plus tard sur cette discussion et alla s'occuper de ses livraisons matinales.

CHAPITRE 8

Quelques semaines plus tard, Tim et Emma se rendaient dans l'un des clubs, également connus sous le nom de maisons de jeu, pour une livraison. Elle resta assise dans le chariot pendant que Tim portait les tartes et les gâteaux jusqu'à la porte arrière située dans la ruelle. Elle prenait des notes et jetait des coups d'œil autour d'elle quand elle remarqua un homme de petite taille appuyé contre le mur de la ruelle, en train de fumer. Il lui semblait très familier et elle comprit pourquoi. C'était l'un des « livreurs » qu'ils avaient dénoncés pour le vol chez Stubbings. Ses vêtements n'étaient pas les mêmes, mais elle se souvenait de ses cheveux noirs et raides et de son visage anguleux ; c'était l'un des voleurs. Quelque chose la dérangeait chez lui ; ses yeux sombres qui n'étaient que deux fentes et son rictus permanent.

Emma baissa son chapeau et enfouit son visage dans son petit carnet, en espérant ne pas être reconnue. Il lui adressa quelques coups d'œil, puis jeta sa cigarette dans sa direction avant d'entrer dans le club. Il heurta délibérément l'épaule de

Tim en le croisant dans l'embrasure de la porte. Tim n'y prêta aucune attention et retourna au chariot.

Alors qu'il montait à l'arrière pour reprendre des tartes, Emma se pencha vers lui et murmura :

— Tim, allons-y.

— Qu'y a-t-il de si urgent ? demanda-t-il, les bras chargés de tartes.

— Cet homme que tu as croisé dans l'embrasure de la porte, dit-elle en hochant la tête vers la ruelle, c'est l'un de ceux qui nous ont causé des ennuis il y a quelques jours au grand magasin.

Tim fit un petit signe de tête imperceptible et répondit à voix basse :

— Il me reste encore un aller-retour et après, on y va.

Il descendit du chariot et porta les tartes avec désinvolture jusqu'au club, sans montrer sa nervosité.

Emma eut l'impression que Tim était entré dans le bâtiment depuis une éternité. Il revint finalement, grimpa sur le chariot, prit nonchalamment les rênes et fit signe au cheval d'avancer.

*
**

Son observateur était aussi dans cette ruelle. Il essayait d'être présent là où Emma pourrait être en danger. Il vit l'homme dans la ruelle la remarquer. *Eh bien*, pensa-t-il, *je vais devoir garder un œil sur celui-là.*

*
**

— Est-ce qu'il t'a dit quelque chose quand tu es retourné à l'intérieur ? demanda Emma, un peu inquiète, alors que Tim sortait le chariot de la ruelle.

— Non, il est juste passé devant moi.

Tim omit de mentionner que l'homme l'avait délibérément bousculé à nouveau lorsqu'il était sorti. Il ajouta vivement :

— Je vais échanger cette partie de l'itinéraire avec Tony.

Emma pencha la tête.

— Non, je pense que ça attirerait l'attention sur nous. Faisons comme si rien ne s'était passé.

Tim réfléchit et hocha lentement la tête en signe d'assentiment.

— Tu as peut-être raison.

Ils poursuivirent avec leurs derniers arrêts de la matinée. Emma nota dans son carnet de rouvrir l'affaire du grand magasin Stubbings et d'y ajouter ses dernières observations.

— Emma...

La voix douce de Tim parvint à ses oreilles alors qu'elle continuait à écrire.

— Je sais quel genre de choses tu écris, mais pourquoi faire ça ? Pourquoi continuer à gribouiller dans ce carnet ?

Emma continua à réfléchir et ne leva pas les yeux.

— Maman, dit-elle simplement.

— Ta mère ? demanda-t-il d'un air interrogateur.

— Oui. J'ai ce souvenir... J'étais assise à la boulangerie tôt le matin et maman me disait que la boulangerie, comme la vie, exigeait d'une personne qu'elle soit extrêmement observatrice. Qu'il s'agisse de l'odeur de la levure lorsqu'elle est prête à être pétrie ou de l'odeur d'un gâteau sur le point d'être cuit ou de tout ce qui se passe autour de nous.

Elle poursuivit :

— Maman m'a donné mon premier petit carnet noir pour commencer à y inscrire mes observations et mes recettes. Lorsque je consulte mes notes, j'arrive à visualiser des détails qui ont pu m'échapper. Ça m'aide à rectifier le tir quand la situation se présente à nouveau. Ça m'aide aussi pour la pâtisserie et d'autres choses. Si on ne fait pas attention, on risque de passer à côté d'évidences. De petits changements dans la vie quotidienne peuvent signifier de grandes choses.

— Ou, fit-il remarquer sèchement, ça peut également ne rien vouloir dire de spécial.

Il gloussa et poursuivit :

— Donc, ce sont les détails qui t'intéressent.

Je suis différent, pensa-t-il. Il pouvait voir les détails, mais sentait que l'avenir pouvait être aussi important, voire plus important, que le présent. Il avait des rêves qui dépassaient les détails de son travail. Il pensa à ces cours auxquels il s'était inscrit grâce à l'argent de la récompense. Cela lui permettrait d'avancer dans ses projets et d'obtenir son diplôme en un an.

Tout en rêvant, Tim et Emma écoutaient le claquement des sabots des chevaux sur la route.

Tim mentionna, en fin de matinée, que leur dernier arrêt serait le Hell. Le cousin d'Emma leur avait confié des pâtisseries de la veille à distribuer – tartes, gâteaux, pain et, bien sûr, boules de Berlin. Tim et Emma se rendirent à la périphérie du « Little Hell » – le petit enfer de Chicago, mais n'y entrèrent pas. C'était un ghetto qui avait mauvaise réputation, abritant de nombreux gangs violents. À l'origine, les immigrants irlandais qui y vivaient avaient du mal à trouver un emploi et à s'intégrer. Ils préféraient vivre seuls, mais lorsque de nouveaux immigrants avaient commencé à arriver d'Italie, ils ne s'étaient pas bien entendus, entraînant souvent des conflits.

Tim savait qu'il ne fallait pas entrer dans la rue principale ; il préféra se garer devant l'un des immeubles d'habitation. Les enfants du quartier restaient toujours dans les parages pour récupérer d'éventuelles pâtisseries. Certains jours, Tim ne pouvait pas venir mais, quand il le pouvait, ils lui en étaient très reconnaissants. Ils connaissaient son nom, et chacun essayait de se battre pour avoir la première place dans la file.

Enfants et adultes criaient : « Lance-moi du pain » et « Il reste de la tarte aujourd'hui ? » Ils payaient tout ce qu'ils pouvaient, le plus souvent quelques *pennies*.

À la fin de leur tournée, Emma s'attendait à être déposée chez elle ou à la boulangerie, selon l'emploi du temps de Tim cet après-midi-là. Mais ce jour-là, il indiqua qu'il était temps de faire découvrir à Emma le lieu de rassemblement des livreurs. Elle en avait déjà entendu parler, mais n'avait jamais été autorisée à y aller. C'était un grand pas pour elle.

Tim s'arrêta près de la ruelle où se trouvait le lieu de rassemblement. Les voisins ne voyaient pas d'inconvénients à ce que les enfants se servent d'une partie de la ruelle comme cachette et abri. Ils veillaient à la propreté des lieux et la structure pouvait être démontée rapidement si nécessaire.

Tim ouvrit la porte avec sa hanche tout en tenant en équilibre un sac de boules de Berlin et une gamelle. Emma le suivit, portant elle aussi son panier-repas. Des livreurs étaient assis contre le mur, sur un banc défraîchi ou sur des tabourets autour d'une petite table en bois. Les garçons se précipitèrent vers les boules de Berlin, mais Tim, plus grand qu'eux, leva le sac au-dessus de leurs têtes. Tony sauta sur la table et l'attrapa, récupérant au passage la première boule de Berlin. Cela parut habituel, car tout le monde rit. Tony jeta le reste des pâtisseries au groupe et fit un bond en arrière. Il fit signe à Emma de le rejoindre à table. Elle tira un tabouret et s'assit.

Les garçons mangeaient sans s'étonner de voir un nouveau visage. Mais à un moment, Emma remarqua qu'ils la regardaient, puis réalisa qu'elle mangeait trop proprement. Elle s'essuya alors le visage avec son bras. Rassurés, ils reportèrent leur attention sur leur repas.

Quand ils eurent terminé, tout le monde partit pour ses livraisons de l'après-midi. Emma se leva et laissa tomber son carnet. Elle ne se formalisa pas quand l'un des livreurs le récupéra et le lui tendit.

Son cher et tendre lisait son livre. Il leva les yeux et demanda :

— N'as-tu pas trouvé étrange que quelqu'un aide Emma ?

— N'était-ce pas simplement de la politesse ? demanda la narratrice.

— Les garçons ne se font pas de politesses entre eux. Ils savaient qui était Emma, déclara son cher et tendre.

— Hmm, dit la narratrice.

Puisqu'Emma avait eu le droit de découvrir leur repaire, elle se dit qu'elle allait demander à épauler les garçons cet après-midi-là.

— Tim, demanda Emma, je peux t'accompagner ?

Tim hésita et regarda Tony, qui secoua vivement la tête et plissa les yeux. Tim répondit :

— Pas aujourd'hui, Emma. Nous allons livrer quelqu'un qui n'aime pas les surprises. Attends-nous ici. Ensuite, on te ramènera à la pension de famille.

Même si elle était déçue, elle accepta d'attendre avant de rentrer chez elle. Elle patienta pendant environ une heure, relisant ses notes. Certains des garçons allaient et venaient pendant ce temps et la saluaient d'un signe de tête.

Tim revint la chercher et la déposa à la pension de famille. Dora balayait les marches du perron quand ils arrivèrent. Tim, tout sourire, s'en alla en lui faisant un signe de la main et en criant son nom.

Dora sourit en raccompagnant Emma à l'intérieur. Elles se dirigèrent vers la cuisine pour discuter de sa journée. Emma lui fit part des différents accents qu'elle avait entendus dans le

Hell et comment elle avait été autorisée à entrer dans le repaire des livreurs. Dora fut impressionnée, à juste titre.

Emma termina ses descriptions et monta à l'étage pour prendre un bain afin d'enlever la crasse qu'elle avait accumulée sur le chariot toute la matinée. C'était une habitude qu'elle appréciait. Elle tendit la main vers sa serviette pour se sécher et sortit de la baignoire, ses cheveux échappant aux épingles qui les maintenaient hors de l'eau. Après s'être séchée et avoir enfilé sa chemise de nuit, elle s'allongea sur le lit et s'endormit. Dora vint la voir et lui rappela qu'elle devait étudier et travailler avec son père cet après-midi-là. Elle s'habilla et descendit pour commencer ses tâches de fin d'après-midi.

Ce soir-là, après le dîner, Emma s'assit avec Dora dans la cuisine pour relire les notes de sa journée. Dora la regarda et lui demanda d'une voix qui se voulait décontractée :

— Emma, Tim et toi, vous vous parlez beaucoup ?

— Oui, murmura Emma sans guère lui prêter attention.

Voyant qu'elle n'ajoutait rien, Dora posa la question autrement, d'une voix plus déterminée :

— Quand tu parles à Tim, est-ce qu'il est parfois question de moi ?

— Oui. Non. Quoi ? s'exclama Emma lorsqu'elle comprit enfin la question.

Elle sortit enfin la tête de son carnet pour participer à la conversation.

Dora répéta sa question. Emma fronça les sourcils, rechignant à arrêter sa lecture. Elle baissa d'abord les yeux sur son carnet, puis regarda Dora.

— Dora, quand je suis avec Tim, ce dont on parle reste entre nous. Je ne peux pas révéler ses confidences.

Son ton s'adoucit et elle s'approcha pour toucher la main de Dora :

— Pas même à toi.

Dora baissa les yeux sur la main d'Emma posée sur la sienne et soupira.

— Je sais, mais j'étais juste curieuse de savoir s'il pense à moi autant que je pense à lui.

— Ça, je te le confirme. Il parle de toi tout le temps et toujours en bien.

— Vraiment ?

Elle sourit et insista, timidement :

— C'est le cas ?

— Oui, mais je ne te dirai rien d'autre. Je dois me concentrer sur mes notes, gronda-t-elle.

— Je vais travailler sur ma comptabilité, dit Dora en cédant à la demande d'Emma et en ouvrant ses livres de comptes.

Emma se concentra sur ce qu'elle avait griffonné. L'homme qui aurait pu les reconnaître au club était troublant. *Je vais garder le dossier ouvert, juste au cas où,* pensa-t-elle.

Elle continua à étudier son carnet général et remarqua quelque chose dans les observations faites ce jour-là dans le quartier des affaires. Les mêmes hommes se présentaient au même endroit chaque matin depuis quelques semaines. Il n'était pas étrange de voir des gens sortir tôt, mais à cette heure de la journée, ils avaient normalement un but – livrer du pain, du lait, ce genre de choses. Mais la raison de la présence de ces hommes à cet endroit n'était pas claire.

Elle marqua la note d'une étoile, déterminée à enquêter sur ces hommes et leurs motivations.

CHAPITRE 9

Au cours des semaines suivantes, Emma surveilla de près cette zone. Elle prenait note de tout ce qui semblait sortir de l'ordinaire. Elle échangeait également avec Tim pendant leurs livraisons.

Il sifflotait gaiement quand Emma aborda le sujet de Dora.

— Tim ? demanda-t-elle, hésitant à s'impliquer dans sa vie sentimentale.

— Oui ? répondit-il joyeusement, pensant qu'elle voulait discuter des livraisons, des observations de la journée, ou des deux.

— Dora m'a dit qu'elle ne t'avait pas beaucoup vu ces derniers temps, poursuivit-elle.

Il fronça les sourcils.

— Emma, tu sais que je suis davantage de cours pour obtenir mon diplôme plus rapidement.

— Je sais, Tim, mais Dora a besoin d'être rassurée. Tu devrais lui parler de projets concernant son avenir.

— Tu sais que j'y travaille et, une fois que ce sera fait, je lui demanderai de m'épouser.

— Je le sais, fit Emma patiemment, mais Dora ne le sait pas. Tu ne lui as pas encore parlé de tes projets ?

— Au début, je pensais que ce ne serait pas pour tout de suite, mais grâce à l'argent de la récompense, les choses pourraient bien s'accélérer, expliqua-t-il.

— Je pense qu'il est temps pour toi d'avoir une conversation avec elle, lui conseilla-t-elle. Je ne veux plus jouer les intermédiaires.

Tim réfléchit un moment.

— Tu as raison. Dora devrait avoir son mot à dire sur notre avenir. Je vais lui parler.

Emma acquiesça, satisfaite, et retourna à ses observations. Ils avaient commencé les livraisons dans le quartier des affaires ce matin-là. Elle remarqua des choses étranges. Par exemple, les hommes qu'elle avait vus auparavant (elle avait indiqué dans son carnet de garder un œil sur eux) apparaissaient et disparaissaient à ce coin de rue près des commerces du rez-de-chaussée d'un immeuble. Emma connaissait bien les entreprises et les personnes qui y travaillaient. Ces hommes ne correspondaient pas au profil. Notant l'heure et le fait que les magasins ne devaient pas ouvrir avant un moment, elle fronça les sourcils. *Viennent-ils des magasins ou d'un autre endroit ?* pensa-t-elle. Et elle mit une étoile à côté de cette note pour y revenir ultérieurement.

Elle commençait à penser que, si quelque chose de louche se tramait, ils ne seraient pas passés par la porte d'entrée des entreprises. Elle devrait se pencher sur les ouvertures des magasins des environs. En jetant un coup d'œil à Tim, elle vit qu'il était préoccupé par Dora, et garda sa découverte pour elle.

En regardant de plus près les hommes, elle réalisa avec un sursaut que l'un d'entre eux était l'individu qu'elle avait reconnu lors du cambriolage du grand magasin et dans la ruelle du club. Elle jugea préférable de faire profil bas. Il pourrait représenter une réelle menace.

Plus tard dans la soirée, Emma était assise à la table de la cuisine, notant ses observations, lorsqu'elle vit Tim frapper doucement à la porte de derrière. En se penchant, elle tapa sur l'épaule de Dora, qui était assise dos à elle, en train de lire un livre. Elle regarda Emma d'un air interrogateur, et cette dernière lui indiqua la porte avec son crayon. Dora se tourna vers elle. Elle vit que c'était Tim et se leva immédiatement, un sourire aux lèvres.

— Je viens de me souvenir que j'étais attendue ailleurs, dit Emma en quittant précipitamment la pièce.

Tim acquiesça avec reconnaissance, mais garda les yeux rivés sur Dora.

— Est-ce qu'on peut parler ?

Tim avait l'air si grave que Dora se tordit les mains et demanda :

— Bien sûr. Est-ce que tout va bien ? Il n'est rien arrivé à ta tante ou ton oncle au moins ?

— Non, non, ils vont bien. Je voulais juste t'expliquer pourquoi je n'ai pas été très présent dernièrement. J'essaie de faire avancer notre avenir.

— Notre avenir ? demanda-t-elle entre rires et larmes.

— Oui, évidemment, j'y ai tellement pensé que je n'ai jamais réalisé que je ne t'en avais pas parlé, fit-il avec autodérision.

Dora lui fit un signe de tête encourageant.

— Dora, je ne vois que toi dans mon avenir, et je veux t'épouser. Veux-tu m'épouser, quand j'aurai fini mon diplôme de comptabilité et que j'aurai un travail ?

— Tim, je t'épouserai même sans diplôme ni emploi. Tu es la seule chose qui compte. Le reste n'a pas d'importance.

— Et donc, ta réponse est... ? demanda-t-il, les yeux assombris par l'émotion.

— C'est oui ! s'écria-t-elle.

Tim l'attrapa et la fit tourner sur elle-même, l'embrassant jusqu'à ce qu'ils manquent d'air.

Ils n'entendirent pas la porte de la cuisine s'ouvrir, mais ils entendirent quelqu'un se racler la gorge bruyamment. Ils regardèrent tous deux vers la porte. Un groupe de personnes se tenait là, venant aux nouvelles.

— Eh bien ? demanda Emma avec impatience, souriant déjà.

— J'ai dit oui ! s'exclama Dora en tournant son visage écarlate vers la poitrine de Tim.

Le petit groupe applaudit et s'engouffra dans la pièce pour féliciter l'heureux couple.

Son père atteignit Tim le premier et lui serra la main.

— Savez-vous déjà quand le mariage aura lieu ? demanda-t-il d'un air taquin.

— Nous n'avons pas encore eu le temps d'en discuter, mais je veux d'abord terminer mon diplôme et trouver un emploi. Peut-être l'année prochaine ? proposa-t-il en jetant un regard interrogateur à Dora.

Elle hocha la tête en s'essuyant les yeux.

Le père embrassa sa fille et sourit à Tim.

— Bienvenue dans la famille.

Emma sortit du cidre pétillant pour fêter la nouvelle. Après un toast, tout le monde quitta la cuisine pour laisser au couple le temps de parler tranquillement.

Emma monta dans sa chambre, tout sourire, avec son carnet. Elle voulait continuer à consigner ses observations pour déterminer si elles nécessitaient un examen plus approfondi à court ou moyen terme. Elle avait besoin de réponses à certaines questions : *pourquoi les hommes se trouvaient-ils à cet endroit à cette heure de la matinée ? Attendaient-ils quelque chose ? Quelqu'un ? Faisaient-ils entrer ou sortir quelque chose ?*

Elle termina de passer en revue ses notes et se prépara à aller au lit, estimant que cela avait été une bonne journée.

CHAPITRE 10

Emma descendit le lendemain matin pour aider à préparer le petit-déjeuner.

Je me demande si le journal a déjà été livré, songea-t-elle en ouvrant la porte d'entrée et en baissant la tête. *Le voilà.*

Elle le récupéra et commença à lire en se dirigeant vers la cuisine.

S'installant dans la salle à manger, elle lut le journal d'un bout à l'autre. Il y avait parfois des sujets qui attiraient son attention dans les faits divers et pas seulement dans la rubrique des crimes. Elle tomba alors sur un article intéressant.

Elle entendit la voix de Dora.

— Emma !

— J'arrive. Je vérifie juste quelque chose, lui cria-t-elle, les yeux toujours rivés sur le journal.

Un article avait retenu son attention. Il était question d'un magasin de fleurs et de l'histoire du quartier où il était situé. L'article comprenait également des informations détaillées sur les tunnels, pour la plupart abandonnés, qui reliaient les sous-sols des différents magasins. Ces tunnels avaient été créés à l'origine pour transporter le charbon pour le chauffage et pour déplacer des fournitures.

C'était le genre d'article qu'elle aurait normalement survolé, mais Emma prit le temps de l'arracher. En le glissant dans sa poche, elle reposa le journal sur la table à la place de son père. Elle devrait réfléchir à l'article et à son éventuel lien avec ses observations. En entrant dans la cuisine, elle chassa cette idée de son esprit, prête à aider.

— Bien le bonjour. Que faisais-tu quand je t'ai appelée ? demanda Dora.

Emma vit qu'Amy et elle avaient préparé le petit-déjeuner, qui était prêt à être servi. Dora avait déjà commencé à travailler sur un dessert pour le dîner.

Sans répondre à sa question, elle fit rapidement le tour de la table et la serra dans ses bras.

— Dora, je suis si heureuse pour toi.

— Moi aussi. Maintenant, apporte-moi ça à table, dit Dora, oubliant sa question et lui rendant son accolade.

Emma fixa Dora, sans bouger. Elle voulait goûter à cette pâte avant toute autre chose.

Elle la fixait si intensément que Dora finit par céder.

— Si je t'en donne une cuillère, ça te fera bouger ? demanda-t-elle en agitant la cuillère devant Emma.

En hochant la tête, elle l'attrapa, la lécha pour la nettoyer, et entreprit d'apporter le petit-déjeuner dans la salle à manger.

Dora était si excitée par ses fiançailles qu'elle avait pris de l'avance sur le petit-déjeuner et s'était ensuite occupée en préparant son gâteau aux pommes allemand. Elle savait que Tim l'aimerait, et avait prévu de lui en préparer un.

Au petit-déjeuner, leur père ouvrit le journal, remarquant qu'un article manquait. Il n'eut pas de mal à identifier la responsable. Il regarda Emma à travers le trou. Il replia le journal sur la table et pencha la tête pour la dévisager par-dessus ses lunettes.

— Emma ?

— Oui, papa ? répondit-elle vaguement ; manifestement, son esprit était ailleurs.

— Emma, dit-il en attendant qu'elle lève les yeux vers lui.

Quand elle daigna finalement regarder dans sa direction, il demanda en indiquant le journal :

— C'est de ton fait, je suppose ?

— Oui, papa, répondit-elle d'un ton coupable.

Elle savait qu'il aimait lire son journal au petit-déjeuner.

Il fit claquer sa langue, secoua le journal, puis se remit à lire les articles restants.

Plus tard, dans la cuisine, Emma aidait Dora et Amy à nettoyer. Dora la regarda avec curiosité.

— Bien, qu'est-ce qui était si important pour que tu déchires le journal de papa ?

— Je ne suis pas sûre, expliqua lentement Emma. C'est juste quelque chose qui a attiré mon attention et qui pourrait être lié à certaines observations que j'ai faites récemment.

Voyant qu'elle ne poursuivait pas ses explications, Dora sut qu'il était préférable de la laisser seule avec ses pensées.

Emma n'avait pas prévu de travailler sur autre chose ce jour-là. Elle pensait pouvoir convaincre son père de la laisser commencer son travail de l'après-midi plus tard dans la soirée. Fermant son carnet, elle alla le trouver. Elle avait raison ; il travaillait sur un projet qui nécessitait une étude approfondie, mais elle pouvait prendre sa journée si elle promettait de terminer plus tard.

— Oui, papa, répondit-elle.

Elle retourna dans la salle à manger vide et put réfléchir plus clairement à ses observations. *Ces hommes*, pensa-t-elle en tapant son crayon contre ses lèvres, *se trouvent toujours à proximité des tunnels qui relient ces commerces, à des heures où ces magasins sont fermés. Utilisent-ils ces tunnels d'une manière ou d'une autre ? Sont-ils reliés aux entreprises locales ? Est-ce possible ? Mais pourquoi, que cherchent-ils ?*

Elle repensa aux bâtiments de la zone. La banque était à quelques rues de là et il semblait y avoir beaucoup de tunnels pour y accéder. L'article disait que certaines parties de ces galeries souterraines s'étaient effondrées. Ce qui se tramait devait être lié à l'un des magasins ou entreprises de cette route.

Elle regarda sa liste de commerces – fleuristes, bijoutiers, cafés, chapeliers, grands magasins et quelques commerces fermés. Emma se nota de demander à Tim de lui parler du quartier le lendemain.

Mince, pensa-t-elle, *je ne suis pas de livraison demain. Je serai à la boulangerie. Je dois y retourner aujourd'hui.* Elle s'était déjà aventurée dans les tunnels et les avait explorés avec son père quand elle était plus jeune. Elle savait comment entrer et sortir sans être vue. Le café du coin avait un tunnel accessible et il se trouvait juste à côté de la cuisine en passant par le sous-sol. De plus, la porte restait généralement ouverte, car elle servait au stockage de la nourriture et on pouvait y accéder sans être vu.

Elle termina ses notes, referma son carnet et se dit qu'elle risquait probablement de se salir. Elle enfila donc ses vêtements de livreur et prit la lampe à gaz portable que son père avait fabriquée à partir d'un tuyau et d'un réservoir de kérosène. Prenant ses chaussures à la main, elle se faufila par la porte d'entrée et les enfila dehors. Son observateur dormait alors qu'elle se dirigeait sans bruit vers le haut de la ville.

Elle inspecta les abords du café, à la recherche de signes suspects. Rien ne semblait sortir de l'ordinaire et les hommes n'étaient pas là. Elle ne s'attendait pas à les voir à cette heure-là même si elle savait qu'elle devrait être prudente une fois dans les tunnels.

Elle baissa les yeux sur ses vêtements alors qu'elle s'approchait de l'entrée du café. *Je devrais probablement utiliser la porte de derrière,* pensa-t-elle avec regret en secouant la tête. En se faufilant dans la ruelle derrière le café, elle longea le mur et se dirigea vers la porte arrière. Essayant de rester hors de vue, elle entra dans la cuisine avec hésitation et resta près du mur du fond. Il s'avéra qu'elle n'avait pas à s'inquiéter.

Le cuisinier la vit rôder autour de la porte et cria :

— Hé, mon garçon, rends-toi utile et emporte ces caisses en bas, à la cave.

Emma garda son chapeau rabattu sur son front, attrapa les caisses et se dirigea vers le sous-sol, heureuse de constater qu'elles étaient vides et faciles à transporter. Elle poussa la porte du sous-sol avec son pied. Il y avait assez de lumière provenant de la cuisine pour qu'elle puisse voir la lampe à gaz sur le mur à mi-chemin de l'escalier. Elle descendit avec précaution et mit les caisses en équilibre contre sa hanche pour atteindre la lampe et l'allumer. Cela lui permit de voir les marches et de descendre plus bas dans le sous-sol.

Elle continua à descendre lentement, sa nervosité chassée par l'excitation de l'aventure. Elle pressa le pas en atteignant le bas des escaliers.

Le sous-sol était sombre et il y avait des lampes à gaz un peu partout, mais Emma choisit de ne pas les utiliser. Elle posa les caisses près des escaliers, se tournant vers la droite pour trouver le mur avec ses mains. Elle se déplaçait à tâtons, cherchant une sorte d'ouverture vers les tunnels. Frustrée, elle était sur le point d'abandonner quand elle s'appuya contre le mur et tomba à travers une porte.

Après s'être relevée et avoir épousseté son pantalon, elle sortit sa petite lampe à gaz de poche et l'alluma. Sa durée de vie était limitée. Elle devait donc faire bien attention à ne pas s'aventurer trop loin dans les tunnels.

En avançant, Emma constata que la zone avait été déblayée et qu'il semblait y avoir du passage régulièrement. Elle pensa : *Ça ne devrait pas être aussi propre.* Quand elle avait exploré les tunnels avec son père, des piles de gravats bloquaient le chemin.

En s'enfonçant dans le tunnel, elle ralentit, ne voulant pas aller trop loin sans carte ou indications. Il lui faudrait un équipement adapté pour enquêter, maintenant qu'elle avait obtenu confirmation que l'entrée du café était toujours accessible.

Des voix masculines s'élevèrent alors dans la direction d'où elle venait. Se glissant rapidement dans l'ombre, elle éteignit sa petite lampe et attendit. Les paroles devenaient de plus en plus claires à mesure que les hommes se rapprochaient d'elle. Elle mit la main sur son couteau caché et le sortit, prête à se défendre si nécessaire. Les hommes cessèrent d'avancer. Elle poussa un petit soupir de soulagement silencieux et continua à les observer. *Ce sont bien les hommes que j'ai vus au coin de la rue,* pensa-t-elle.

— Cette porte est ouverte, fit remarquer l'un des hommes, perplexe. Comment c'est possible ? Elle est lourde. Elle ne s'est pas ouverte toute seule.

Emma retint son souffle. *Imprudente,* pensa-t-elle. Restant où elle était, elle les écouta se plaindre des rats, de leurs lourdes caisses et de la vie en général tandis qu'ils descendaient dans les tunnels.

— Ça devait être des rats, répondit laconiquement l'autre homme.

Le premier ne voulait pas lâcher l'affaire.

— Des rats ? Et quelle taille ils feraient pour ouvrir une porte aussi lourde ?

L'autre homme, ne semblant guère s'en soucier, rétorqua :

— J'ai déjà vu de très gros rats dans ces tunnels. Mais on s'en fiche, on ? On ferait mieux de s'occuper de livrer tout ça.

À ce moment-là, Emma réalisa que les voix faiblissaient avant de devenir plus fortes. *Ils doivent entrer et sortir de divers commerces,* pensa-t-elle. Elle s'approcha pour noter les emplacements, en prenant soin de ne pas être vue.

Le premier homme reprit la parole :

— Je serai bien content quand on aura fini de décharger ces trucs. Combien de voyages on va faire encore ? Et pourquoi on est si en retard aujourd'hui ?

— On doit faire encore deux ou trois voyages. Notre contact n'a pas pu faire sortir les marchandises du bateau avant. Au moins, on ne crève pas de chaud.

Son compagnon grogna une réponse tandis qu'il posait sa caisse et ouvrait la porte avec un petit pied de biche qu'il avait sorti de sa poche. Ils passèrent la porte et elle se referma derrière eux. Emma resta, attendant de voir s'ils allaient revenir. Elle n'eut pas à attendre longtemps ; ils sortirent par une porte et entrèrent par une autre, sortant avec moins d'objets qu'ils n'en avaient emportés.

Des bateaux, pensa Emma. *De la contrebande. C'est forcément ça.* Elle nota les endroits où les hommes entraient : le magasin général, la boutique de tissus et la bijouterie. Étrangement, ils ne transportèrent aucune caisse jusqu'à la bijouterie.

Je devrais agir maintenant pendant qu'ils sont dans la bijouterie. Elle retourna à l'entrée du café et remonta les escaliers du sous-sol jusqu'à la cuisine. Le cuisinier lui tournait le dos, et elle put regagner la rue sans être vue.

Avant de sortir de la ruelle, elle tenta de se rendre plus présentable. Elle prit son chapeau et le frappa contre le mur pour en ôter la poussière. Elle remit son chapeau propre sur sa tête et rangea sa tresse à l'intérieur. En partant, elle le rabattit sur ses yeux, rejoignit la rue principale et rentra chez elle.

Elle commençait à monter les marches du perron quand elle remarqua distraitement que l'homme dans la ruelle adjacente était le même que celui qui dormait dans la ruelle près de la boulangerie. Lui adressant un signe de tête, elle nota mentalement l'endroit où elle l'avait vu.

Emma franchit les marches du perron deux à deux en pensant à son aventure. Elle se dirigea vers la cuisine et, sans dire bonjour, se précipita vers une pile de papiers près de la porte.

— Est-ce qu'on a encore le journal d'aujourd'hui ? demanda-t-elle en passant en revue les documents.

— Eh bien, dit Dora en répondant à une question qui ne lui était pas destinée. Je l'ai peut-être gardé pour caler des bocaux. Que cherches-tu ?

— Les bateaux qui sont arrivés et quand, marmonna Emma.

Elle ouvrit sans difficulté la porte du garde-manger et repéra la pile de journaux qui s'y trouvait. Elle se pencha pour les trier. Elle trouva rapidement les pages qui l'intéressaient et les posa sur la table de la cuisine pour un examen plus approfondi. En les feuilletant, elle nota les dates auxquelles les navires étaient à quai et les compara aux dates auxquelles elle avait vu les hommes. Après avoir confirmé que les deux séries de dates coïncidaient, elle déchira les horaires pour les ajouter à son carnet.

Dora haussa un sourcil et demanda :

— Tu comptes me dire ce qui se passe ?

— D'abord, je vais le dire à papa, ensuite je te donnerai tous les détails, promit-elle en tournant les talons et en quittant précipitamment la pièce.

— Pourquoi es-tu si pressée ? lança Dora, attrapant la porte battante et la maintenant ouverte.

— Pas le temps d'en parler, jeta-t-elle par-dessus son épaule. Je dois voir papa.

— Je pense que tu es restée trop longtemps dans ces vêtements de garçon. Tu as pris leurs manières, dit Dora avec regret.

— Eh bien, tant mieux.

Emma inclina son chapeau vers elle avec un sourire malicieux et se dirigea vers la cave.

Les escaliers étaient bien éclairés et elle pouvait entendre son père parler tout seul à sa table à dessin.

— Papa ? appela-t-elle doucement.

Elle ne voulait pas le déranger dans son travail, mais elle avait besoin de son avis.

Son père leva les yeux.

— Oh, bonjour, Emma. Que puis-je faire pour toi ? Je pensais que tu avais pris un jour de congé. Tu as décidé d'aider pour les livraisons ?

Il avait remarqué qu'elle portait ses vêtements de garçon.

— Non, je n'ai pas travaillé avec Tim aujourd'hui. Je devais effectuer un suivi de certaines observations que j'ai faites pendant mes livraisons.

Elle s'arrêta un moment et sortit son carnet et ses coupures de journaux.

— J'ai trouvé ça dans le journal de ce matin, dit-elle en lui tendant les articles pliés.

Son père déplia le journal froissé.

— Hmm...

Il descendit ses lunettes sur son nez pour lire l'article.

Il la regarda par-dessus.

— Alors, dis-m'en plus, dit-il, résigné à ce que sa fille trempe toujours dans une aventure quelconque.

Emma s'agita quelque peu, puis lui présenta l'affaire.

— Pendant mes livraisons, j'ai remarqué que plusieurs hommes traînaient toujours dans le même coin. Je les ai vus au même endroit pendant des semaines.

Elle choisit de lui cacher qu'un des hommes avait aussi été impliqué dans les vols au grand magasin.

— Il n'y a aucune raison pour eux de se trouver là le matin s'ils n'ont aucun commerce à ouvrir. Puis, ce matin, en lisant le journal, j'ai vu l'article sur les tunnels.

— Et tu as fait le rapprochement avec les hommes, termina-t-il à sa place, se souvenant des nombreuses fois où Emma et lui avaient exploré les tunnels.

— J'y suis allée aujourd'hui, papa...

Elle se tut en voyant son inquiétude. Les tunnels formaient un réseau d'une centaine de kilomètres qui s'enroulait à douze mètres sous les rues du centre-ville et le lit de la rivière.

— Papa, le rassura-t-elle en mettant sa main sur la sienne, je n'ai pas pris de risques. Je connais les lieux. Je ne me suis pas trop éloignée et je suis restée dans l'ombre.

— Emma, nous avons traversé ces tunnels ensemble, mais es-tu sûre que c'est sans danger ? Surtout s'il se trame quelque chose ? Si tu vas trop loin, tu pourrais être prise dans les eaux de crue du lit de la rivière, déclara son père, inquiet.

Elle baissa les yeux sur ses notes, puis les releva vers lui.

— Je sais, fit-elle d'un ton ferme. Je ne prends pas de risque inconsidéré. Je ne descendrais jamais pendant une forte pluie.

Baissant les yeux sur son carnet, elle continua de lui décrire ce qu'elle avait vu.

— J'ai vu les hommes apporter de lourdes caisses dans le sous-sol du magasin général, de longs tubes qui ressemblaient à du tissu dans la boutique de vêtements, et ils n'ont pas eu l'air d'apporter quoi que ce soit à la bijouterie.

— Et l'autre article, celui sur les bateaux ? demanda son père.

— D'après mes observations, les hommes ont tendance à apparaître lorsque les navires arrivent de Rio de Janeiro. Je pense que c'est une opération de contrebande. Les dates de départ des navires de là-bas correspondent au calendrier, dit-elle en indiquant l'article du doigt, et les tunnels seraient le moyen idéal pour transporter des marchandises illégales.

Son père regarda ses notes de près et hocha la tête.

— Tu tiens quelque chose. Que faire de cette information ? se demanda-t-il à voix haute.

— Je pourrais peut-être retourner dans les tunnels pour recueillir plus de données avant d'aller voir la police ? suggéra Emma, prête à passer à l'étape suivante.

Il garda la tête baissée, rassemblant tranquillement ses pensées.

— Emma, tu as fait un excellent travail en reliant les points de cette affaire.

Il marqua une pause. L'actuel chef de la police de Chicago n'avait pas bonne réputation ; lui parler ne ferait que susciter la controverse. Il continua :

— Je pense que ce que nous devons faire, Emma, c'est attendre...

— Mais, papa ! l'interrompit Emma, pensant qu'il ne lui faisait pas confiance pour poursuivre ses investigations.

— Laisse-moi finir, Emma. Je veux que tu attendes, mais je vais aussi contacter un ami de l'agence de détectives Pinkerton. C'est une entreprise privée qui gardera un œil sur la situation, dit-il calmement.

Lorsqu'Emma entendit parler des Pinkertons, elle arrêta de respirer un instant, puis demanda vivement :

— On peut y aller maintenant ?

— Non, gloussa son père devant son empressement. Je dois

m'assurer que Cole est au bureau et disposé à entendre tes observations.

— Cole ?

— Cole Tilden. Je le connais depuis un certain temps.

— D'accord, fit-elle avec enthousiasme, je vais monter me changer et m'entraîner à lancer des couteaux jusqu'au dîner.

— Très bien, Emma.

Et il secoua la tête en la regardant monter les marches en courant et sortir de la cave.

Plus tard ce soir-là, Emma était assise avec son père et Dora dans la cuisine. Presque toutes les pensionnaires s'étaient retirés, à l'exception de miss May et miss Marjorie, qui discutaient tranquillement au salon.

Emma et son père mirent Dora au courant de l'affaire en cours.

— Papa, demanda Dora, comment connais-tu un Pinkerton ?

Il s'assit tranquillement pendant un moment.

— Eh bien, je connais Cole depuis longtemps. Nous avons grandi ensemble.

Dora et Emma se regardèrent. Elles avaient très peu entendu parler de la vie de leur père avant qu'il ne connaisse leur mère. C'était comme si sa vie avait commencé quand il l'avait rencontrée.

Il poursuivit :

— Vous savez que ma mère est morte à ma naissance et que mon père, votre grand-père, s'est tué à la tâche et a succombé quand j'avais 12 ans. Je me suis retrouvé à la rue, à vivre dans des ruelles. C'est là que j'ai rencontré Cole. Il était seul, lui aussi. Nous avons formé un club, nous nous sommes protégés les uns les autres, et nous nous sommes assurés que chacun avait à manger. Nous étions parmi les meilleurs pick-pockets de la région.

— Papa ! s'exclamèrent les deux filles, choquées.

— Nous devions survivre, et c'était le seul moyen. Nous ne voulions pas vivre à l'hospice du comté et la seule autre option était de vivre de la rue. À cette époque, à Chicago, il y avait beaucoup d'enfants des rues qui faisaient des bêtises. Nous étions si bons que les gens commençaient à nous remarquer, expliqua leur père.

Les filles étaient fascinées. Leur père marqua une pause, et Dora posa la question qui leur brûlait les lèvres à toutes les deux :

— Que s'est-il passé ?

— Eh bien, Cole et moi travaillions à l'angle de Market et Smith, dit leur père, croisant le regard d'Emma et lui faisant un clin d'œil.

— Comme par hasard, répondit-elle, faisant le lien avec ses observations de méfaits au même endroit. As-tu eu peur, papa ? demanda-t-elle, inquiète. Même si c'était il y a bien longtemps, les deux sœurs avaient de la peine pour le petit garçon orphelin.

— Oui, admit-il, mais me faire prendre est la meilleure chose qui pouvait m'arriver.

— On t'a envoyé en prison ?

Emma se redressa sur sa chaise, étonnée de cette information.

— Non, non. Je ne le savais pas à l'époque, mais on m'a piégé pour que je fasse les poches d'une personne. C'était Mr Gibler, un enseignant du coin. Mais je l'ignorais puisque Cole et moi n'allions pas à l'école, admit-il. Il me tenait par le col. Je pensais que c'était fini, qu'on m'enverrait à l'hospice ou en prison.

Il s'arrêta une seconde et rit.

— Cole était très protecteur envers moi et il s'est précipité pour essayer de me sauver. Au lieu de cela, Mr Gibler l'a attrapé, lui aussi. Pour un petit gars, il était très fort. Au lieu d'appeler la police, il a hélé un taxi et nous a emmenés chez lui. Nous n'avons pas été punis, mais nous avons été nourris et autorisés à nous laver. Mr et Mrs Gibler nous ont proposé un marché : si nous suivions leurs règles et allions à l'école, nous pouvions vivre chez eux. Cole et moi avons vécu avec eux jusqu'à ce que nous allions à l'université. Mr Gibler nous avait trouvé un travail d'entretien à l'école du coin et nous donnait des cours particuliers.

— Papa, pourquoi n'avons-nous jamais rencontré les Gibler ? demanda Dora, curieuse de découvrir ces gens qui l'avaient aidé.

— Ils sont décédés, dit-il simplement. Ils étaient déjà âgés quand nous les avons rencontrés, et je pense que nous étions leur dernière chance d'avoir une famille.

Dora regarda leur père.

— Pourquoi ne connaissions-nous pas cette histoire et pourquoi n'avons-nous jamais rencontré Cole ?

— En grandissant et avec l'école, nos vies ont pris des directions différentes. Nous sommes toujours très attachés l'un à l'autre. De plus, Cole vient juste de revenir dans la région pour reprendre les opérations des Pinkertons à Chicago.

Voilà qui donnait de quoi penser aux deux sœurs.

— Au lit maintenant, dit leur père.

Les deux filles hochèrent la tête et se dirigèrent vers l'étage.

Un peu plus tard, alors que leur père était en train de lire au salon, on frappa à la porte d'entrée. Il ouvrit et un livreur lui remit une note. Il le remercia, ferma la porte et consulta le mot. Après l'avoir lu, il se retourna et regarda l'escalier. Dora et Emma le fixaient depuis le palier.

— Emma, aimerais-tu venir avec moi demain après les livraisons et rencontrer Cole pour discuter de ton affaire ?

Les yeux d'Emma pétillèrent.

— Oh oui, avec joie ! Je dirai à Tim de me déposer à la maison quand on aura fini demain matin.

Dora sourit à Emma, sachant qu'elle obtenait quelque chose qu'elle avait toujours voulu.

— Bonne nuit, papa, dirent doucement les filles.

Chacun regagna sa chambre pour s'offrir du repos bien mérité

CHAPITRE 11

Le lendemain, Emma termina ses livraisons et rejoignit son père à la maison. Il l'attendait dans le hall quand elle arriva.

— Bonjour, papa. Tu es prêt ? demanda-t-elle en enfonçant son chapeau sur sa tête et en se dirigeant vers la porte.

Son père s'éclaircit la gorge.

Elle se retourna et lui demanda :

— Oui, papa ?

— Peut-être qu'il serait préférable que tu y ailles en tant que jeune femme et non en tant que voyou ? dit-il en indiquant sa tenue de livraison.

— Oh, bien sûr, papa.

Elle voulait se montrer sous son meilleur jour lors de sa première rencontre avec les Pinkertons.

— Emma, dix minutes, pas plus, prévint son père. Un *cab* arrive.

Hochant la tête, elle se dirigea vers l'étage, montant les marches deux à deux. Elle enfila sa jupe rouge avec un liseré noir, sa veste rouge et sa chemise blanche avec une cravate noire. Elle compléta le tout par un chapeau melon noir bordé de rouge. Avant de l'enfiler, elle vérifia que son grand couteau dissimulé était bien en place. Elle attrapa son petit couteau et l'attacha à sa cuisse. Elle lissa sa jupe, se regarda dans le long miroir et prit une profonde inspiration : elle était prête à partir. Son père lui adressa un signe de tête approbateur quand il vit comment elle était habillée. Il lui offrit son coude, et ils quittèrent la maison.

Le *cab* que son père avait appelé attendait devant la maison. Il l'aida à entrer et s'installa à côté d'elle. Le véhicule s'ébranla et le trajet jusqu'au bureau de la Pinkerton fut plaisant. Son père avait demandé à ce qu'on les dépose à quelques rues de là pour qu'ils puissent parler avant la réunion.

— Emma, quand nous rentrerons, Cole sera là. Raconte-lui juste ton histoire. Tu as ton carnet de notes ?

— Oui, papa, juste là, dit-elle en tapotant la poche de sa veste.

Alors qu'ils passaient dans une ruelle et qu'Emma se tenait quelques pas derrière son père, une main l'attrapa et la tira. Sa première réaction fut de sortir son couteau de son chapeau. Son « agresseur », qui mesurait au moins trente centimètres de plus qu'elle, ne s'attendait pas à se défendre contre une arme. Avant qu'il ne comprenne ce qui s'était passé, elle l'avait plaqué contre le mur et elle tenait le long couteau sous son menton.

Son « agresseur » était un grand garçon maigre, à peine plus âgé qu'Emma.

— Pourquoi tu m'as attaquée ? Espèce de voyou ! s'écria-t-elle.

Il eut un sourire de travers et s'efforça de ne pas bouger la tête en répondant :

— C'est toi qui dis ça ?

Il fit un signe de tête prudent en direction de la lame contre son cou.

— Qu'est-ce qui te fait sourire ? demanda Emma d'un ton bourru, sans retirer le couteau, toujours prête à se défendre.

Son père réalisa qu'Emma n'était pas avec lui et fit demi-tour. Elle s'attendait à ce qu'il se mette en colère. Au lieu de quoi, il appuya une épaule contre le mur de briques de la ruelle et adressa une question à l'« agresseur », ignorant complètement le couteau d'Emma.

— Alors, tu apprends le métier ?

Il n'attendit pas de réponse et dit à Emma :

— Voici le fils de Cole, Jeremy Tilden.

Jeremy agita ses doigts vers Emma avec un léger sourire, tout en gardant la tête immobile. Emma recula lentement ; elle ôta le couteau de son cou et le replaça dans son chapeau, laissant Jeremy se redresser.

— Je te testais juste pour voir si tu savais te défendre.

Il lui fit un sourire et lui offrit son coude.

— Hum hum, fit-elle.

Elle le regarda, puis son père, et glissa son bras dans celui de Jeremy.

Le trio se dirigea vers l'imposant bâtiment de pierre grise situé au coin de la rue. Ils commencèrent à monter les marches du perron ensemble.

— Papa vous attend, dit Jeremy en poussant les grandes portes doubles en bois avec son épaule.

À l'intérieur, des hommes étaient assis à des bureaux dans l'entrée. Le gentleman du premier bureau roula des yeux à l'attention de Jeremy et indiqua qu'ils pouvaient entrer dans le bureau de Cole.

Ils passèrent une autre série de portes, puis arpentèrent un long couloir. Jeremy frappa à la porte et la poussa.

— Papa, lança-t-il, je les ai trouvés dans la rue et je suis intervenu pour les protéger.

— Nous protéger ? murmura Emma en caressant le chapeau qu'elle avait enlevé en entrant dans les bureaux.

Jeremy vit son mouvement et bondit sur le côté de la porte, les mains levées et un sourire idiot sur le visage.

— Je me rends.

— Eh bien, fais-les entrer, lança une voix de l'intérieur.

Ils entrèrent et son père se dirigea vers le bureau en disant :

— Cole.

Cole fit immédiatement le tour du bureau et serra le père d'Emma dans ses bras.

— Ellis, ça fait si longtemps, fit-il d'une voix rauque.

— Oui, répondit son père, la larme à l'œil.

Cole s'éclaircit la gorge et demanda :

— Et qui est cette charmante demoiselle ?

Son père se chargea des présentations.

— Cole, voici ma fille Emma.

— Emma, fit Cole en prenant ses mains dans les siennes. J'ai beaucoup entendu parler de toi.

Il se tourna vers Ellis.

— Je suppose que ce n'est pas une visite de courtoisie ?

— En effet, nous avons une affaire qui pourrait t'intéresser.

Il marqua une pause, puis continua :

— Du moins, Emma a à te parler.

Cole avait à peu près l'âge de son père, des cheveux roux et une barbichette grise ; il était mince et portait le costume noir typique des Pinkertons. Il avait l'air de ne pas manger beaucoup, mais semblait être un homme jovial. Son père lui faisait confiance, Emma aussi.

Cole les invita à s'asseoir dans les fauteuils en cuir brun face au bureau. Jeremy était affalé contre le mur, observant la scène.

— Emma, l'encouragea Cole.

Elle sortit son carnet avec ses notes sur les tunnels et commença à les parcourir à voix haute. Elle lui parla des gens qu'elle avait vus entrer et sortir, des caisses, des tubes et autres choses qu'elle avait pu observer.

Quand elle arriva à la partie concernant l'entrée dans les tunnels, Jeremy prit la parole :

— Et tu trouves que c'était une bonne idée ? Que c'était sans risques ?

Le petit groupe jeta un coup d'œil dans sa direction, mais ils ignorèrent son commentaire. Jeremy haussa les épaules et s'adossa à nouveau au mur.

Son père ajouta :

— L'utilisation de ces tunnels pour transporter autre chose que du charbon est suspecte.

Cole s'adossa à sa chaise, réfléchissant à l'information.

— Nos informateurs ont entendu parler de marchandises circulant dans la région, illégalement.

Il se tut un instant, puis poursuivit :

— Nous pensions initialement qu'il pourrait s'agir d'une petite opération, mais, avec ces informations, je pense que nous pourrions avoir affaire à une organisation bien plus importante. Nous pourrions éventuellement envoyer des hommes pour déterminer qui pourrait être impliqué. Pour l'instant, nous avons besoin de plus de données.

— Devons-nous aller voir la police ? demanda son père.

Il s'en remettait à Cole.

— Non, dit Cole, pas encore. Certains problèmes se posent là aussi.

Il regarda le père d'Emma et lui demanda :

— Ellis, sais-tu quelque chose sur les manigances du chef ?

Emma et Jeremy furent surpris par cette question et leurs

regards se croisèrent. Jeremy se redressa, curieux de la suite de l'explication.

— Nous avons de plus en plus d'informations selon lesquelles les criminels sont relâchés quelques heures après avoir été arrêtés. Je vais demander à mon équipe de se pencher sur la question.

Il jeta un coup d'œil à Jeremy et hocha la tête, indiquant qu'il serait impliqué.

Le père d'Emma fit mine de se lever.

— Attends, fit Cole. Je ne peux pas vous laisser partir sans fixer une date pour un repas ensemble.

Son père eut un grand sourire.

— Je suis d'accord. Jeremy et toi devez venir dîner. Quelles sont vos disponibilités ?

Cole sourit et répondit :

— Nous sommes libres la plupart des soirs, mais pourquoi pas dimanche, après l'église ?

Son père hocha la tête.

— Nous aurons largement de quoi discuter. Rendez-vous donc à 14 heures, après l'église. Vivement dimanche !

Sur ce, ils se dirigèrent tous vers la porte. Ellis et Cole continuèrent à évoquer leurs souvenirs en sortant. Jeremy et Emma les suivaient à un rythme plus lent.

En sortant, Jeremy attrapa Emma par la manche. Elle baissa les yeux sur sa main, puis les releva et lui demanda d'un ton taquin :

— Tu remets ça ? Est-ce que je dois sortir mon couteau ?

— Non, répondit-il, laissant rapidement tomber sa manche. J'aimerais juste savoir si tu seras à St. Vincent pour le bal de samedi soir.

— Pourquoi cette question ? demanda-t-elle avec méfiance.

— Pour rien.

Il épousseta des particules de poussière inexistantes sur sa manche.

— Je serai peut-être là, dit lentement Emma en pensant à Tony.

— Eh bien, je serai peut-être là aussi, affirma-t-il.

Il enchaîna précipitamment :

— Si tu es là et que je suis là, on pourrait peut-être danser ou quelque chose comme ça ?

— Ou quelque chose comme ça, fit Emma en souriant. Si on y va tous les deux, je suis sûre qu'on pourra s'arranger.

Elle se retourna pour suivre son père sur le perron.

Jeremy lui lança alors qu'ils commençaient à s'éloigner dans la rue.

— Hé, Emma, n'oublie pas ton chapeau !

Il le lui lança et elle l'attrapa avec dextérité.

— Merci ! lança-t-elle en saluant Cole et Jeremy.

Son père appela un *cab* pour qu'il les ramène chez eux.

— Papa, tu crois qu'ils donneront suite à mes observations ?

Il la regarda.

— Je pense qu'ils garderont l'œil ouvert et, lorsque l'occasion se présentera, ils interviendront. N'oublie pas ce que Cole a dit. La police commence à te remarquer. Fais attention à tes observations et aux gens que tu vas voir. Nous ferons une liste de policiers dignes de confiance. Et tiens-moi au courant de tes aventures, afin que je puisse intervenir en cas de besoin.

Elle fronça les sourcils et déclara :

— Papa, pourquoi devrais-je être prudente ? Je me contente d'observer des choses que n'importe qui peut voir.

— Non, Emma, tu vois plus loin que la plupart des gens. Ferme les yeux et dis-moi qui se trouve sur cette route.

Emma accepta avec plaisir de se livrer au jeu.

— Une femme promène un bébé dans une poussette avec

un grand chapeau noir et un grand sac. Il y a un homme d'affaires avec une sacoche et un véhicule de livraison tiré par deux chevaux gris.

— Maintenant, ouvre les yeux. Tout ce que tu as décrit est exact. La plupart des gens en seraient bien incapables, surtout s'ils vaquent simplement à leurs occupations. Ils pourraient bien remarquer certaines choses, mais ils manqueraient les détails que tu as relevés. Emma, tu peux continuer à observer et à enquêter, mais fais profil bas, la prévint-il.

— Oui, papa.

Un *cab* s'arrêta. Son père aida Emma à monter, et ils rentrèrent chez eux. Emma ne cessait de penser à ce qui s'était passé au bureau de la Pinkerton. L'affaire était entre de bonnes mains, elle savait qu'ils la tiendraient informée. Elle était curieuse de savoir quelle suite ils donneraient à tout ça.

Mon but ultime, pensait-elle, *serait de travailler à la Pinkerton en tant que détective.* Elle savait qu'ils n'avaient jamais embauché de femmes, et comptait bien prouver qu'elle serait parfaite pour ce travail. Pour l'heure, elle s'efforçait de monter en compétences.

CHAPITRE 12

Le samedi commença tranquillement. Emma était en congé. Pas de boulangerie ni de livraisons ce jour-là. Elle fit donc la grasse matinée, sachant que le petit-déjeuner du samedi était à la discrétion des pensionnaires. Il y avait largement de quoi manger dans la cuisine et chacun venait se servir à sa convenance. Emma se dit qu'elle pourrait prendre un panier de pique-nique et proposer à Dora de descendre à la rivière pour souffler un peu.

Ce fut cette idée qui la tira du lit. Elle se prépara pour la journée et enfila une jupe fendue marron et une veste assortie avec des liserés rouges et une chemise de même couleur. Après avoir enfilé ses bottes, elle se brossa les cheveux et les tressa dans son dos. Délaissant son chapeau pour l'heure, elle descendit.

Elle cherchait Dora, mais elle n'était ni dans sa chambre ni dans la cuisine. Emma fit signe à miss May et miss Marjorie qui prenaient leur thé matinal dans le jardin, assises sur des chaises tressées à la main, profitant du soleil.

Emma trouva Dora dans le bureau de son père, en train de lire. Elle sauta sur le canapé, la faisant sursauter, et demanda :

— Qu'est-ce que tu lis ?

Dora tourna le livre pour montrer son dos à Emma. C'était *Alice au pays des merveilles*. Un genre littéraire absurde, mais Emma adorait les aventures qu'il racontait.

— Tu aimes ? demanda-t-elle avec enthousiasme.

Dora la regarda et réfléchit.

— C'est bien, mais ce n'est pas vraiment pour moi. Je pense que je préfère les romances ou les mystères.

— Oh, mais qu'en est-il du Chapelier fou ? Il est si intéressant, ou le passage sur...

— Ma sœur, que puis-je faire pour toi ? l'interrompit-elle.

Elle savait qu'Emma avait généralement quelque chose en tête.

— Oh, rien, je pensais juste qu'on pourrait prendre un panier de pique-nique et aller à la rivière.

Dora réfléchit un moment.

— Bonne idée. Et si on faisait du lèche-vitrine en chemin ?

— Parfait, fit Emma. On dit à 11 heures ? Je vais préparer le panier.

— Non, je m'en occupe, proposa Dora en souriant.

— Merci, Dora, répondit Emma d'une voix chantante. Tu pourrais ajouter un peu de sucré ?

Dora acquiesça et regarda Emma sortir de la pièce en courant. *Elle va s'entraîner à manier le couteau*, pensa Dora. Elle lui lança :

— Mange quelque chose, s'il te plaît.

Emma se dirigea vers la cuisine pour prendre des fruits et du pain beurré. Quand elle eut terminé, elle récupéra son chapeau et un couteau supplémentaire. Les week-ends étaient un bon moment pour s'entraîner à retirer le couteau de sa jupe ou de son chapeau. L'entraînement sur cible l'aidait à s'améliorer, mais elle avait besoin d'une cible mobile. *Tony*. Elle se demanda s'il était occupé ce matin-là. Récupérant ses couteaux, elle se dirigea vers son appartement.

Elle frappa à la porte et le plus jeune des Marella répondit :

— Bonjour, Emma.

Elle baissa la tête :

— Bonjour, Enzo.

— Tu es venue me voir ? demanda-t-il avec espoir, se tenant sur la pointe des pieds, essayant de l'impressionner.

Il savait pertinemment qu'elle était là pour voir Tony et qu'il lui faudrait dix ans et plusieurs dizaines de centimètres de plus avant de pouvoir l'impressionner.

— Enzo, pousse-toi de là et laisse Emma entrer, lança Tony depuis le salon.

En pénétrant dans la pièce, elle put voir ses deux autres frères allongés, chacun lisant un journal. Ils étaient habillés de façon décontractée et n'avaient pas de chaussures. Tony s'était levé en l'entendant arriver. Il passa la main dans ses cheveux et rentra sa chemise, cherchant ses chaussures.

Le père de Tony était assis confortablement dans un grand fauteuil, lisant le journal, quand il leva les yeux.

— Emma, content de te voir.

Il lui adressa un sourire très semblable à celui de Tony.

— Bonjour, Mr Marella, lança-t-elle avec un grand sourire.

Le père de Tony avait des cheveux bruns parsemés de gris et était extrêmement charmant. C'était comme voir Tony dans vingt ans.

— Comment vont les affaires ?

Le père de Tony possédait une entreprise de plomberie et de gaz.

La narratrice fit remarquer :

— À cette époque, l'eau courante, les raccordements aux égouts et le gaz pour l'éclairage et la cuisson étaient devenus plus courants dans les bâtiments résidentiels et commerciaux.

Son comportement changea à cette question.

— C'est chargé, dit-il sans lever les yeux.

Sa réponse était étrange ; il parlait normalement avec joie de ses projets. Elle lui jeta un regard interrogateur et s'apprêtait à lui poser d'autres questions quand Mrs Marella apparut.

— Emma, lança Mrs Marella depuis la cuisine. Viens donc m'embrasser. Veux-tu manger quelque chose ?

— Non merci, Mrs Marella.

Elle serra la femme dans ses bras en sortant de la cuisine. Mrs Marella était comme une seconde mère pour elle, et avait toujours de quoi nourrir les invités.

— Je suis juste venue parler à Tony.

Il s'approcha derrière Emma et mit un bras sur son épaule.

— Quoi de neuf ? demanda-t-il en la regardant.

— Je travaille mon lancer de couteaux aujourd'hui. J'espérais que tu aurais un peu de temps à m'accorder ce matin pour m'aider avec certaines cibles.

— Donc, la taquina-t-il, tu as tout de suite pensé à moi quand tu as eu besoin d'une cible ?

— Eh bien, oui, fit-elle en riant. Je l'avoue. Tu es la meilleure cible mobile qui existe.

Mrs Marella les entendit bavarder, mais ne s'inquiéta pas. Elle savait qu'Emma était douée avec les couteaux et ne lui ferait aucun mal. Elle fronça les sourcils en les regardant ensemble. Elle s'inquiétait qu'Emma puisse briser le cœur de Tony.

— Elle est si jeune et pourrait changer d'avis, l'avait-elle prévenu.

Il avait répondu d'un ton grave :

— Je pense que j'ai rencontré mon âme sœur trop tôt. J'essaie de lui donner de l'espace pour grandir, évoluer.

Mrs Marella se souvint alors de quelque chose.

— Emma, je crois comprendre que les félicitations sont de rigueur.

Emma savait exactement de quoi elle parlait et sourit.

— Oui, Tim et Dora ont surpris tout le monde. Ils sont très heureux.

— Dis-lui de venir me voir. Je veux tout savoir, fit Mrs Marella.

Avant qu'Emma ne puisse répondre, Tony rétorqua avec un brin d'impatience :

— Maman, on doit y aller.

— Souviens-toi que nous dînons tôt. Le bal est ce soir, souligna sa mère.

Tony jeta un coup d'œil à Emma et répondit :

— Oui, maman, je me souviens.

C'était sa chance d'avoir Emma pour lui tout seul. Il avait attendu ça toute la semaine.

Emma rougit légèrement ; elle aussi avait hâte de danser avec lui.

Le père de Tony lui jeta sa veste et son chapeau.

— Vas-y.

Emma repensa à son comportement lorsqu'elle l'avait interrogé sur son travail. Elle devrait en parler à Tony plus tard.

En descendant les escaliers, ils parlèrent des nouvelles du jour, des compétitions sportives en cours et des familles. Les sujets de conversations ne manquaient jamais. Elle envisagea de lui demander si son père avait des soucis, mais préféra éviter.

— Tim t'en a parlé avant de demander Dora en mariage ? demanda-t-elle avec intérêt.

— Non, je pense qu'il voulait qu'elle soit la première à le savoir. C'est un grand pas.

— Oui, leurs sentiments sont vraiment solides et ils sont prêts à passer à l'étape suivante.

Ils restèrent tous deux silencieux et contemplatifs alors qu'ils approchaient de la pension de famille.

Tony s'extirpa de ses pensées profondes et demanda :

— Dans le jardin ?

Elle hocha la tête.

— Oui.

Alors qu'ils traversaient la maison, Tony dit :

— Juste une minute.

Et il courut dans la cuisine. Emma entendit un cri et accourut. Elle ouvrit la porte et vit Dora réprimander Tony pour l'avoir effrayée.

— Que s'est-il passé ? demanda-t-elle en entrant dans la cuisine.

— Je suis juste venu la féliciter, expliqua innocemment Tony en faisant un clin d'œil à Dora. Prête ?

Emma ouvrit la porte et fit signe à Tony d'entrer dans le jardin.

— Que veux-tu que je fasse ? demanda-t-il.

— Eh bien, j'aimerais que tu marches près de la cible. Je veux m'entraîner à frapper tes vêtements plutôt que toi, dit-elle d'un air innocent en le regardant du coin de l'œil.

Tony regarda Emma et plissa les yeux, consterné.

— Emma, tu sais que je te fais confiance, mais là, ça va peut-être trop loin.

Il réfléchit à ce qu'elle voulait faire.

— J'ai une idée qui devrait te permettre de t'entraîner sans me blesser. Va chercher une vieille veste trop grande et quelques chemises et retrouve-moi ici.

Emma rentra alors que Tony s'apprêtait à installer deux planches croisées.

Elle sortit avec une grande veste d'homme. Il la prit et la plaça sur les planches de bois croisées qu'il avait clouées. Il remplit les manches avec de vieilles chemises.

— Essayons ça.

Il se leva et laissa un certain espace entre la cible et lui.

Elle essaya de lancer le couteau pour toucher une manche de la veste.

Tony l'observa et réalisa qu'il ne pouvait pas rivaliser avec elle. Mais il remarqua qu'elle n'était pas arrivée loin du faux bras.

— Aïe.

— Oh, arrête, fit Emma en lançant son couteau de poche.

— Quelle est la raison de cette activité ? demanda-t-il, curieux.

— Eh bien, je ne veux pas blesser tous les gens sur qui je lance mon couteau, ou du moins pas grièvement, expliqua-t-elle en pensant à ses affaires en cours.

Ils travaillèrent au lancer de couteaux pendant quelques heures de plus ce matin-là jusqu'à ce qu'Emma atteigne son objectif.

Dora sortit et lança :

— Emma, c'est l'heure. Salut, Tony.

Tony sourit et la salua en retour. Il remarqua le panier.

— Il y a quelque chose à manger là-dedans ? demanda-t-il avec espoir.

— Oui. Et Tim (qui passa la tête par la porte derrière elle) est arrivé pile quand je préparais le panier. Emma, tu es d'accord pour que les garçons viennent aussi ?

Elle regarda Emma, prête à leur dire non si elle n'était pas d'accord.

Emma réfléchit et vit l'expression pleine d'espoir de Tim. Elle sourit.

— Plus on est de fous, plus on rit.

Le petit groupe prit des couvertures, un panier de pique-nique et ils sortirent de la maison tous les quatre. Ils montèrent dans le chariot de Tim, Dora à l'avant, et Tim et Emma à l'arrière avec Tony. Tim se retourna vers Dora et Emma, et leur demanda :

— Où allons-nous, mesdames ?

— Il me semble que le programme, c'est lèche-vitrine, promenade sur le boulevard et pique-nique au bord de la rivière, déclara Dora.

Tim hocha la tête, bien conscient que Tony et lui venaient se greffer au programme de la journée entre sœurs.

— Je vais devoir déposer le chariot en cours de route.

Ils le laissèrent dans un endroit sûr pour commencer leur journée ensemble. Tim sauta à terre et fit le tour pour aider Dora. Tony bondit également et aida Emma à sortir de l'arrière du chariot. Tim cria :

— Tony !

Et il lui jeta les couvertures. Il les attrapa adroitement et regarda Tim prendre le panier de pique-nique.

Pendant qu'ils se promenaient, Emma jetait un coup d'œil autour d'eux, à la recherche d'anomalies, tandis que Tim, Tony et Dora profitaient de la journée.

Tony remarqua où l'attention d'Emma se portait. Il lui tapota la main, rentra son coude et secoua la tête en silence. Elle comprit à quoi il faisait référence et essaya de contenir son sens poussé de l'observation.

Très bien, pensa-t-elle, mais elle garda un œil sur le gamin maigre qui semblait marcher trop près des gens devant eux. Elle le vit voler des portefeuilles alors qu'il traversait la foule. Il commença à s'éloigner et s'approcha de Tony. Elle attrapa alors son bras quand il s'empara de son portefeuille et le plaqua rapidement contre le mur.

— Hé, qu'est-ce que vous faites ? s'écria le gamin, surpris.

Tony savait qu'Emma avait la situation en main et il resta près d'elle. Il repéra un officier de police qui faisait sa ronde et l'interpella.

Le policier se précipita et demanda :

— Que se passe-t-il ici ?

Le pickpocket, toujours aplati contre le mur, décida de se défendre.

— Elle m'a sauté dessus alors que je ne faisais rien de mal.

Emma le regarda fixement et déclara :

— Vraiment ?

Elle avait sorti son petit couteau sans que personne ne le remarque et avait découpé la poche de la veste du pickpocket. Il ne réalisa pas ce qu'elle faisait jusqu'à ce que plusieurs portefeuilles tombent par terre.

Le policier eut l'air étonné. Tony semblait résigné.

L'agent attrapa le pickpocket par le col et récupéra les portefeuilles.

— Ils sont à moi, se défendit le garçon, indigné.

— À toi ? Donc, tu es à la fois Blake Smith, Marty Hochberg et Phil Mozier ?

Il n'attendit pas de réponse.

— Ce sera la prison pour toi. Merci, jeune fille. Comment t'appelles-tu ?

Oups, pensa Emma, *et moi qui étais censée faire profil bas.*

Elle hésita un moment, puis admit :

— Emma.

L'officier hocha la tête.

— Emma, tu as fait quelque chose de bien aujourd'hui. Je m'en souviendrai.

Formidable, pensa-t-elle, *pile ce dont j'avais besoin.* Elle fit un signe de tête à l'officier, qui s'en alla avec le pickpocket à la mine défaite.

Tony et Emma durent courir pour rattraper Dora et Tim. Ils étaient tellement occupés qu'ils n'avaient pas remarqué ce qui se passait derrière eux. Emma adressa à Tony un regard d'avertissement ; il comprit que cela pourrait gâcher la journée et ne dit rien. Il hocha la tête et lui adressa un petit sourire.

Les deux couples continuèrent à profiter de leur promenade ensoleillée et à converser en se dirigeant vers le boulevard et la rivière à pied.

Ils trouvèrent une bande d'herbe surplombant la rivière et s'assirent pour déjeuner. Après avoir mangé, Dora et Tim se promenèrent près de l'eau pour discuter tranquillement. Emma et Tony étaient allongés côte à côte sur la couverture, regardant le ciel. Elle jeta un coup d'œil à Tony avec une main en visière et demanda :

— Tu comptes venir au bal ce soir ?

— Oui, dit-il sans cesser de regarder le ciel.

Il se demandait pourquoi elle lui avait posé la question. Depuis que Tim avait commencé à fréquenter Dora, ils allaient tous ensemble aux bals le samedi soir.

— Pourquoi cette question ?

Emma regardait à nouveau le ciel. Elle demeura silencieuse.

Il se pencha sur elle et redemanda :

— Pourquoi ?

Elle le regarda finalement.

— Le fils d'un des plus vieux amis de mon père a prévu de venir. Je me disais que vous pourriez vous rencontrer. Je pense que vous pourriez avoir beaucoup de choses en commun.

— Me rencontrer ?

Tony était déconcerté par la tournure que prenait la conversation et l'introduction d'un nouveau personnage dans leur vie. *Et que représente-t-il pour Emma ?* se demanda-t-il. Il prit une inspiration et se laissa tomber sur la couverture ; il réserverait son jugement jusqu'au soir.

Ils restèrent allongés en silence jusqu'au retour de Dora et Tim. Les deux autres mirent les restes de nourriture dans le panier pendant que Tony et Emma pliaient la couverture. Ils retournèrent récupérer le chariot pour rentrer chez eux.

Tim dit :

— On se voit ce soir au bal. Tony, allons-y.

Il lâcha la main de Dora à contrecœur.

Tony regarda Emma dans les yeux.

— À ce soir.

Elle ne sourit pas, mais hocha la tête et le fixa avant de rompre le contact.

Dora et Emma regardèrent Tim et Tony partir dans leur chariot. Dora regarda sa sœur avec une expression inquiète et demanda :

— Qu'est-ce que tu as dit à Tony ? Il avait l'air bouleversé.

Emma haussa les épaules et répondit d'un ton un peu provocateur :

— Je lui ai appris que Jeremy, le fils de Cole Tilden, serait au bal. Je lui ai déjà précisé que j'étais trop jeune pour prendre des décisions concernant mon avenir. Je peux avoir d'autres amis.

Elle arrêta Emma avant qu'elles ne franchissent la porte.

— S'il te plaît, ne fais pas de mal à Tony. Ça pourrait être une grave erreur avec des répercussions à long terme.

— Dora, je n'ai pas la même vision du futur que Tony. Je m'imagine très bien en tant qu'aventurière, mais je ne veux pas me marier ou avoir des enfants.

— Emma, tu as 16 ans et tu changeras probablement d'avis plus tard. Je te demande juste de faire attention aux sentiments des autres, précisa Dora.

Emma secoua la tête.

— J'ai déjà des soucis avec un garçon. Comment ai-je pu croire qu'ajouter un autre garçon à l'équation pourrait avoir du bon ? Je suis stupide.

— Non, dit Dora en la serrant dans ses bras, juste très jeune.

CHAPITRE 13

Ils vaquèrent à leurs occupations respectives jusqu'au dîner. Emma devait travailler sur sa dentelle et alla trouver miss May. Pendant qu'elle travaillait sur ses motifs, elle pensa au père de Tony. Elle aurait dû faire part de ses inquiétudes à son fils ; au lieu de quoi elle s'était laissée envahir par ses émotions concernant leur relation.

L'après-midi s'étira. Emma et miss May travaillèrent sur des commandes de dentelle jusqu'à l'heure du dîner. Celui-ci n'était pas commun ce soir-là. Dora ne cuisinait pas le samedi soir. La famille se retrouva dans la cuisine pour engouffrer quelques sandwichs avant le bal.

Emma emballa les biscuits Snickerdoodle qu'elle avait préparés la veille.

La soirée ne faisait que commencer quand les filles montèrent se changer pour le bal. Dora enfila sa robe verte avec un liseré jaune, tandis qu'Emma mettait une robe rose foncé avec une jupe en dentelle.

— Dora, tu n'aurais pas vu le foulard rouge de maman par hasard ? lança Emma dans le couloir.

Dora entra dans la chambre d'Emma en se brossant les cheveux.

— Le rouge, évidemment, plaisanta Dora, qui savait qu'Emma aimait porter cette couleur. Il doit être dans le coffre de maman.

Elle hocha la tête.

— Je vais voir.

— Essaie de te dépêcher, fit Dora. Il ne faut pas tarder.

Emma courut rapidement vers la chambre de son père pour ouvrir le coffre situé au bout du lit. Elle avait déjà fouillé dedans, mais n'avait jamais atteint le fond. S'agenouillant, elle l'ouvrit, retirant des couvertures faites à partir de leurs vêtements de bébé, une boîte à bijoux, des robes assorties, et enfin des écharpes. Elle trouva le foulard qu'elle voulait, mais en le sortant, elle constata qu'il s'était accroché à quelque chose. Avec précaution, elle tira dessus et vit qu'il était accroché à une boîte en bois carrée de 15 centimètres de côté. Posant la boîte sur ses genoux, elle décrocha soigneusement le foulard et la posa à ses côtés. Retournant la boîte entre ses mains, elle en examina toutes les faces. Elle était ordinaire, sans signe distinctif, et semblait être fermée, mais non verrouillée.

Elle se demanda un instant si elle devait demander à son père la permission de l'ouvrir. Juste avant de prendre cette décision, elle entendit Dora l'appeler d'en bas pour qu'elle se dépêche. Jetant un coup d'œil à la boîte, elle décida que ce qu'elle contenait pouvait attendre la fin du bal.

Elle se rendit dans sa chambre, emportant le foulard et la boîte avec elle. Elle plaça la boîte sous son oreiller et la chassa de son esprit en finissant de s'habiller.

Un deuxième cri s'éleva d'en bas. Tim et Dora étaient impatients d'y aller.

En sortant de la maison, ils retrouvèrent Tony qui les attendait dans le chariot. Il sauta à terre pour aider les filles.

Emma s'assit sur le coffre à l'arrière du chariot et Tony sur le plancher. Dora s'installa à côté de Tim. Emma fredonnait un air, regardant le ciel et essayant de ne pas penser à cette boîte sous son oreiller.

Ils s'arrêtèrent devant l'église et virent que de nombreuses personnes étaient arrivées. Les musiciens jouaient déjà.

— Formidable, dit Emma, et elle sauta par terre sans aucune aide.

— Emma, la réprimanda Dora.

Emma jeta un coup d'œil à sa sœur et réalisa que ses manières garçonnes ne l'avaient pas quittée.

— Je ferai plus attention, promit-elle, et elle attendit que Tony la rattrape.

Il lui offrit son coude et ils entrèrent au bal ensemble. Ce faisant, elle chercha à apercevoir Jeremy. Elle l'identifia rapidement dans le hall et ses yeux croisèrent les siens. Elle ne chercha pas à détourner le regard. Elle attendit, se demandant ce qu'il allait faire.

Avec son sourire de travers, il se dirigea lentement vers elle. Elle se surprit à lui rendre son sourire quand il lança :

— Bonsoir.

Elle présenta un Tony réticent à Jeremy. Jeremy lui tendit la main. Tony la regarda, mais ne la serra pas.

Voyant que Tony ne réagissait pas, Jeremy retira sa main avec un haussement d'épaules.

— Puisqu'on est là tous les deux, Emma, m'accorderais-tu cette danse ? demanda Jeremy.

Il regarda Tony en posant sa question. Ce dernier avait l'air réticent, mais il finit par céder.

Jeremy offrit son coude à Emma et ils se dirigèrent vers la piste de danse.

Tim arriva derrière Tony et posa une main sur son épaule.

— Ne t'inquiète pas, ce n'est qu'une danse. Rappelle-toi, tu as toujours dit que tu devrais être patient avec Emma.

—Je sais, fit-il abruptement.

Il repensa à ce que sa mère lui avait dit au sujet d'Emma.

— Tony, tu devrais t'éloigner d'elle en attendant qu'elle soit plus âgée.

— Mais, maman, j'aime être près d'elle.

— Je sais, mais elle n'est pas prête à te voir comme un prétendant. Il serait peut-être temps de la laisser suivre son propre chemin pendant un moment.

— Maman, je ressens une connexion avec elle que je ne ressens avec personne d'autre.

Sa mère avait souri avec indulgence.

— Tu es comme ton père. Il m'a jeté un seul regard et m'a dit que j'étais faite pour lui. Il m'a également fallu un certain temps pour envisager mon avenir avec lui. Si tu veux être avec elle, le meilleur moyen est de vous séparer pour le moment.

Tony n'avait pas tenu compte de cette conversation jusqu'à cet instant. Il commença à penser à ce que sa mère avait mentionné au sujet d'une éventuelle séparation.

Pendant ce temps, Emma et Jeremy dansaient ensemble avec entrain. Tony attendit patiemment et réclama la danse suivante. Jeremy et Tony monopolisèrent tout le temps d'Emma jusqu'à ce qu'elle soit trop fatiguée pour danser.

Elle sortait prendre l'air avec Tony quand Jeremy arriva et les salua joyeusement. Tony essaya de s'en débarrasser, mais Jeremy ne comprit pas l'allusion.

—J'aurais bien besoin d'air, moi aussi.

Tony parut contrarié par la présence d'une troisième personne lors de leur promenade, mais il ne dit rien. Tous trois se baladèrent dans le petit parc attenant à l'église.

Ça devient un peu fatigant, songea Emma.

Elle se mit à faire la conversation, essayant d'intégrer les deux garçons.

— Jeremy travaille avec son père à l'agence de détectives Pinkerton.

Jeremy fronça les sourcils quand elle fit ce commentaire, mais il était curieux d'évaluer la concurrence.

— Et toi, Tony, qu'est-ce que tu fais ?

— Je fais des livraisons, surtout en ville, expliqua Tony.

— Intéressant. Emma et toi, vous travaillez ensemble ?

Ils acquiescèrent tous deux.

— Quels sont tes projets ? demanda-t-il à Tony.

Ce dernier prit un moment pour répondre.

— J'ai quelques idées sur lesquelles je travaille. Je ne suis pas sûr pour l'instant de la forme qu'elles prendront.

Jeremy hocha la tête, comprenant ce qu'il voulait dire.

— Moi, je travaille avec mon père à la Pinkerton. Je pense que c'est là qu'est mon avenir.

Emma restait silencieuse, pensant aux opportunités offertes aux garçons et non aux filles. Pour exister dans ce monde, une fille devait être deux à trois fois plus douée qu'un garçon. *Je n'aurai qu'à travailler plus dur*, pensa-t-elle.

Emma regarda la montre attachée à sa robe.

— Je pense que si nous voulons continuer à danser, nous devrions retourner à l'église.

Ils réalisèrent qu'elle avait raison et s'empressèrent de revenir. Lorsque Jeremy lui tendit la main, elle jeta un coup d'œil à Tony en levant un sourcil et il leur fit signe de rejoindre la piste de danse. Jeremy était un bon danseur et il était si drôle qu'elle rit tout du long.

La soirée battait son plein et Emma continuait à alterner entre Tony et Jeremy. Tous trois s'entendaient bien, mais il y eut quelques frictions lorsqu'on annonça la dernière danse. Les deux garçons lui prirent un bras et partirent chacun dans des directions opposées. À ce moment-là, Emma se sentit comme cet os porte-bonheur sur lequel on tirait des deux côtés. Quand Jeremy déchira accidentellement un morceau de dentelle sur sa robe, elle dit à voix basse :

— Ça suffit, maintenant. Dehors, tous les deux.

Tous trois se dirigèrent vers la porte et elle laissa libre cours à son exaspération.

— Il y a plein de filles avec qui danser là-dedans. Il n'y a pas que moi.

Elle regarda Jeremy et expliqua :

— On s'est rencontrés cette semaine à peine. Je pense que tu peux trouver une autre partenaire pour cette danse.

Elle lui sourit pour atténuer la négativité de ses paroles.

Jeremy hocha la tête et répondit :

— Pas de problème, on se voit demain.

Et il retourna à l'intérieur.

— Demain ? demanda Tony.

— Oui. Son père est un ami très proche du mien et il les a invités à déjeuner dimanche après l'église.

Emma voyait bien que Tony aurait aimé être invité, mais elle savait qu'elle devait avoir une discussion difficile avec lui.

— Tony, tu ne crois pas qu'il faudrait qu'on passe un peu de temps séparés ? Tu ne peux pas être heureux en te contentant des miettes de temps que je peux t'accorder.

Il prit sa main doucement et la regarda dans les yeux.

— Emma, le temps que tu me donnes me comble pleinement. Je comprends que tu es jeune et je ne veux pas te brusquer. Tu es ma meilleure amie.

Emma couvrit leurs mains jointes de sa main libre. Elle leva les yeux vers lui.

— Tony, ce n'est simplement pas le bon moment pour ça. Je chéris notre amitié par-dessus tout et, quand je serai prête, je te le ferai savoir.

Il hocha la tête à contrecœur.

— Peut-être que ce serait mieux pour moi de me mettre un peu en retrait.

— Mais je ne veux pas te voir moins, dit-elle plaintivement, réalisant ce qu'elle pourrait perdre.

— Je pense que tu as raison, fit-il en retirant ses mains des siennes.

Et il se détourna. Levant une main, il s'essuya les yeux.

— Je pense que ce serait mieux si je trouvais d'autres amis avec qui traîner pendant un moment. Ça te donnera de l'espace pour grandir et être toi-même.

Des larmes perlèrent également dans ses yeux ; elle n'avait pas prévu de perdre son meilleur ami ce soir-là. Elle ne pensait pas pouvoir supporter son absence.

— Tony, attends, s'il te plaît.

Elle essaya de lui prendre la main.

— Non, dit-il en s'éloignant d'elle. C'est pour le mieux. Mais sache que je suis là si tu as besoin de moi.

Ce pas qu'il fit pour s'éloigner d'elle ressemblait à un fossé qui ne cessait de se creuser.

— Tony ?

— Oui, Emma ? murmura-t-il, souhaitant être n'importe où ailleurs.

— Est-ce qu'on peut danser la dernière danse ensemble ?

Il était impossible de refuser. Il l'attira contre lui, plus près qu'il ne l'avait fait à aucun autre bal avant celui-ci, et ils se balancèrent au son de la musique qui se répandait dans le jardin. Elle leva les yeux vers lui alors que la musique se terminait, et il baissa les yeux vers elle. Il commença à pencher la tête vers la sienne, et elle retint son souffle. Il secoua la tête.

— Emma, ce dont on a besoin, c'est d'espace, dit-il à voix basse, et il se retourna pour partir, sortant par la porte du jardin.

Emma commençait à réaliser ce qu'elle avait fait, mais elle demeura figée, le regardant partir.

— Dis à Tim que j'ai trouvé un moyen de rentrer chez moi ce soir, lança Tony sans se retourner alors qu'il disparaissait de son champ de vision, la laissant seule dans le jardin.

Emma revint lentement dans la pièce alors que la danse se terminait. Dora lui fit signe depuis l'autre côté de la pièce et s'approcha rapidement d'elle. Elle chercha son visage et vit qu'Emma était très pâle.

— Tu es malade ? demanda-t-elle, craignant qu'Emma ne couve quelque chose.

Emma resta plantée là, malheureuse, ne voulant pas en parler. Quand Tim s'approcha d'elles, elle ignora la question de Dora et demanda :

— Tim ?

Tim baissa les yeux d'un air interrogateur.

Emma garda une voix dénuée d'émotion et un visage impassible en poursuivant :

— Tony est parti plus tôt et il m'a dit de te demander de ne pas l'attendre.

Tim fronça les sourcils. Tony n'aurait jamais quitté Emma. Il devrait aller le voir après avoir ramené les filles à la maison pour connaître le fin mot de l'histoire. Mais pour l'heure, il devait être avec sa Dora. Il lui serra la main et elle lui sourit. Ils avaient passé une belle soirée. Tout le monde les avait félicités pour leurs fiançailles.

Alors qu'ils se dirigeaient vers le chariot, Emma remarqua que Dora et Tim étaient tout entiers absorbés l'un par l'autre, ne se lâchant pas la main et se dévorant des yeux.

Elle s'éclaircit la gorge.

— Eh bien, on dirait que je vais conduire le chariot jusqu'à la maison.

Avant qu'ils puissent la contredire, elle le prépara pour le trajet du retour. Dora et Tim s'assirent à l'arrière, parlant doucement pendant qu'elle conduisait. Une fois qu'ils atteignirent la pension de famille, elle attendit un moment et lança assez fort :

— Je rentre.

Elle sauta du chariot sans aide et monta lentement les marches du perron. Tim aida Dora à descendre de l'arrière du chariot et en profita pour lui donner un rapide et intense baiser. Il y eut d'autres baisers, et il prit une profonde inspiration, puis dit avec regret :

— Je vais aller voir Tony. Tu devrais peut-être parler à Emma.

Dora hocha la tête. Elle avait eu la même idée.

Emma et son père ouvrirent la porte d'entrée pour Dora.

— Vous vous êtes bien amusées au bal, les filles ?

Elles acquiescèrent toutes deux.

— Papa, Emma et moi, on va préparer des macarons. Tu en veux ? demanda Dora.

Leur père eut un large sourire et les suivit dans la cuisine.

Dora rêvait encore de sa soirée avec Tim, mais elle savait qu'elle devait parler à Emma avant de monter.

Leur père finit ses macarons et, avec un signe de la main, s'en alla continuer son travail dans son bureau.

— Ma sœur, dit Dora en prenant les mains d'Emma dans les siennes par-dessus la table. Que s'est-il passé avec Tony ce soir ?

Emma sentit l'émotion l'envahir. Ses yeux s'emplirent de larmes. L'air lui manquait.

— Je ne sais pas. Je pense qu'on n'est peut-être plus amis, fit-elle d'un ton hésitant.

— Oh, ma sœur, murmura Dora.

Elle compatissait, mais devait être réaliste avec Emma.

— Ma sœur, quand on en a parlé tout à l'heure, tu as été

claire sur le fait que tu n'étais pas prête à t'engager avec Tony de façon romantique et que tu allais le lui dire.

— Je ne pensais pas que ça affecterait notre amitié ! geignit-elle en posant sa tête sur ses bras et en se mettant à pleurer de plus belle.

Ma sœur est si jeune, pensa Dora en secouant la tête. Elle rapprocha sa chaise d'elle et passa son bras autour de ses épaules.

— Ma sœur, dans cette situation, tu ne peux pas avoir le beurre et l'argent du beurre. Tony tient beaucoup à toi et le fait de te côtoyer en tant qu'ami le blesserait.

— Vraiment ? Je n'y avais pas pensé, fit-elle en relevant lentement la tête et en laissant voir à Dora ses yeux baignés de larmes.

— Non, mais tu dois y penser maintenant. On ne risque pas de revoir Tony avant un moment, dit fermement Dora.

— Donc, pas de visite chez lui ? Pas de visite à sa famille ? demanda-t-elle, complètement stupéfaite qu'une simple conversation ait complètement bouleversé sa vie.

— Ma sœur, essaya encore Dora, forçant Emma à la regarder dans les yeux. Tu as demandé à avoir de l'espace et tu vas devoir lui laisser le sien aussi. Tu comprends ?

Emma comprit que Dora tenait profondément à Tony et ne voulait pas qu'elle continue à le faire souffrir. Elle prit une profonde inspiration pour faire le vide dans ses pensées.

— Très bien, je vais lui laisser un peu d'espace.

— Bien, dit Dora, soulagée. Je vais me coucher.

Ses pensées se tournèrent vers Tim et son image ne la quitta pas pendant qu'elle montait les escaliers. Emma la suivit en pensant à Tony.

Elle entra dans sa chambre, encore un peu déprimée de savoir qu'elle ne pourrait plus parler à son meilleur ami. Alors qu'elle se laissait tomber sur le lit, les bras en l'air, sa main rencontra un objet solide. Elle regarda ce que c'était. La boîte qu'elle avait trouvée dans le coffre de sa mère dépassait de son oreiller.

Pile ce dont j'ai besoin pour me distraire.

Elle fit glisser la boîte vers elle et s'assit avec l'objet sur les genoux. Elle ne savait pas pourquoi elle pensait que cette boîte pouvait contenir quelque chose d'important. Cela pourrait être une simple paire de vieux ciseaux.

Elle l'ouvrit lentement. Le couvercle grinça lorsqu'il s'ouvrit et révéla des coupures de journaux. *Des articles*, murmura-t-elle en les sortant avec précaution. *Écrits quand maman était encore en vie.*

Les articles traitaient de différents crimes qui avaient attiré l'attention une dizaine d'années plus tôt. Chaque résolution semblait attribuée à une source anonyme. *De plus en plus curieux*, pensa-t-elle. Elle apporta la boîte jusqu'au bureau.

Emma y disposa les articles par date. Chacun faisait allusion à un patron du crime local. Il y avait des meurtres, des cambriolages, des salles de jeux clandestines. Les articles indiquaient à chaque fois qu'une source avait révélé ces différents crimes.

Qui était cet informateur et que faisaient ces articles dans le coffre de maman ? se demanda Emma. Avaient-ils attiré la curiosité de sa mère ? Qu'est-ce qui les rendait suffisamment spéciaux pour être découpés et placés dans une boîte ? La plupart de ces faits s'étaient produits quand Emma était petite, dans la période précédant l'incendie.

Elle poussa la boîte sur le côté du bureau et ouvrit son tiroir pour en sortir un nouveau carnet noir. Elle commença à établir les points communs entre ces articles :

- Tous se trouvaient dans le coffre de sa mère.
- Tous provenaient du journal *Tribune*.

- Tous avaient eu lieu dans un délai de deux ans avant l'incendie.
- Tous impliquaient un patron du crime local (John Harden) et avaient été révélés par une source anonyme.
- Tous comportaient la même signature ; les articles étaient donc du même auteur.

La première chose à faire, pensa Emma, *c'est de trouver ce journaliste et de voir si sa source est toujours là.* Elle avait l'intuition que sa mère avait quelque chose à voir avec ces vieux articles. Mais de quelle façon ?

Elle les replia soigneusement et les plaça dans la boîte puis la remit dans le coffre. Personne n'y avait touché durant tout ce temps. Ils seraient en sécurité jusqu'à ce qu'elle ait envie de les réexaminer.

Après avoir consulté une dernière fois son carnet, elle décida de se rendre au journal dès le lundi. Elle voulait voir si le journaliste faisait toujours partie du personnel et s'il accepterait de lui parler. C'était un peu optimiste de penser qu'il serait toujours là, mais elle n'avait rien à perdre.

En fermant le carnet, lentement, elle pensa au lendemain. Elle avait hâte de déjeuner avec Cole et Jeremy.

CHAPITRE 14

— Ils sont là ! s'écria Emma en courant dans la cuisine.

— Alors tu devrais m'aider, gronda Dora.

Emma se dirigea immédiatement vers le placard et sortit les bols de service pour y placer les légumes cuits. Dora remua sa purée de pommes de terre et la plaça dans l'un des bols qu'Emma avait mis à sa disposition.

Tim entra.

— Ils sont dans le salon en train de parler à Ellis. Comment je peux vous aider ?

— Apporte le plateau de poulet dans la salle à manger, ordonna Dora.

Elles avaient déjà dressé la table pour le repas. Quand tout fut prêt, Dora alla chercher son père et leurs invités.

— Papa, fit-elle. Le déjeuner est prêt.

Il tourna la tête vers la porte en entendant sa voix. Il acquiesça.

— Dora, entre un instant. Voici Cole Tilden.

— Ravie de vous rencontrer, lança-t-elle chaleureusement, curieuse de faire la connaissance du plus vieil ami de leur père.

— Tout le plaisir est pour moi, répondit-il sur le même ton.

— Et voici Jeremy, dit leur père en lui faisant signe d'approcher.

Il s'exécuta et prit la main de Dora dans la sienne.

— J'ai beaucoup entendu parler de toi, fit-elle avec un sourire dans la voix.

— Vraiment ? fit-il. Tu dois absolument tout me dire.

Ils rirent tous de cette réponse.

— Si vous voulez bien me suivre, proposa Cole en lui offrant gracieusement son bras.

Ellis murmura :

— Tu as toujours eu un faible pour les dames.

Cole gloussa et précisa :

— Seulement les plus jolies.

Le visage de Dora s'empourpra, mais elle apprécia l'attention.

Le petit groupe se répartit autour de la table. Après s'être assis, ils dirent une prière et commencèrent à manger. Cole et Jeremy ne tarissaient pas d'éloges sur le repas. Ellis se pencha en arrière.

— Le meilleur reste à venir.

Cole et Jeremy froncèrent les sourcils et il précisa :

— Le dessert.

— Ohh, s'extasia Jeremy quand Dora sortit les macarons qu'elle avait préparés la veille.

— Tu avais raison, c'est ma partie préférée du repas, confirma Cole en se tapotant le ventre après avoir savouré les macarons.

Dora suggéra à son père :

— Pourquoi Cole et toi n'iriez-vous pas vous détendre dans le salon pendant que nous rangeons ?

Leur père hocha la tête et sortit avec Cole.

Dora intima à ceux qui restaient :

— Ramenez tous quelque chose en cuisine pour débarrasser.

Jeremy réalisa qu'il était inclus dans cet ordre et s'exécuta. Il prit une pile d'assiettes et les suivit dans la cuisine.

— Emma, tu fais la vaisselle ; Jeremy, tu essuies. Tim rangera quand vous aurez fini.

Jeremy remarqua que tout le monde s'organisait sans poser de questions et alla chercher un torchon. Emma lui sourit et murmura :

— On suit ses ordres à la lettre.

Il acquiesça et attendit qu'Emma prépare l'eau pour la vaisselle. Soudain, alors qu'elle lui tendait des assiettes, elle lui demanda à brûle-pourpoint :

— Tu savais qu'on existait, papa et nous ?

Jeremy faillit faire tomber l'assiette qu'il tenait. Il remarqua que tout le monde s'était figé dans la cuisine. Dora ajouta :

— Je me pose la même question.

L'assiette dans ses mains était sèche et il la tendit à Tim avant de déclarer simplement :

— En effet.

Dora s'assit lourdement sur une chaise voisine.

— Comment ?

— Ellis nous rendait visite à New York.

— Les voyages, répondit Emma à haute voix, pour les missions d'ingénieur.

— Oui, il logeait chez nous quand il était en ville, confirma Jeremy.

— Pendant combien de temps ? demanda Emma.

— Au moins depuis que j'ai 10 ans, admit-il.

— Pourquoi ce secret ? Pourquoi ne pas avoir partagé cette partie de sa vie avec nous ? demanda Dora.

—Je ne sais pas, ils ont toujours été secrets. C'est sûrement lié à la façon dont ils ont grandi. Il y a des tas de choses que j'ignore sur la vie de mon père.

— Ça me semble normal, dit Emma. S'il veut partager davantage de choses, on sera toujours là pour l'écouter.

Dora voulait des réponses, mais Emma se montra la plus rationnelle des deux.

Ils retournèrent chacun à leur travail dans une ambiance agréable. Tim demanda :

—Je peux y aller ? Je dois travailler mes cours.

— Bien sûr, fit Dora, je te raccompagne.

— J'espérais que tu le ferais, murmura-t-il.

Ils commencèrent à partir et il jeta par-dessus son épaule :

— Salut, Jeremy, c'était sympa de te rencontrer.

— Toi aussi, répondit-il.

Dora lui tendit la main, il la prit et ils sortirent de la cuisine ensemble.

Emma essuya autour de l'évier et regarda Jeremy qui séchait les derniers verres.

— Jeremy, demanda-t-elle en pensant à ces articles qu'elle avait trouvés la nuit précédente.

— Oui ? demanda-t-il distraitement en essuyant les derniers verres devant lui.

— J'ai besoin d'interroger quelqu'un que je n'ai jamais rencontré. Comment tu me conseillerais de m'y prendre ?

— Est-ce que tu as des liens avec un proche de cette personne ? Ça pourrait t'aider, suggéra-t-il.

— C'est possible, dit-elle en pensant à Tim.

Il travaille sur les quais et livre les journaux, il aura le contact dont j'ai besoin. J'irai le voir demain.

— Est-ce que je peux t'aider ? demanda-t-il, désireux de passer plus de temps avec elle.

— Non, sourit-elle. C'est juste une chose sur laquelle je travaille.

Elle commença à s'essuyer les mains. Il les attrapa et l'attira vers lui.

—J'ai apprécié notre danse hier soir.

Elle devint écarlate et répondit :

— Moi aussi.

Elle le laissa la serrer contre elle, plus longtemps qu'elle n'aurait dû. Elle s'éloigna finalement de lui et ajouta :

— Je ne pense pas vouloir autre chose que de l'amitié pour le moment.

Il haussa les épaules et répondit :

— Ça me paraît bien aussi.

Ils entrèrent dans le hall et virent qu'Ellis et Cole se tenaient dans l'entrée du salon. Cole remarqua sa présence et lui demanda :

—Jeremy, tu es prêt à partir ?

Jeremy aurait voulu dire non, il aurait aimé passer plus de temps avec Emma, mais il répondit :

— Bien sûr, quand tu veux.

Ellis et Emma les raccompagnèrent. Dora les croisa sur le perron et leur dit au revoir.

Leur père resta silencieux quand ils fermèrent la porte. Il se dirigea ensuite vers son bureau. Emma et Dora l'observèrent. Dora fit mine de le suivre. Emma la retint et secoua la tête. Dora aurait aimé se défaire de sa sœur, mais elle n'insista pas. Les sœurs ne se dirent pas grand-chose après ça. Dora se dirigea vers la cuisine pour les préparatifs du lendemain et Emma monta à l'étage en pensant aux conseils de Jeremy.

CHAPITRE 15

Le lendemain matin, les articles étaient encore présents dans son esprit alors qu'elle descendait les escaliers. Elle se prépara pour se rendre à la boulangerie, où elle devait travailler ce matin-là.

En entrant dans la cuisine, elle prit son petit pain habituel et sa gamelle. Elle emporta également les deux derniers morceaux de tarte, qu'elle comptait donner au petit homme qui semblait toujours traîner à proximité.

Elle savait depuis un certain temps qu'elle avait de la compagnie lors de ses promenades matinales. Elle ne savait pas pourquoi, mais elle sentait qu'il ne constituait pas une menace. Sa présence était plus protectrice qu'autre chose. Alors qu'elles marchaient, Emma et son ombre, elle réfléchissait à la façon de lui apporter la tarte.

Dois-je la lui donner ? Non, pensa-t-elle, *ça pourrait le contrarier. Je sais, je signerai la note « De la part d'une amie »*. Elle sortit son carnet tout en marchant et inscrivit son message. Elle devait à présent trouver un moyen de lui faire parvenir sa tarte.

Quelqu'un courait près d'elle et elle savait que ce n'était pas Tony.

— Salut, Tim, glissa-t-elle à voix basse sans le regarder.

— Salut, comment tu as su ? demanda Tim, l'air déçu.

— Je le savais, c'est tout, fit-elle, triste que Tony respecte leur accord de moins se voir.

— Emma, tu veux en parler ? demanda Tim, inquiet pour elle.

— Non.

Elle savait à quoi il faisait référence. En dehors d'Emma, Tim était l'ami le plus proche de Tony. Ils continuèrent à marcher vers la boulangerie, plus calmement que d'habitude.

*
**

Son observateur remarqua également le changement. *Que s'est-il passé ?* pensa-t-il. Tony veillait toujours sur elle le matin d'habitude.

*
**

— Tim, tu aurais une seconde pour faire quelque chose pour moi ? demanda Emma.

— Bien sûr, dit-il, se demandant si cette faveur impliquait Tony. Tu travailles à la boulangerie aujourd'hui ?

Baissant les yeux sur ses vêtements, puis les relevant, Emma confirma :

— Oui.

Avec un léger sourire, elle lui tendit le sac contenant la tarte.

— Quand on sera à la boulangerie, tu pourras apporter ça et un mot dans la ruelle et le donner à l'homme qui traîne là-bas ?

— Pourquoi ? demanda-t-il, déconcerté.

— Papa nous a raconté une histoire, il n'y a pas longtemps, sur son enfance et sur la faim qu'il avait ressentie en vivant dans la rue. J'ai pensé à ce petit homme quand j'ai vu cette tarte ce matin, répondit-elle.

Dora raconta à Tim ce que son père lui avait révélé sur son enfance et il comprit. Il la regarda, puis la tarte qu'elle lui tendait, haussa les épaules.

— Bien sûr.

Elle entra dans la boulangerie pendant que Tim livrait la tarte à son ombre. En enlevant son manteau, elle réalisa qu'elle n'avait pas parlé à Tim quand elle en avait eu l'occasion. *Je vais devoir aller au club.*

Elle prit son poste et sa journée se déroula comme d'habitude.

Elle devait préparer des Spitzbuben, des gâteaux traditionnels aux bords joliment découpés. Ils se présentaient sous la forme de deux biscuits avec une couche de confiture entre les deux. Elle commença par préparer un biscuit au beurre avec une légère saveur citronnée.

On mettait la confiture en pot en été pour pouvoir préparer des biscuits toute l'année. Une fois les bocaux ouverts et les biscuits sortis du four, Emma commença à les disposer dans les présentoirs à l'avant ou à les garder pour les commandes spéciales.

Tout en travaillant, elle pensait à la façon dont elle pourrait rencontrer le journaliste s'il travaillait encore au journal. *Je vais devoir y aller et poser la question*, pensa-t-elle.

Quand elle termina sa journée à la boulangerie, elle rentra chez elle pour se changer. La matinée avait été productive et elle se sentait bien. C'était aussi l'heure du déjeuner. Elle s'arrêta donc à la cuisine en chemin. Dora avait préparé un sandwich qui l'attendait. Elle s'assit et commença à manger, déchirant le pain croustillant et mettant des morceaux dans sa bouche.

Dora lui ordonna :

— Mâche, s'il te plaît.

Elle lui donna un verre de lait. Emma lui adressa un clin d'œil.

Dora lui tendit une pomme pendant qu'elle finissait son sandwich.

— Qu'est-ce que tu vas faire maintenant ? Travailler avec papa ? demanda Dora.

— Oh, mince, fit Emma à voix haute. Je suis censée m'en ocuper, mais je dois faire une course.

— Papa est allé voir le nouveau bâtiment. Tu as un peu de temps, lui apprit Dora.

— Formidable, fit Emma, soulagée.

Elle ne voulait pas lui faire faux bond.

— Je serai de retour dans une heure environ.

Elle ne souhaitait pas parler à Dora des articles avant d'en savoir plus sur leur signification possible.

— D'accord, dit lentement Dora.

Cette Emma plus posée était une nouveauté.

Emma monta à l'étage pour remplacer sa tenue de boulangerie par ses vêtements de livraison. Elle se déshabilla et attacha son fourreau à sa jambe avant d'enfiler sa chemise ample et son pantalon. Elle glissa son couteau dans son fourreau à l'intérieur d'une ouverture dans la poche de son pantalon. Emma enroula ensuite sa tresse sur sa tête et la recouvrit de son chapeau de livreur.

Elle se dépêcha, essayant d'attraper Tony et Tim avant leurs livraisons de l'après-midi. En se servant de son épaule, elle poussa la porte du club et entra. Les autres livreurs ne lui prêtèrent pas beaucoup d'attention, mais Tim, oui. Il se leva immédiatement de la table où il déjeunait avec Tony lorsqu'elle entra. Avant de s'approcher d'elle, Tim se pencha et glissa quelque chose à Tony à voix basse.

Emma comprit que Tony n'allait pas venir lui parler. Elle essaya de ne pas laisser transparaître sa douleur, baissant son chapeau pour cacher ses yeux.

Tim s'approcha et lui demanda d'un ton désinvolte :

— Salut, quoi de neuf ?

Elle se racla la gorge et se pencha légèrement, parlant à voix basse :

— Tim, j'ai besoin d'un contact au *Tribune*. Je suis une piste.

— Quelle piste ? demanda-t-il avec méfiance.

Il avait déjà été entraîné dans plus d'une aventure avec elle.

— Oh, ce n'est rien, fit-elle d'un ton évasif. J'enquête juste sur un truc que j'ai vu dans le journal.

Elle sourit pour le distraire. Une jolie fille pouvait faire oublier presque tout à un jeune homme.

Son sourire fit le travail et Tim suggéra :

— Adresse-toi à Harry Morgan. Il travaille sur le quai et connaît tout ce qui se passe au journal.

Emma nota l'information dans son carnet.

— Très bien, dit-elle en soulevant son chapeau. J'y vais.

Et elle s'en alla. Elle remarqua que son observateur la suivait, haussa les épaules et continua son chemin.

Elle trouva le bâtiment du journal et se dirigea vers le quai de chargement à l'arrière. Matin et soir, des chariots étaient garés dans la zone, attendant les piles de journaux. Il y avait peu d'activité à cette heure de la journée.

— Va-t'en, mon garçon. On n'a pas de travail et les journaux ne seront pas disponibles avant ce soir, lança un homme depuis le quai.

C'était un homme de grande taille, avec des cheveux noirs

et longs, une moustache et une forte corpulence. Il fit un signe dédaigneux de la main vers elle.

Emma ignora ses propos et s'approcha de lui.

— Vous êtes Harry ?

Ce dernier fut quelque peu surpris par la voix de la jeune fille et la détailla de la tête aux pieds.

— Eh bien, eh bien, que vois-je ? Une fille habillée en garçon.

Il gloussa et lança assez fort :

— C'est bien moi, Harry. Je peux t'aider ?

— Tim Flannigan a dit que vous connaissiez peut-être quelqu'un qui écrivait pour le journal ou qui le fait encore.

— Ce grand Irlandais qui fait des livraisons ? demanda-t-il.

— Oui, confirma-t-elle.

Harry eut l'air un peu impatient et demanda d'un ton vif :

— Comment s'appelle la personne que tu cherches ?

Elle sortit son carnet et jeta un coup d'œil à la page.

— Son nom est Daniel Cooper. Il aurait été journaliste ici il y a une dizaine d'années.

— Oh, Danny. Il est toujours là, mais il n'écrit plus que des éditos ces temps-ci. Tu voudrais le rencontrer ?

— Oui, affirma-t-elle avec empressement en hochant la tête, manquant de déloger son couvre-chef.

Il lui tendit la main et la fit descendre sur le quai. Elle atterrit avec un rebond. Harry dit :

— Suis-moi.

Emma s'exécuta, traversa les grandes portes ouvertes de l'entrepôt jusqu'à un escalier arrière. Alors qu'ils passaient le premier étage, elle le regarda d'un air interrogateur et il expliqua :

— C'est en haut.

Ils montèrent donc.

Ils sortirent de l'escalier étroit pour arriver dans une pièce bondée, remplie de bureaux et de fumée de cigarette. Elle toussa légèrement en la traversant. Les journalistes ne levèrent pas les yeux lorsque le docker accompagné d'un garçon en haillons traversa la pièce. Ils se dirigèrent vers le côté opposé où un bureau était séparé du reste de la pièce par une vitre. Harry frappa deux coups et une voix à l'intérieur l'invita à entrer.

Emma jeta un coup d'œil au texte imprimé sur la porte et réalisa qu'ils se dirigeaient vers le bureau du rédacteur en chef. *Il semble que ce journaliste ait pris du galon depuis la publication de ces articles. Je me demande si ce sont eux qui ont contribué à sa promotion,* pensa-t-elle.

La porte s'ouvrit et Emma vit un homme assis à un grand bureau. Il semblait avoir une quarantaine d'années, avec une taille fine, une chevelure brune et un peu de gris dans ses favoris. Il avait l'air contrarié par cette intrusion jusqu'à ce qu'il voie Emma. Il écarquilla les yeux, puis s'assit sur sa chaise pour la regarder d'un air attentif.

— J'ai cru voir un fantôme pendant un instant, dit-il avec un léger sourire. Emma, la fille de Mary, je présume ?

Il se leva et fit le tour de son bureau pour la saluer, la main tendue.

Emma la serra et demanda avec curiosité :

— Vous connaissiez ma mère ?

— Oui, confirma-t-il en la regardant un peu trop attentivement. Tu lui ressembles vraiment, mais tu es un peu plus grande. Bien que, ajouta-t-il en la regardant, je ne me rappelle pas l'avoir déjà vue en pantalon.

Il leva les yeux vers Harry.

— Je m'en occupe.

Daniel fit un signe de la main à Harry pour qu'il quitte la pièce.

— Merci de l'avoir fait monter.

Avec un signe de tête à Daniel, Harry quitta la pièce et la porte se referma derrière lui.

— Eh bien, Emma, que puis-je faire pour toi ? demanda Daniel.

Emma sortit les articles de sa poche.

— J'aurais quelques questions à propos de ces articles.

Il fronça les sourcils en voyant ce qu'elle tenait.

Elle s'empressa de poursuivre :

— Ils ont quelques points communs : ce sont tous des articles que vous avez écrits à l'époque et ils concernent les mêmes groupes de criminels. Pourquoi ma mère les aurait-elle gardés et comment la connaissiez-vous ?

Daniel éluda ses questions et se mit à lui parler de sa mère.

— J'ai rencontré ta mère à la boulangerie. Ses pâtisseries m'ont fait tomber un peu amoureux d'elle.

Emma fut surprise par cette remarque.

Daniel leva une main.

— Ne t'inquiète pas, jeune fille, ce n'était pas partagé. Ta mère n'avait d'yeux que pour ton père. Bien que j'aie essayé d'attirer son attention en traînant très souvent à la boulangerie, se rappela-t-il.

Emma ne s'arrêta pas sur cette information et préféra poser d'autres questions sur les articles. Daniel n'eut pas d'autre choix que de répondre.

— Emma, ces articles sont de l'histoire ancienne. Tout ça a pris fin avec l'incendie.

Sa voix se brisa et il parut bien triste pendant un moment.

— Qu'est-ce qui t'intéresse là-dedans après tout ce temps ?

— Je cherche à savoir quel était son rôle dans tout ça. Comment a-t-elle été impliquée ? Était-elle une informatrice ?

— Emma.

Il fit le tour de son bureau, lui prit les mains et la fit se lever.

— Emma, reprit-il, je préfère ne pas en parler maintenant.

Peut-être un jour. J'aimerais que tu restes en contact avec moi ; voici ma carte. N'hésite pas à me contacter si tu as besoin de quelque chose.

Et sur ces mots, il la raccompagna jusqu'à la porte.

Emma eut l'impression qu'on la pressait de partir. Daniel ne lui avait quasiment rien appris sur sa mère. Mais elle avait tout de même de nouvelles informations à étudier :

1. Daniel avait admis connaître sa mère.

2. Daniel avait déclaré que les choses qui s'étaient passées dix ans plus tôt n'avaient pas d'importance, ce qui amenait Emma à penser que sa mère était probablement impliquée dans ces affaires et qu'elle avait peut-être fourni des informations à Daniel pour ses articles.

Elle se laissa escorter hors du bâtiment et vers les quais de chargement où Harry travaillait toujours. Alors qu'elle le dépassait, il la bouscula brusquement. Daniel jeta un regard noir à Harry, mais ne dit rien. Il semblait vouloir se débarrasser d'Emma aussi vite que possible.

Il n'y avait plus rien à faire, aussi elle descendit les escaliers latéraux et quitta le quai. Plaçant négligemment sa main dans sa poche, elle y trouva un morceau de papier plié. Elle décida d'attendre d'être à une bonne distance des quais pour le lire.

Alors qu'elle partait, elle entendit Daniel dire d'un ton furieux à Harry :

— Qu'est-ce que tu fais planté là ? Retourne au travail !

Elle attendit d'être à plusieurs blocs de là avant de sortir le papier. Il y avait une adresse et une heure dessus – 234 Smith Street à 20 heures – et la date du jour. Elle connaissait cette adresse. C'était la bibliothèque du centre-ville. Glissant la note dans sa poche, elle la tapota avec sa main. Elle serait au rendez-vous.

CHAPITRE 16

Emma pensait à son rendez-vous du soir avec Harry alors qu'elle terminait le travail que son père lui avait confié. Elle essayait de se concentrer sur sa tâche, mais elle était nerveuse. Elle aurait aimé avoir plus d'informations sur sa mère et son implication dans ces articles. Elle chassa ces pensées pour se concentrer sur son travail et le terminer avant l'heure du dîner.

Le dîner fut aussi agité que d'habitude, avec miss May et miss Marjorie se perdant dans le passé et les enfants parlant tous en même temps. Emma ne cessait de penser à son rendez-vous à venir. Harry était un inconnu et elle aurait préféré ne pas y aller seule, mais son père avait quitté la ville pour une mission de conseil, et Tim avait un cours du soir.

Elle aurait aimé que Tony vienne avec elle. *Mais*, pensa-t-elle, *il est probablement trop tôt pour lui demander une faveur. Il se peut quand même que je passe devant son immeuble en allant à la bibliothèque et, si je le croise accidentellement, ce serait...* Elle secoua la tête. *Non, je ne m'abaisserai pas à utiliser Tony de cette façon.*

Elle portait sa jupe à carreaux bleus et rouges avec des liserés rouges et une chemise de même couleur. Elle enfila sa veste et attrapa son chapeau. Elle s'assura que ses deux couteaux étaient bien en place. Quand Emma entendit un coup à sa porte, elle lança :

— Entrez.

C'était Dora.

— Tout va bien ?

Dora regarda Emma se préparer à sortir.

— Ma sœur, où vas-tu à cette heure de la nuit ? Ce n'est pas un peu tard ?

— Je vais à la bibliothèque.

Il était facile de s'y rendre depuis la pension de famille.

— À la bibliothèque ? demanda-t-elle avec curiosité en s'asseyant sur le lit. Tu cherches un nouveau livre ?

Il était temps de lui communiquer ses découvertes.

— Non, je vais voir si je peux trouver des informations supplémentaires sur une affaire.

Emma sortit les articles qu'elle avait trouvés dans le coffre de leur mère. Elle les remit à Dora, lui faisait part de ses soupçons et des similitudes entre les articles. Elle lui expliqua également ses allées et venues du jour et le mot placé dans sa poche.

— Cet homme qui a mis ça dans ta poche. Comment s'ap-pelle-t-il déjà ?

— Harry. Harry Morgan.

— Ah oui, c'est vrai, mais pourquoi faire tant de secrets ? Est-ce que ça concerne maman ?

Dora était intéressée par tout ce qui pouvait toucher de près ou de loin à leur mère.

— Je ne suis pas sûre, dit Emma, mais j'aimerais savoir pourquoi elle a gardé ces articles et pourquoi Daniel refuse de me parler d'elle. Il est évident qu'elle a quelque chose à voir avec ces articles et peut-être même avec les arrestations.

— Ma sœur, ce n'est pas dangereux d'y aller seule ? Tu ne connais pas cette personne, fit Dora avec inquiétude.

— J'ai pensé à Tim, mais il est à l'école, et papa n'est pas en ville. Je pense que ça ira, et la bibliothèque est un lieu public, répondit-elle.

À contrecœur, Dora hocha la tête et laissa partir sa sœur.

À son insu, elle envoya un mot à Tony par l'intermédiaire d'un des garçons du quartier et lui expliqua la situation d'Emma. Elle espérait qu'il mettrait de côté son orgueil blessé et se rendrait à la bibliothèque. *J'ai fait ce que j'ai pu*, pensa-t-elle en chassant la question de son esprit et en se mettant à dresser sa liste d'ingrédients pour le reste de la semaine.

Entre-temps, Emma avait commencé à dévaler les marches du perron, en direction de la bibliothèque.

*
* *

Son observateur s'était installé dans la ruelle pour la nuit et ne s'attendait pas à devoir courir aux quatre coins de la ville. Quand il la vit, il soupira et se leva pour la suivre.

*
* *

Ils prirent tous deux le trolley. Son observateur et elle descendirent au même arrêt et marchèrent jusqu'à la bibliothèque.

*
* *

Son observateur resta à l'extérieur et garda un œil sur les gens qui entraient et sortaient.

*
**

Le rendez-vous était prévu entre les rayonnages de non-fiction. Elle s'approcha d'une table dans le coin et s'assit. Attendant nerveusement, les articles dans sa main gauche, elle tapotait ses lèvres de sa main droite.

Cela faisait environ trente minutes qu'elle était là quand elle entendit quelque chose derrière elle.

— Ne te retourne pas.

C'était Tony. Dire qu'elle était choquée était un euphémisme. Elle ne se retourna pas, mais murmura :

— Qu'est-ce que tu fais là ?

— Dora était préoccupée par ce rendez-vous, murmura-t-il.

— Oh, d'accord, merci, dit-elle.

Je pense.

— Combien de temps on va attendre que ce type se pointe ? demanda Tony.

Emma marmonna du bout des lèvres :

— Encore vingt minutes, et on s'en va.

— Parfait, fit-il en prenant un livre sur l'étagère et en allant s'asseoir à une table voisine.

Il jeta un coup d'œil au titre et se mit à rire aux éclats ; il avait pris par inadvertance un livre sur les vrais crimes. Il secoua la tête et commença à lire.

Vingt minutes plus tard...

— Le temps est écoulé, murmura Tony en fermant son livre.

Emma acquiesça, résignée à l'idée qu'elle n'aurait pas de réponses ce soir-là. Elle soupira et se leva.

Pour l'instant, je vais remettre ces articles dans le coffre et je les ressortirai plus tard.

Ils rentrèrent à pied au lieu de prendre le trolley. Ils ne

dirent pas grand-chose, mais leur silence était complice.

*
**

Son observateur la suivait à bonne distance.

*
**

Tony la laissa devant sa porte sans un commentaire. En le regardant descendre les marches du perron, elle glissa doucement :

— Merci, Tony.

Elle ne pensait pas qu'il l'avait entendue, mais il se tourna vers elle et lui adressa un signe de tête.

Elle ferma doucement la porte et monta à l'étage, réfléchissant aux leçons de la journée. Elle avait beau s'efforcer de se concentrer sur l'affaire, ses pensées dérivaient sans cesse vers Tony. Elle devrait se souvenir de remercier Dora de l'avoir envoyé à la bibliothèque. Elle savait qu'elle pouvait se défendre, mais c'était rassurant de savoir que Tony veillerait toujours sur elle. Il y avait peut-être encore de l'espoir pour eux.

Concernant cette affaire, si Harry ne la juge pas assez impor-tante pour me rencontrer, je devrais peut-être la mettre de côté pour un moment. Elle prit quelques notes dans son carnet et remit les articles à l'intérieur.

On frappa un petit coup à sa porte. Emma fit doucement :

— Entrez.

Dora entra, en chemise de nuit, ses cheveux glissés sous un bonnet.

— Alors, tu l'as rencontré ? Il t'a parlé de maman ?

Emma secoua la tête avec regret et répondit :

— Non, il n'est pas venu.

— Oh, c'est dommage. Tu vas quand même continuer à t'intéresser à ces articles ? demanda-t-elle, déçue.

— Pour l'instant, je pense que je vais prendre un peu de recul. Je te dirai s'il y a du nouveau, lui promit Emma.

— Merci, ma sœur. Va dormir maintenant, dit Dora en l'embrassant sur la tête.

Emma se prépara pour aller au lit, ne pouvant chasser de son esprit Tony et l'affaire.

CHAPITRE 17

Quelques jours plus tard, Emma ouvrit la porte d'entrée pour récupérer le journal posé sur les marches. Il était tôt ce samedi matin et elle avait un jour de congé. Elle le prit et l'ouvrit.

La première page n'était guère intéressante, et traitait principalement de politique. Ce fut l'article au bas de cette page qui retint son attention. Un corps s'était échoué dans la rivière et avait été retrouvé par plusieurs enfants. Il n'avait pas encore été identifié.

Hmm, pensa Emma, *intéressant.*

Elle regarda attentivement la description. Elle lui parut familière : homme brun, cheveux longs, moustache, plus d'un mètre quatre-vingt. Cela correspondait à sa propre description écrite dans son dossier. Elle déchira l'article et replia le journal.

Était-ce Harry ?

Elle devait passer au journal et demander discrètement s'il était là. Il était encore assez tôt pour qu'elle y arrive avant l'heure du petit-déjeuner. Courant à l'étage, elle enfila rapidement une jupe noire et un chemisier rouge, prit son chapeau et vérifia ses couteaux. Elle attrapa un sandwich à l'œuf toasté dans la cuisine et embrassa Dora avant de sortir. Elle comptait garder cette information pour elle pour le moment, ne voulant pas bouleverser sa sœur.

Elle se dirigea vers les quais. Les chariots revenaient de leurs livraisons du matin. Un homme qu'elle ne reconnut pas se trouvait sur le quai où Emma avait vu Harry la dernière fois.

Elle reconnut l'un des garçons, qui déchargeait les journaux du chariot, et s'approcha de lui.

— Salut, Mike.

— Oh, salut, Emma.

Il avait l'air surpris, mais heureux de la voir. Son visage prit la même couleur que ses cheveux roux. Une jolie fille avait le don de perturber les jeunes garçons.

— Mike, fit-elle à voix basse. As-tu vu Harry ces derniers jours ?

Il inclina la tête et répondit :

— Maintenant que tu le dis, non. J'ai pensé qu'il était en congé.

Emma commençait à écrire ce commentaire quand Mike tendit la main pour l'arrêter.

— C'est bizarre, il m'avait dit qu'il serait là.

Il haussa les épaules et continua à décharger son chariot.

Hmm, murmura Emma pensivement. *C'est peut-être lui. Il n'y a aucune garantie, mais les coïncidences s'accumulent. Est-ce que ça aurait un rapport avec mes questions ? J'ai besoin d'aide sur cette affaire.* Le problème était que son père était reparti pour une réunion à New York. Même en prenant le train, il ne serait pas de retour avant deux semaines.

Jeremy, pensa-t-elle. *Il est en formation à la Pinkerton. Son père et lui pourraient faire les recherches nécessaires.*

Elle savait que Cole et Jeremy vivaient près du bureau de la

Pinkerton dans un quartier très agréable. Elle était passée par là de nombreuses fois en chemin.

Au lieu d'utiliser la porte de derrière comme elle l'aurait fait pour les livraisons, elle frappa à la porte d'entrée. Elle s'attendait à ce qu'un membre du personnel lui ouvre, mais elle se retrouva face à Jeremy.

— Salut, fit-il, surpris mais heureux de la voir. Tu es là pour moi ? la taquina-t-il.

Il savait qu'elle et Tony ne se parlaient plus, et pensait avoir une chance.

— Oui, mais aussi pour voir Cole, dit-elle d'une voix ferme, le visage figé.

Jeremy masqua sa déception et ajouta d'une voix plus professionnelle :

— En quoi pouvons-nous t'aider ? Tu nous as trouvé une affaire intéressante ?

Emma apportait son lot d'action partout où elle allait.

Sans attendre de réponse, il se retourna et appela :

— Papa !

Cole quitta la salle à manger et rejoignit le vaste salon. Sa chemise était déboutonnée au niveau du col et une serviette de table était glissée à l'intérieur. Il portait également une tasse de café.

— Tu m'as fait appeler ? demanda-t-il à Jeremy d'un ton sarcastique.

— Oui, Emma est là. Elle a des informations pour nous.

— Oh ! s'écria Cole en arrachant sa serviette et en la jetant sur la table. Emma, bienvenue. Entre, entre.

Il lui fit signe de se diriger vers deux chaises dans le salon.

— Aimerais-tu petit-déjeuner ?

Emma s'assit à l'extrémité d'une chaise en répondant :

— Non, merci, monsieur, j'aimerais discuter d'autre chose avec vous.

Il vit qu'elle était sérieuse. Emma ne savait pas ce qu'elle devait ou non divulguer. Elle commença par l'article sur le corps.

— Je pense que cet homme est Harry Morgan, le gérant les quais du journal local.

Elle lui tendit l'article traitant du corps retrouvé sur la plage.

— Oui, j'ai vu ça, dit Cole en tapant d'une main l'article. Comment le connaissais-tu, Emma ?

— Je suivais une piste concernant des articles de journaux que j'avais trouvés, et il s'est porté volontaire pour les examiner avec moi.

Elle prit une profonde inspiration et continua :

— Quand il m'a fait faux bond, j'ai pensé qu'il avait changé d'avis et qu'il ne voulait pas me rencontrer.

Elle ne mentionna pas le lien de sa mère avec les articles.

— Je suis passée par les quais ce matin et j'ai découvert que Harry n'était plus venu depuis plusieurs jours.

— Avec qui as-tu parlé ? demanda Cole.

— Un ami, Mike Carmichael. Il travaille à la livraison des journaux le matin, répondit-elle sur le même ton.

— Tu n'as parlé à personne d'autre ? demanda-t-il.

— Non, je suis venue directement ici.

Cole savait qu'elle ne lui disait pas tout, mais il ne chercha pas à en savoir plus.

— D'accord, je vais prévenir mes contacts à la morgue et voir si nous pouvons confirmer qu'il s'agit bien de Harry Morgan. Emma, dit-il en la regardant droit dans les yeux, beau travail.

Elle sourit et se tourna vers Jeremy. Il était resté silencieux tout au long de leur échange. Il lui adressa un sourire de travers.

— Jeremy, peux-tu raccompagner Emma chez elle ? demanda Cole, bien qu'il connaisse la réponse.

Jeremy comprit que ce n'était pas une question et n'hésita pas une seconde. De plus, cela lui permettrait de passer plus de temps seul avec elle. Il aimait l'avoir pour lui tout seul.

En partant, elle jeta un coup d'œil à la maison. C'était une grande bâtisse sur plusieurs étages, mais elle n'avait rien d'impersonnel. Il y avait des livres ouverts sur les tables, des carnets qui traînaient. C'était une maison où l'on se sentait bien.

— Merci, Cole. J'apprécie votre aide, le remercia Emma avec sincérité.

— Non, Emma, fit-il en lui prenant les mains, c'est moi qui te remercie d'être venue me voir.

Alors qu'ils rentraient chez elle, Jeremy divertit Emma avec des histoires de détectives. Elle riait de ses pitreries, mais elle devint soudain grave lorsqu'il demanda avec désinvolture :

— Est-ce que je pourrais t'emmener au parc ce week-end et peut-être au bal aussi ?

Encore un ami que je vais décevoir, pensa Emma, se sentant un peu déprimée par le sujet des garçons.

— Jeremy, commença-t-elle.

Il l'interrompit en voyant son expression :

— D'accord, j'abandonne. Ce n'est pas le bon moment, c'est ça ?

— Pas pour l'instant, fit-elle, soulagée qu'il ait compris sans qu'elle ait besoin de se lancer dans de longues explications. Merci, Jeremy.

— Je comprends, répondit-il sans se laisser démonter. On te confirmera si c'est bien Harry Morgan.

Et sur ces mots, il tira son chapeau et descendit les marches du perron pour rentrer chez lui.

Quelques jours plus tard, Emma reçut un mot de Jeremy.

C'est bien Harry Morgan. On te dira dès qu'on en saura plus.

Il a été assassiné. Il lui fallut un moment pour réaliser ce que ça signifiait. Harry, un homme qu'elle avait rencontré brièvement, n'était plus là à cause d'une simple conversation avec elle. Était-elle responsable de sa mort ? Si c'était le cas, même de loin, elle continuerait à enquêter. Il était temps de sortir chaque article et de les examiner un par un. Les récupérant, elle posa le premier sur le bureau de sa chambre. Il traitait d'une enquête sur des opérations de jeu illégales découvertes chez un fleuriste du coin.

Elle nota le nom du magasin et son adresse. Ce n'était pas sur son chemin, mais elle savait où se trouvait la boutique. Elle commencerait son enquête dès le lendemain, après avoir terminé à la boulangerie.

Devrais-je en parler à Dora ? se demanda-t-elle. *Non, je vais attendre.*

CHAPITRE 18

Le lendemain matin, en consultant sa liste de tâches à la boulangerie, elle remarqua que la spécialité de sa mère y figurait à nouveau. *C'est étrange*, pensa-t-elle, *que personne n'en ait commandé pendant des années, mais qu'on nous le demande maintenant une fois par semaine.* Elle se nota mentalement d'ajouter cette observation à son carnet de notes. Elle devait également demander à son cousin qui commandait ce dessert.

Elle chassa ensuite cette préoccupation de son esprit et rassembla les ingrédients pour préparer un gâteau allemand au vin rouge.

Elle vint à bout de sa liste de tâches, prenant un peu plus de temps pour préparer le fameux dessert. Une fois sa matinée terminée, elle nettoya son plan de travail et enfila des vêtements de ville avant de partir. Une robe à carreaux noirs et blancs avec un liseré rouge en bas. Elle vérifia rapidement ses couteaux et prit son chapeau en quittant la boulangerie.

Elle se rendit directement chez le fleuriste mentionné dans l'article. En se promenant dans le quartier, elle put constater que c'était un endroit agréable et propre. En s'approchant du magasin, elle vit des fleurs dans des seaux et des récipients sur le trottoir. *Ce doit être ça,* pensa-t-elle. Elle regarda par la fenêtre et vit des présentoirs remplis de fleurs aux couleurs vives et de plantes diverses et variées. Prenant une profonde inspiration pour se calmer, elle entra dans la boutique. Une clochette tinta au-dessus de sa tête. Elle y jeta un coup d'œil, puis se dirigea vers le comptoir.

— Bonjour, lança-t-elle à un homme d'une cinquantaine d'années.

Il avait un ventre rond et une expression joviale quand il sortit de l'arrière-boutique avec des fleurs dans une main et un vase dans l'autre.

— Oh, bonjour, lança-t-il joyeusement. Tu as besoin d'aide ?

— Non... Enfin oui, peut-être.

Elle hésita, puis se décida et sortit l'article pour le lui montrer.

Il haussa un sourcil.

— Très bien, donc pas de fleurs.

Il posa sur une table celles qu'il avait à la main. Puis il prit l'article qu'elle lui tendait et soupira en le lisant. Il se dirigea vers un tabouret et s'y affala.

— Ça faisait un moment que je n'y avais pas repensé.

— C'est bien de vous que parle l'article ? demanda-t-elle timidement.

Il resta silencieux si longtemps qu'elle crut qu'il n'avait pas entendu sa question. Il la regarda, mais ses yeux parurent la transpercer.

— Oui, c'était il y a une éternité. Quand ils ont mis la main sur mon entreprise, j'avais l'impression qu'on m'arrachait des parties de mon âme chaque jour. Puis, un jour comme aujourd'hui, une jolie blonde est entrée dans mon magasin et a changé ma vie. Et maintenant, une autre jolie blonde très semblable fait irruption...

Il la regarda attentivement et lui demanda :

— Qui es-tu ?

— Je m'appelle Emma Evans et ma mère était Mary Evans.

Il hocha lentement la tête.

— C'est bien ce que je pensais. Je suppose que tu as le droit de savoir. L'article parle de moi et de ce magasin. Je suis Karl Murphy.

Il se leva et se dirigea vers la porte de la boutique. Il tourna la pancarte sur *Fermé* et tira les stores. Emma ne se sentait pas menacée. Elle voulait rester et en savoir plus.

— Je te sers de la limonade et des biscuits ? proposa-t-il.

— Avec plaisir, accepta-t-elle.

Il lui fit signe de le suivre dans la cuisine à l'arrière du magasin. La pièce d'un jaune vif et gai comportait une petite table blanche avec quatre chaises.

— Avez-vous connu ma mère ? demanda-t-elle en reportant son attention sur lui.

— Oui, confirma-t-il en lui servant de la limonade et en lui faisant signe de s'asseoir.

Il lui tendit un verre et un biscuit, en prit également un pour lui et s'assit.

— Oui, répéta-t-il. Je la connaissais. Elle avait cette charmante boulangerie. Je crois qu'elle s'est bien développée et a pris un nouveau nom ?

Elle hocha la tête en signe de confirmation.

— La boulangerie appartient toujours à la famille et l'un de mes cousins a repris sa gestion. Il a des tas de projets d'expansion.

Elle attendit un moment et reprit :

— Auriez-vous des informations à me donner sur ma mère ?

Elle était prête à passer aux choses sérieuses.

— Oui, acquiesça-t-il en s'enfonçant dans ses souvenirs. Nous échangions parfois des fleurs contre des boules de Berlin.

Il savoura l'idée de cette pâtisserie pendant un moment.

— Je suppose que tu n'en as pas sur toi ? demanda-t-il avec espoir.

Quand elle secoua la tête, il soupira.

— C'était notre routine hebdomadaire. Elle passait toujours pendant ses livraisons et s'arrêtait pour discuter.

— Que s'est-il passé ? Comment vous êtes-vous retrouvé impliqué dans cette affaire ? demanda Emma en indiquant l'article, déterminée à savoir pourquoi sa mère l'avait gardé.

Était-ce parce qu'ils étaient amis ?

— Oh, ça...

Il fit la grimace.

— Des gars louches s'étaient installés dans le coin. Ils commençaient à faire pression sur les commerçants. Ils utilisaient les menaces et l'intimidation pour nous pousser à nous associer avec eux. J'étais en difficulté à l'époque ; les fleurs ne se vendaient pas bien et, lorsqu'ils m'ont proposé un accord pour utiliser mon espace de stockage, j'ai accepté. Au début, je n'ai pas réalisé dans quoi je m'étais embarqué. Je gagnais de l'argent et ça me convenait, mais ce qui était à l'origine un contrat de location s'est transformé en quelque chose de bien pire. J'étais isolé. J'ai essayé de contacter mon frère pour qu'il m'aide, mais je n'ai pas pu le joindre. J'étais seul et je ne savais pas comment me sortir de cette situation.

— Ma mère venait toujours vous voir ? demanda-t-elle, essayant de clarifier son rôle dans cette histoire.

— Mary a su que quelque chose clochait en venant me voir. Ces hommes avaient commencé à traîner devant le magasin, dérangeant les clients et ruinant le peu d'affaires que je faisais encore. Ils se sont mis à utiliser mon arrière-boutique pour stocker des objets volés et organiser des jeux d'argent. Je n'avais personne vers qui me tourner, à part Mary. Elle m'a pris à part et m'a demandé si quelqu'un pouvait m'aider. Quand j'ai dit non, elle m'a expliqué qu'elle connaissait peut-être quelqu'un.

— Daniel Cooper, le journaliste ? suggéra Emma, cherchant à relier les différents points de l'affaire.

— Oui, mais je ne connaissais pas son nom jusqu'à ce que les articles sortent.

— Pourquoi aller voir un journaliste et pas la police ?

— À cette époque, nous ne faisions pas confiance à la police de Chicago. Ils étaient encore plus corrompus que maintenant.

Elle acquiesça, sachant que les habitants peinaient encore à faire confiance à la police locale.

Il poursuivit :

— Mary espérait que, s'ils provoquaient suffisamment d'ennuis, la police serait obligée d'intervenir et de mettre fin à ces activités illégales. Elle était le principal contact de Daniel.

— Ma mère était la source des articles ? demanda-t-elle.

— Oui, confirma-t-il, et il se tut un instant pour s'essuyer les yeux, l'esprit imprégné de souvenirs. Elle était vraiment spéciale et se souciait sincèrement de nous. Elle pouvait parler aux différents propriétaires de magasins sans éveiller les soupçons en prétendant faire des livraisons. Ils voulaient de l'aide et ont accepté de lui parler lorsqu'ils ont vu qu'elle pouvait les aider. Certaines personnes se sont confiées à elle parce qu'elles étaient déjà forcées de faire des choses illégales. D'autres lui ont parlé parce qu'elles avaient peur d'être entraînées là-dedans elles aussi.

— D'après la série d'articles, il semble que ma mère ait continué après avoir sauvé votre magasin.

— Oui, les articles ont continué à paraître. Je me suis inquiété pour elle, mais elle m'a assuré que Daniel éviterait que son nom apparaisse dans le journal. Elle comptait sur lui pour assurer sa sécurité et celle de sa famille.

— Vous a-t-elle parlé de nous ? demanda-t-elle avec espoir.

— Oui, elle parlait tout le temps de son mari et de ses filles chéries.

Emma aurait adoré passer la journée à écouter ses souvenirs, mais elle devait aller de l'avant.

— Alors, que s'est-il passé ? Comment ça s'est terminé pour vous ?

— Finalement, j'ai été innocenté, mais les responsables n'ont pas été arrêtés. Ils sont partis, mais la menace était toujours là. J'ai failli perdre le magasin à l'époque.

— Comment vous en êtes-vous sorti ?

— Les articles ont continué à paraître sur d'autres entreprises à proximité et finalement le quartier a dû paraître trop risqué à l'organisation qui a laissé tomber. Mary ne s'est jamais vantée de nous avoir aidés. Elle aimait que plane ce mystère. Elle se souciait aussi profondément des personnes affectées.

Il haussa les épaules.

— Je sais qu'elle a rendu ce Daniel Cooper célèbre. Je me souviens de lui. J'avais confiance en Mary et elle avait confiance en lui, alors nous avons échangé nos histoires. Je dois admettre que s'il n'avait pas écrit ces articles, je ne sais pas ce qu'il serait advenu de nous.

Il se tut, semblant se perdre à nouveau dans le passé. Il baissa les yeux un instant, puis revint brusquement au présent.

— Et toi, jeune fille, que fais-tu à poser des questions sur le passé ?

— Ma mère est morte quand j'étais très jeune et c'est un moyen pour moi d'en savoir plus sur elle.

Il hocha la tête. Il comprenait le sentiment de perte et le désir de se connecter avec ceux qu'on avait perdus.

Emma allait tourner les talons quand une dernière question lui vint.

— Vous avez dit que la police avait fait fermer de nombreux commerces impliqués. Mais le chef de l'organisation, qui était-ce ?

Il secoua la tête.

— C'était probablement John Harden, mais nous ne le saurons jamais avec certitude. L'organisation avait tellement de couches que le grand chef n'a jamais été retrouvé. On aurait dit un organisme capable de se régénérer ; on lui coupait une tête et une autre repoussait à la place.

— John Harden est-il parti après l'intervention de la police ?

— Non, je ne pense pas. Je pense qu'il s'est juste caché.

Un signal d'alarme se mit à sonner dans la tête d'Emma et elle pensa : *Pourrait-il s'agir de la même organisation ou d'une nouvelle variante, plus discrète et opérant grâce aux tunnels ?*

— Je dois y aller, fit-elle brusquement.

Puis elle se figea et ajouta d'un ton aimable :

— Merci d'avoir pris le temps de répondre à mes questions. C'est très aimable à vous. Je repasserai bientôt et nous pourrons peut-être échanger des fleurs contre des boules de Berlin.

Il sourit, puis éclata de rire, ravi de la tournure qu'avait prise la journée.

— Très bien, jeune fille. Repasse quand tu veux et nous ferons affaire.

Il la regarda partir et attrapa immédiatement sa veste. Il devait avertir certaines personnes qu'on s'intéressait aux opérations de contrebande. En sortant de la ruelle, il évita de croiser Emma.

CHAPITRE 19

Emma intensifia ses investigations et commença à rassembler des informations sur les magasins impliqués dans l'opération de contrebande. C'était assez évident quand on savait quoi chercher. Elle envoyait ses notes à la Pinkerton et avait des rendez-vous réguliers avec eux pour leur communiquer ses nouvelles observations. Les entreprises suspectées d'être impliquées se précisaient. Cole lui demanda de prendre un peu de recul et de faire profil bas pendant qu'ils constituaient un dossier grâce à ces nouvelles données.

Au fil des semaines, Emma se consacra à ses autres dossiers et resta à l'écart de l'affaire de contrebande. Plusieurs se soldèrent par des arrestations, comme les établissements de jeu clandestin et les pickpockets qui fréquentaient les rues aux heures de grande affluence. Sa dernière découverte avait été plus accidentelle. Elle était tombée dans une pièce remplie de tables de jeu. Lorsqu'elle en avait informé l'agent McGarity, celui-ci avait immédiatement mis fin à leurs opérations et déployé davantage de personnes dans les rues pour surveiller les pickpockets. Son père lui avait dit qu'elle pouvait faire confiance à McGarity.

Elle faisait exactement ce que Cole lui avait demandé de ne pas faire : elle se faisait remarquer.

Pendant cette période, elle reçut une note à la pension de famille. C'était le soir. Tout le monde était installé au salon pour bavarder. Tim et Dora étaient assis sur le petit sofa avec leurs livres devant eux – les manuels de cours de Tim et les livres de comptes de Dora.

On frappa à la porte et l'un des enfants les plus âgés, Joe, courut ouvrir. Un moment plus tard, il s'écria :

— Emma, il y a une lettre pour toi.

Une lettre ? Je n'attendais rien, songea-t-elle en allant la chercher dans le hall.

— Est-ce que ça vient de papa ? demanda Dora d'une voix inquiète, rejoignant Emma.

Ce fut aussi la première pensée d'Emma. Elle s'inquiétait que quelque chose ait pu lui arriver. Elle l'ouvrit et lut.

— Non, non. C'est une note du chef de la police. Il veut me voir dans son bureau demain matin. Dommage que papa ne soit pas là pour me conseiller.

Tim apparut aux côtés de Dora lorsqu'elle dit :

— Je pense que ça ira. C'est le chef de la police, ce n'est pas comme si c'était un patron du crime ou autre.

La bouche d'Emma se retroussa et elle se souvint de la conversation que Cole et son père avaient eue sur l'actuel chef.

Dora poursuivit :

— La note indiquait aussi que McGarity viendrait te chercher. Ce n'est pas l'un des officiers à qui tu confies tes affaires ?

— Si, dit Emma en tapotant la note, réfléchissant à ce qu'elle devait faire.

— Attends une minute, fit Tim, sentant qu'il devait dire quelque chose. Je ne devrais pas y aller avec toi ?

— Non, refusa lentement Emma en secouant la tête. Je peux m'en occuper toute seule.

SON CHER ET TENDRE, qui lisait par-dessus son épaule, dit :

— Je pense que tu devrais parler de l'histoire de la corde ici. Tu donnes l'impression que tout lui est venu tout seul, alors qu'en fait, elle a dû travailler pour acquérir ces compétences.

— Oui, je suis d'accord.

Revenons-en à l'histoire.

— EMMA, il faut qu'on parle, lança Dora avec détermination.

— Je suis d'accord, la soutint Tim en posant une main sur l'épaule de Dora.

— Toi aussi, tu as quelque chose à dire ? se moqua Emma, hérissée par les gens qui voulaient lui dicter ses allées et venues.

Tim hocha la tête et dit d'une voix forte :

— Sachant qu'Ellis n'est pas en ville, je pense que oui.

Dora lui adressa un signe de tête encourageant.

— Je pense qu'on doit parler du fait que tu continues d'enquêter, alors que des tas de gens t'ont dit d'arrêter. Tu attires l'attention sur toi. Regarde cette réunion avec le chef de la police, poursuivit-il.

— Dora, allons dans la cuisine, fit Emma en désignant les pensionnaires du salon qui tendaient l'oreille.

Ils s'éloignèrent tous les trois.

— Ma sœur, commença Dora alors qu'ils s'asseyaient à table, tu sais qu'on t'aime, mais tu n'es pas infaillible. Tu laisses ton tempérament et ton entêtement te pousser à prendre des décisions discutables. Tu dois te rendre compte que ces décisions n'affectent pas que toi.

Emma voulut l'interrompre, mais Dora la coupa :

— Tu te rappelles quand tu pensais pouvoir te passer de miss May pour t'extraire des cordes la première fois ?

Emma devint rouge brique.

— Ça n'a pas été un moment très agréable, admit-elle.

— Et que s'est-il passé ? insista Dora.

— Je ne voulais pas demander d'aide et je suis restée attachée à cette chaise toute la matinée, puis j'ai fini par la retourner sur moi.

Tim rit à gorge déployée.

— Je n'étais pas au courant.

— Je ne comptais pas en parler à qui que soit. Ça aurait embarrassé Emma, dit Dora, mais tu fais partie de la famille maintenant.

Elle plaça sa main dans la sienne.

Puis elle reporta son attention sur Emma.

— J'en parle parce que l'histoire de la corde prouve qu'on a parfois besoin d'aide et qu'il faut accepter d'en demander avant d'avoir des problèmes.

Emma en convint et lui promit d'essayer d'être plus réfléchie.

— Je pense quand même que je devrais y aller seule.

Tim avait l'air dubitatif, mais il savait qu'il ne pouvait pas manquer le travail.

— Très bien, mais préviens-nous en cas de problème.

Il se pencha vers elle et l'embrassa sur la joue pour s'excuser silencieusement de son comportement un peu trop autoritaire.

Elle sourit, montrant qu'elle comprenait, et les rassura en leur promettant qu'elle ne prendrait aucun risque.

Elle repensa à l'histoire de la corde en montant les escaliers.

*
**

Miss May l'avait attachée et avait essayé de lui donner des instructions pour s'échapper, mais Emma pensait pouvoir s'en sortir seule. Elle n'avait pas réussi et après s'être assommée, elle était restée allongée pendant une heure à se débattre. Emma s'était excusée auprès de miss May et lui avait demandé de l'aide. Après avoir détaché Emma, elle lui avait montré le truc pour se libérer.

— Il existe différentes astuces pour échapper aux cordes. Beaucoup consistent à faire semblant de ne pas comprendre ce qui t'arrive.

Elle lui avait fait une démonstration en demandant à Emma d'attacher la corde autour de ses poignets.

— Si on est en train de m'attacher, je m'assieds en plaçant mes coudes contre mes côtes.

Elle lui avait montré la position.

— Ce que je fais, c'est créer un faux espace au niveau de mes poignets. Ne tends en aucun cas les bras lorsqu'on te lie les mains. À la place, aie l'air soumise pendant qu'on t'attache les poignets. Tu crées ainsi une position dans la courbure du poignet, laissant suffisamment d'espace, de sorte que lorsque le moment de l'évasion se présente, tu peux tendre les bras, placer tes mains à plat et les faire glisser vers l'extérieur.

Elle lui avait fait une démonstration rapide.

Emma avait demandé :

— Pouvez-vous me le remontrer ?

Miss May avait souri, heureuse qu'Emma soit si attentive.

— Oui.

— Je peux essayer maintenant ? avait-elle demandé avec enthousiasme.

Elles avaient ensuite travaillé sur les cordes pendant des heures et avaient attaché Emma plusieurs fois par semaine jusqu'à ce qu'elle maîtrise la technique sur le bout des doigts.

*
**

Chassant ses souvenirs, Emma commença à se préparer à aller au lit. Son rendez-vous du lendemain la tracassait, et elle sortit ses carnets pour se distraire. Ces derniers temps, elle avait pris des notes supplémentaires sur des crimes assez évidents négligés par les forces de l'ordre locales. Elle comptait les garder pour elle pour l'heure.

Le lendemain matin, après le petit-déjeuner, Emma entendit frapper à la porte d'entrée. Les enfants se préparaient pour l'école et elle courut vers la fenêtre qui donnait sur le perron. En jetant un coup d'œil dehors, elle vit McGarity dans son costume bleu.

Emma ouvrit la porte pour l'accueillir.

— Je n'avais pas réalisé que nous devions nous habiller de façon formelle aujourd'hui, le taquina-t-elle en retirant un morceau de tissu de ses cheveux.

Elle s'en était servie pour les attacher pendant qu'elle aidait à nettoyer la table du petit-déjeuner.

McGarity était un jeune officier très sérieux qui voulait se montrer sous son meilleur jour à son chef. *Me montrer en costume à Emma n'est pas une mauvaise idée non plus*, pensa-t-il.

— Laissez-moi me changer. Je n'en ai pas pour longtemps.

Elle se précipita à l'étage, oubliant d'inviter McGarity à s'asseoir ou de lui offrir quelque chose à boire.

Dora sortit de la salle à manger à ce moment-là et buta sur l'officier.

— Oh, excusez-moi. Suis-je en état d'arrestation ?

Elle lui adressa un sourire taquin.

— Non, miss, balbutia-t-il, quelque peu décontenancé par cette jolie fille. J'attends pour emmener Emma rencontrer le chef.

— Ah oui, murmura Dora. J'ai cru entendre quelque chose à ce sujet.

Emma rentra sa chemise et resserra sa ceinture en descendant les escaliers. En fouillant dans sa poche, elle trouva deux épingles qu'elle glissa dans ses cheveux avant d'enfiler son superbe chapeau rouge. Elle attrapa sa veste sur le porte-manteau avant que McGarity puisse proposer son aide et l'enfila.

— Je suis prête, dit-elle vivement.

McGarity regarda d'un air un peu déconcerté cette très jolie fille. Il ne l'avait vue que dans ses vêtements de livraison amples et masculins.

— Très bien.

Il lui offrit son coude.

— Allons-y. Ravi d'avoir fait votre connaissance, dit-il à Dora alors qu'ils partaient.

Emma prit son bras et tous deux se dirigèrent vers le taxi loué par McGarity. Dora leur fit signe de partir, toujours inquiète au sujet de la réunion, mais sachant qu'Emma saurait prendre soin d'elle.

Le trajet fut calme. Emma assura la majorité de la conversation. Plus ils se rapprochaient du poste, plus McGarity devenait silencieux. Emma était nerveuse et avait beaucoup de questions.

— À quoi dois-je m'attendre quand je verrai le chef ?

— Je ne comprends pas très bien pourquoi il veut vous voir, fit McGarity à voix haute.

Il poursuivit :

— Normalement, personne ne le voit en dehors des hauts gradés. Le plus drôle, c'est que je ne savais même pas qu'il connaissait mon nom jusqu'à ce que nous commencions à travailler sur ces affaires il y a quelques semaines.

Ils s'arrêtèrent devant le poste.

— Je vais vous faire rentrer, mais je ne serai pas autorisé à pénétrer dans le bureau du chef. Soyez polie, lui conseilla-t-il. C'est un homme puissant.

Emma hocha lentement la tête, réalisant que cette rencontre pourrait être importante. Sans réfléchir, elle sortit du *cab* avant que McGarity ne puisse faire le tour pour l'aider. McGarity fut surpris de voir qu'elle n'attendait pas qu'on l'aide à descendre, mais elle était trop préoccupée pour le remarquer.

Elle prit la direction du poste. Chaque pièce remplie de policiers en uniforme bleu devenait silencieuse quand elle y entrait. Alors qu'elle commençait à monter les escaliers menant aux bureaux, McGarity fut remplacé par un officier de rang supérieur. Il l'escorta jusqu'au deuxième étage, où de lourdes portes doubles étaient fermées. Le secrétaire à l'intérieur prit à peine le temps de lui jeter un coup d'œil et l'invita à prendre place sur les chaises à l'extérieur.

L'agent qui l'avait escortée à l'étage resta avec elle. Ils restèrent assis dans un silence total. Emma ne savait pas s'il y avait quelqu'un avec le chef ou si on la faisait attendre pour l'intimider.

Le secrétaire se leva, se dirigea vers la porte et entra dans le bureau. Il en sortit et daigna enfin la regarder droit dans les yeux.

— Vous pouvez entrer maintenant.

Emma et l'officier se levèrent. Le secrétaire fronça les sourcils et indiqua à l'officier :

— Vous pouvez rester là.

Il se rassit.

Emma se dirigea vers les doubles portes, ne sachant pas comment les ouvrir.

— Oh, pour l'amour du ciel, fit le secrétaire en contournant le bureau pour ouvrir la porte.

Il poussa ensuite Emma dans la pièce.

Elle entra en trébuchant. C'était une grande pièce avec un bureau en bois placé vers le mur du fond. Le mur derrière le chef était recouvert de fenêtres. Il s'assit à son bureau et ne se leva pas lorsqu'elle entra dans la pièce. *Apparemment, je ne suis pas assez importante pour pouvoir m'asseoir. Qu'à cela ne tienne.* Elle en avait entendu assez sur lui pour savoir qu'elle ne voulait pas rester dans cette pièce bien longtemps.

Cet homme était censé être corrompu, mais son apparence ressemblait davantage à celle d'un grand-père bienveillant au corps rondouillard et aux cheveux blancs duveteux. Du moins c'était avant qu'elle ne puisse voir clairement son visage. Il avait une expression dure comme le granit. Elle continua à l'observer et vit qu'il ne semblait pas être en grande forme physique. Son uniforme masquait beaucoup de graisse au niveau de la taille.

Étrange, pensa-t-elle, *il y a quelque chose de familier chez lui.*

Avant qu'elle ait pu déterminer ce que c'était, sa voix forte vint rompre le silence de la pièce :

— Jeune fille, j'ai entendu dire que tu causais des problèmes.

— Des problèmes ? répéta Emma à la façon d'un perroquet.

— Oui, tonna-t-il. Il faut vraiment que tu te mêles de tes propres affaires. Laisse la police s'occuper du reste.

— Mais vous ne le faites pas, dit-elle sans réfléchir.

Cette réponse fit passer l'expression de l'homme du granit à la fureur absolue. Son visage prit une teinte violacée ; il se leva et se pencha en avant, posant ses mains sur son bureau. Ce mouvement fit reculer Emma, mais seulement d'un pas. Elle ne voulait pas montrer qu'elle était intimidée.

Il agita les doigts dans sa direction.

— Je te préviens que si tu continues de te mêler de ce qui ne te regarde pas, tu risques d'en subir les conséquences.

— Vous me menacez ?

Elle avait décidé de parler librement.

— Vraiment ?

La narratrice fit remarquer :

— Si Emma avait eu plus de 16 ans, elle aurait su qu'il ne fallait pas chercher une personne ayant du pouvoir sur vous.

— Je vois simplement ce que tout le monde peut voir en observant, dit-elle vivement.

Le chef la fusilla du regard alors qu'Emma continuait :

— Et si on parlait du tripot illégal sur Houston Street ? Ou de cette maison de mauvaise réputation sur la 4e ?

Le chef en avait assez entendu. Il frappa des deux mains sur son bureau.

— Écoute, jeune fille, je peux vous mettre des bâtons dans les roues, à ta famille et toi, alors réfléchis bien.

Emma sursauta et se tut immédiatement. Elle n'avait pas pensé que ses actes pouvaient faire du mal à sa famille. Elle n'avait décidément pensé qu'à elle. Dora avait raison ; ses décisions pouvaient avoir un impact sur d'autres personnes qu'elle-même.

Le chef s'assit à son bureau, semblant reprendre le contrôle de la situation, et prit un stylo. Sa voix devint grave et menaçante :

— J'ai cru comprendre que ta famille possède plusieurs entreprises. Et si on leur retirait leur autorisation ?

Emma réalisa qu'elle était allée trop loin et s'efforça de prendre un air contrit.

—Je garderai mes observations pour moi à l'avenir.

Cela parut calmer l'homme. Il détourna le regard.

— Très bien. Dans ce cas, je pense que nous n'avons plus rien à nous dire.

Il fit un signe de la main, indiquant qu'elle pouvait partir.

Elle se retourna lentement et quitta la pièce.

Le secrétaire, qui semblait être au courant de ce qui s'était dit dans la pièce, lui marmonna alors qu'elle passait près de lui en sortant :

— Vous devriez l'écouter et faire profil bas pendant un moment.

Sur ce petit conseil, il la remit à l'officier qui attendait.

Ce dernier la raccompagna auprès de McGarity. L'agent lui jeta un regard interrogateur, mais Emma resta silencieuse pendant le trajet du retour. Il l'accompagna jusqu'à la porte, leva son chapeau et partit.

Elle ne rentra pas immédiatement ; il était encore tôt. À la place, elle fit une longue promenade pour se vider la tête. Les menaces qui pesaient sur l'entreprise étaient inquiétantes et elle était prête à tout pour sa famille. *Que faire ?* se demanda-t-elle.

CHAPITRE 20

Les jours suivants, Emma se consacra à la boulangerie et aux livraisons. Elle était déterminée à écouter le chef de la police et à faire profil bas. Elle était prête à tout pour protéger sa famille.

Alors qu'elle était sur le chariot de livraison avec Tim, elle se mit à penser à la dernière fois qu'elle avait vu le père de Tony. Il avait semblé se figer quand elle lui avait posé des questions sur son travail. Tony n'avait pas mentionné que sa famille avait des problèmes financiers. Prenant une décision soudaine, elle décida de confirmer ses doutes de manière détournée. Éclatant de rire, elle pensa : *Au moins, je vais pouvoir passer du temps avec l'un des Marella, et cette affaire a l'avantage de ne pas impliquer le chef de la police de quelque manière que ce soit.*

Le lendemain matin, elle était en congé. Elle en profita donc pour passer devant chez Tony. Elle ne serait probablement pas la bienvenue à l'intérieur, aussi attendit-elle au niveau du perron que Mr Marella sorte du bâtiment. Elle s'était habillée en garçon pour se fondre dans la masse et le suivre jusqu'à son travail. Lorsqu'il descendit les marches, elle se cacha derrière le perron et rabattit son chapeau sur ses yeux. Attendant un moment, elle le suivit en gardant ses distances.

*
**

Son observateur n'était pas sûr de ce qu'Emma voulait faire, mais il comptait bien l'accompagner au cas où elle aurait besoin de lui.

*
**

C'est sans doute une perte de temps, pensa-t-elle. *Je vais simplement me rendre compte qu'il fait son travail et qu'il n'avait pas envie d'en parler ce jour-là. Les gens ont de bons et de mauvais jours. Je suis peut-être tombée sur un jour sans.*

Elle le regarda entrer dans un bâtiment en construction. *Logique*, pensa Emma. Regardant autour d'elle pour s'assurer de ne pas être vue, elle le suivit à l'intérieur. Des ouvriers passèrent à côté d'elle en sortant, sans lui accorder beaucoup d'attention. En continuant à s'enfoncer dans le bâtiment, elle pensa : *Je pourrais aussi bien dire bonjour à Mr Marella puisque je n'ai détecté aucune activité secrète.*

Elle traversa le long couloir et entendit des voix au fond. En se rapprochant, elle réalisa que deux hommes se disputaient. Mr Marella affirma à l'inconnu :

— Je ne peux pas continuer à cacher ça. C'est trop me demander.

Sa voix était tendue, il n'était pas du tout comme d'habitude.

— Vous avez accepté, rétorqua l'inconnu à voix haute.

— Oui, parce que je ne voulais pas ruiner la vie de votre fils. Mais qu'en est-il de ses parents à elle ? Ils ont le droit de savoir, fit Mr Marella d'une voix plus calme.

—Je ne veux pas parler de ça, rétorqua l'inconnu.

— Eh bien, vous allez devoir en parler. Je ne peux plus mentir sur ce que j'ai découvert, rétorqua Mr Marella d'une voix plus assurée.

Elle pouvait entendre quelqu'un faire les cent pas. Un bruit fort, peut-être la chute d'un équipement, et une bagarre la poussèrent à prendre une décision rapide. Elle sortit son couteau et entra dans la pièce. Mr Marella la vit et lâcha l'homme plus âgé et plutôt rondouillard qu'il avait plaqué contre le mur. Ce dernier glissa par terre et essaya de ramper pour s'éloigner. Il remarqua le couteau d'Emma et bégaya en levant les mains, toujours à genoux :

—Je ne veux pas de problèmes.

— Mr Marella ? demanda Emma en désignant l'homme au sol avec son couteau.

— Laisse-le partir, fit-il d'une voix défaite en passant ses doigts dans ses cheveux.

— Nous en reparlerons plus tard, promit l'homme en se levant et en brandissant son poing d'un air menaçant en quittant la pièce.

Ils l'entendirent courir dans le couloir et sortir par la porte d'entrée.

Mr Marella continuait de fixer la porte. Finalement, il reporta son attention sur Emma.

—Emma, que fais-tu ici ?

Il était choqué par son apparence et semblait stupéfait par le couteau dans sa main. Elle baissa lentement le bras. Elle avait oublié qu'elle avait sorti le couteau.

—Vous allez bien ? demanda-t-elle, éludant sa question.

—Quoi ? fit-il, ayant visiblement du mal à se concentrer.

Elle répéta sa question :

—Vous allez bien ? Qui était cet homme ?

—Lui ?

Elle hocha la tête et il répondit finalement :

— Mon commanditaire pour ce travail. C'est sa maison.

— À propos de quoi vous disputiez-vous ? demanda-t-elle, essayant de comprendre dans quoi il était impliqué.

Il la regarda, ignorant sa question, et répéta la sienne :

— Emma, que fais-tu là ?

— Je m'inquiétais pour vous. Vous m'avez semblé distrait la dernière fois que je vous ai vu.

Elle essayait de l'aider, mais cela ne fonctionnait pas.

— Ça remonte à longtemps, déclara-t-il en pensant à sa dernière visite.

— Je sais, fit-elle, se sentant coupable. J'avais prévu de venir vous voir plus tôt.

— Tu n'as pas besoin de t'inquiéter. Je vais très bien, affirma-t-il brusquement, ne voulant pas l'impliquer dans cette affaire.

— Mais...

— Emma, je t'ai dit que j'allais bien. Restons-en là, fit-il d'une voix plus dure.

— Juste une chose, ajouta-t-elle.

Il la regarda avec exaspération alors qu'elle continuait.

— Si vous voulez en parler ou si vous avez besoin d'aide, dites-le-moi. J'ai des ressources qu'on peut mobiliser si nécessaire.

— C'est d'accord, répondit-il, sentant qu'il ne pouvait l'impliquer dans cette affaire.

— Promettez-le-moi, insista-t-elle.

Il la regarda en silence pendant un long moment et acquiesça finalement :

— Je te le promets.

— Bien, fit-elle, soulagée, sachant qu'il tiendrait parole.

— Tu n'es pas attendue quelque part ? demanda-t-il.

— Si, répondit-elle avant de tourner les talons.

— Emma.

Il tendit la main pour lui toucher l'épaule.

— J'apprécie que tu t'inquiètes pour moi. Tu nous manques.

La situation était insoutenable. Elle se retourna et le serra très fort dans ses bras.

— Vous me manquez tous tellement.

Elle quitta la pièce en vitesse, mais il eut le temps de voir ses larmes.

Mr Marella resta planté là. Il aurait aimé pouvoir la rappeler et lui demander de l'aide, mais des gens risquaient de souffrir si on découvrait ce qu'il savait. Essayant de ne pas y penser, il commença à travailler sur l'éclairage au gaz de la pièce dans laquelle il se trouvait. Il était heureux que ses garçons aient un autre travail, les tenant à l'écart de toute cette pagaille.

Quelques jours plus tard, alors qu'il ne dormait plus et s'éloignait de plus en plus de sa famille, il prit une décision difficile. Pensant à sa promesse à Emma, il prit le chemin de la boulangerie. Elle avait l'après-midi de libre et il espérait la trouver sur le chemin du retour. Ne voulant pas qu'on le voie, il l'attendit à quelques rues de là. L'ayant repérée, il lui demanda :

— Emma, je peux te parler ?

Elle tourna la tête et vit Mr Marella. Elle fut surprise de le voir si peu de temps après leur dernière conversation.

— Bien sûr.

— Y a-t-il un endroit privé où nous pourrions aller ? demanda-t-il en regardant autour de lui.

— Mon père est à New York cette semaine. On peut descendre à la cave, suggéra-t-elle, heureuse qu'il ait tenu sa promesse et soit venu la voir.

Il hocha la tête et ils marchèrent ensemble vers la pension

de famille. Il semblait si bouleversé qu'elle ne chercha pas à lui poser de questions avant qu'ils ne soient seuls. Ils marchèrent donc en silence.

Dora était dans la salle à manger quand ils passèrent. Emma lui fit signe de ne pas les déranger ; elle hocha la tête et resta où elle était. Emma et Mr Marella descendirent les escaliers de la cave. Elle abritait le bureau de son père, mais il y avait un coin salon où ils pourraient parler.

Mr Marella s'affaissa dans le fauteuil et mit son visage entre ses mains. Emma s'assit face à lui et attendit patiemment.

— Emma, j'ai tellement peur. J'ai besoin d'aide pour me sortir du pétrin, dit-il avec un tremblement dans la voix.

— Quel genre de pétrin ? demanda-t-elle en essayant de masquer son inquiétude.

— Du genre grave. Vraiment grave, ajouta-t-il.

Elle attendit qu'il continue.

— Ils menacent ma famille et ils ont essayé d'enlever Enzo hier, expliqua-t-il.

— De l'enlever ? demanda-t-elle, incrédule.

— Oui, répondit-il.

— Mais pourquoi ? insista-t-elle, ne comprenant pas ce qui pourrait impliquer l'enlèvement d'un enfant en guise de représailles.

— J'ai vu quelque chose qu'ils ne voulaient pas que je voie. Je travaillais dans l'immeuble de Barrett Street, celui où tu m'as suivi.

Elle hocha la tête et il continua :

— Le bâtiment dans lequel je travaille a survécu à l'incendie de 1871 et maintenant nous réhabilitons et mettons à jour les conduites de gaz et d'eau.

Elle acquiesça à nouveau, l'encourageant à poursuivre.

— Nous progressions bien, mais il y avait une pièce qu'ils

m'avaient demandé de laisser de côté. La disposition qu'ils avaient en tête allait nous obliger à utiliser beaucoup de tuyaux supplémentaires pour éviter ce mur. J'étais la seule personne présente à ce moment-là. J'avais renvoyé tous les autres chez eux pendant que je continuais à travailler sur cette zone. Je me suis dit que pour gagner du temps, j'allais vérifier le mur pour voir s'il pouvait accueillir la tuyauterie.

Il prit une profonde inspiration et ajouta :

— J'ai commencé à faire de petits trous dans le plâtre pour vérifier à l'intérieur. Au début, il ne semblait pas y avoir de problèmes, alors j'ai fait des trous plus grands. C'est alors que j'ai vu quelque chose à l'intérieur. La curiosité m'a poussé à tirer dessus. C'était du tissu. Et il était pris dans quelque chose.

Emma lui demanda :

— Ne vous êtes-vous pas inquiété qu'on vous demande de ne pas travailler dessus ?

— Pas vraiment, répondit-il franchement. En général, si je peux faire économiser de l'argent au client, il me pardonne toutes les libertés que je peux prendre.

Il s'arrêta une seconde, sachant ce qui allait suivre.

Emma vit son hésitation et l'encouragea :

— Continuez.

Cette partie semblait être douloureuse. Il fronça les sourcils et regarda ses mains.

— C'est alors que j'ai réalisé ce que le tissu couvrait. Je l'ai sortie. C'était une fillette d'environ 12 ans, une petite chose avec des cheveux noirs et des yeux bruns.

Emma était choquée. Elle ne s'attendait pas à entendre parler d'un corps. Elle demanda d'une voix hésitante :

— Vous l'avez reconnue ?

— Non, je ne l'avais jamais vue avant. Je ne pense pas que j'aurais pu garder le silence si je la connaissais. Je n'arrête pas de penser à ses parents et à ce qu'ils traversent, dit-il en levant les yeux, des larmes coulant sur son visage.

— Depuis combien de temps pensez-vous qu'elle était là ? demanda-t-elle, réfléchissant au temps que les corps mettaient à se décomposer.

— Pas longtemps. Elle avait l'air sur le point de se réveiller, admit-il en s'essuyant les yeux.

— Qu'avez-vous fait ?

Emma n'était pas sûre de ce qu'elle aurait fait à sa place.

— Je ne savais pas quoi faire. J'avais la tête qui tournait et le souffle coupé. Je me suis dit que je devais aller à la police et leur montrer ce que j'avais trouvé, mais... Je ne sais pas combien de temps je suis resté planté là. J'étais incapable de bouger. C'est alors que le propriétaire de l'immeuble, Mr Simpson, et son fils sont entrés dans la pièce.

Il semblait revivre l'expérience.

— Ils étaient furieux que j'aie commencé à travailler dans cette pièce. J'ai réalisé que leur colère était due au fait que je l'avais trouvée. J'ai bien vu à leur réaction qu'ils savaient qu'elle était là.

*
**

IL SE SOUVENAIT TRÈS BIEN de cette conversation. Mr Simpson lui avait crié :

— Qu'est-ce que vous fabriquez ? Vous aviez pour instruction de ne pas entrer dans cette pièce, et encore moins de commencer à abattre les murs.

— Il y a une fillette là-dedans, avait-il déclaré, encore un peu confus.

Mr Simpson s'était tourné vers son fils et avait dit :

— Kevin, vérifie la maison pour voir s'il y a quelqu'un d'autre. Maintenant !

Kevin avait rapidement fait le tour de la maison, ouvrant et fermant les portes, vérifiant si quelqu'un d'autre était présent.

Mr Simpson n'avait pas arrêté de lui crier dessus :

— Pourquoi êtes-vous entré dans une pièce qu'on vous avait interdit de visiter ? Vous savez que cela peut valoir un licenciement.

Bizarre, avait-il pensé, *ils ne parlent pas de la fille.*

Michael avait essayé de parler à Mr Simpson.

— Savez-vous qui est dans ce mur ?

— Ça ne vous regarde pas, avait rétorqué Mr Simpson.

— Mais ne devrions-nous pas aller voir la police ? avait demandé Michael.

— Pourquoi ? avait rétorqué Mr Simpson de façon belliqueuse.

— Pour leur dire que nous l'avons trouvée, avait-il répondu.

— Non, vous ne direz rien à personne. Vous allez continuer à travailler et oublier ce que vous avez vu.

Malgré sa confusion, un éclair de conscience avait traversé la torpeur qui l'engourdissait et il s'était repris.

— L'avez-vous tuée, Mr Simpson, ou bien était-ce Kevin ?

Mr Simpson avait eu l'air perplexe.

— Ce sont mes affaires, pas les vôtres.

Michael s'était contenté de secouer la tête et avait répondu plus fermement :

— Peu m'importe. Je vais aller voir la police.

À ce moment, Kevin était revenu dans la pièce avec une arme à feu au poing et avait rétorqué :

— Je ne pense pas, non.

Il avait regardé Mr Simpson et avait lancé :

— Il va nous falloir trouver que faire de lui.

— Non, non. Je pense que nous pouvons trouver un accord. N'est-ce pas, Michael ? avait demandé Mr Simpson d'une voix doucereuse.

Michael s'était contenté de les fixer sans rien dire.

Kevin avait suggéré :

— Par exemple, si vous ne coopérez pas, on pourrait enlever votre gamin.

Michael avait eu l'impression d'avoir pris une douche froide.

— Enzo ? Pourquoi le mêler à tout ça ?

— C'est de votre faute. Mais si vous réparez les trous, que vous suivez nos instructions à la lettre et que vous vous taisez, nous ne toucherons pas à Enzo.

— Vous ne pouvez pas être aussi mauvais, s'était étranglé Michael, incrédule.

— Si vous ne suivez pas nos instructions, vous découvrirez à quel point nous pouvons l'être.

Michael avait estimé qu'il n'avait pas le choix. Il avait rebouché les trous et demandé à ses garçons de s'occuper d'autres chantiers pendant qu'il finissait celui-là.

*
**

Il revint au présent et expliqua à Emma :

— Je ne peux plus me regarder dans la glace.

— Où est Enzo en ce moment ? demanda-t-elle.

— Il est à l'école.

— La première chose à faire est d'aller le chercher et de le mettre en lieu sûr, expliqua-t-elle en se passant les doigts sur les lèvres.

— Oui, mais où ? demanda Michael, désireux d'avoir des instructions claires.

— Pas à la pension de famille. Ils m'ont vue et ils penseront sûrement à vérifier là-bas. Cachons-le chez mon oncle Otto. Il a tous ces garçons et il travaille tôt le matin, donc il sera là pendant la journée pour veiller sur lui.

— Est-ce qu'Otto sera d'accord ? demanda Michael.

Il s'inquiétait d'impliquer davantage de monde dans cette affaire.

— Oui.

Elle était sûre qu'il l'aiderait ; il aimait les enfants et aurait été prêt à tout pour les protéger.

— Ensuite, on devra vous emmener à la Pinkerton. Cole nous aidera à déterminer la suite. Mon plan vous convient ?

Michael était étonné des talents de planification d'Emma.

— C'est d'accord, acquiesça-t-il. Allons-y.

Tout d'abord, ils devaient récupérer Enzo à l'école. Michael expliqua au principal que la présence du garçon était nécessaire pour une urgence familiale. C'était la vérité ; il y avait une urgence dans la famille.

Enzo s'approcha pour saluer son père et demanda :

— Emma, qu'est-ce que tu fais là ? Papa, quelque chose ne va pas ?

Michael se pencha vers lui, le regarda dans les yeux et lui dit :

— J'ai pris une mauvaise décision et je ne veux pas que tu sois affecté. La personne qui a essayé de t'enlever hier a un lien avec tout ça. Pour te protéger, nous allons devoir te cacher chez l'oncle d'Emma jusqu'à ce que tout soit réglé.

Enzo ne discuta pas. Il voyait que son père était sérieux et comprenait qu'il devait faire ce qu'on lui disait. Ils conduisirent le chariot de Michael chez Otto et firent entrer Enzo subrepticement.

Otto était là et bien réveillé quand ils arrivèrent.

— Emma, que se passe-t-il ?

— On a des problèmes, expliqua-t-elle simplement, et on doit empêcher Enzo d'être enlevé.

Elle expliqua que des personnes en colère contre Michael l'avaient menacé.

— Bien sûr que nous allons vous aider.

Il regarda Enzo.

— Va voir Freida dans la cuisine.

Puis il lança :

— Frieda, Enzo est venu te voir.

Otto connaissait la famille de Tony depuis longtemps.

Elle répondit :

— Je suis dans la cuisine avec les pâtisseries.

Otto tira une bouffée sur sa pipe et demanda à Michael et Emma, alors qu'ils regardaient Enzo courir vers la cuisine :

— Et maintenant ?

Emma répondit :

— J'emmène Michael à la Pinkerton pour qu'il obtienne de l'aide.

— Je ne peux pas en savoir davantage ? demanda-t-il.

— Il ne vaut mieux pas, expliqua Michael.

Otto hocha la tête et prit Emma dans ses bras.

— Nous allons nous occuper de lui. Vous feriez mieux de partir.

Michael et Emma prirent le chariot jusqu'au bureau de la Pinkerton. Michael demanda d'une voix où perçait l'inquiétude :

— Est-ce qu'ils pourront nous aider ? Ne devrions-nous pas aller directement voir la police ?

— Je ne suis pas sûre qu'on puisse faire confiance à la police et je sais qu'on peut faire confiance aux Pinkertons. Ils feront remonter l'affaire à la police si nécessaire, dit-elle d'un ton rassurant.

— Bien.

Il lui faisait confiance. Il se sentait déjà mieux, sachant qu'Enzo était en sécurité.

Alors qu'ils se dirigeaient vers les bureaux de la Pinkerton, Emma demanda :

— Quel est votre objectif maintenant ?

— Je veux rendre la fille à ses parents et je veux que Mr Simpson et son fils Kevin soient mis en garde à vue.

Emma hocha la tête et dit d'une voix ferme :

— Ça me semble être un bon plan.

Ils entrèrent dans le bureau et elle se rendit à l'accueil et demanda au secrétaire :

— Est-il possible de voir Cole ?

— Ils sont sur un gros dossier en ce moment et ne seront pas disponibles avant la fin de la journée, répondit le secrétaire.

Emma regarda Michael et acquiesça.

— Voulez-vous laisser un message ? lui demanda-t-elle.

— Oui, dites-lui de venir au 247 North Street dès qu'il sera rentré. Et d'amener des renforts.

— Je le lui dirai, promit le secrétaire.

Mr Tilden avait laissé pour instruction que, si Emma demandait à le voir, on devait accéder à sa requête immédiatement.

Il pensa : *Je devrais envoyer quelqu'un leur dire qu'elle a besoin d'eux.*

Quand ils tournèrent les talons, Michael demanda :

— Et maintenant ?

— Gardons un œil sur la maison pour qu'ils ne déplacent pas la fille, fit-elle simplement.

— Penses-tu que c'est vraiment nécessaire ? La police ne pourrait-elle pas s'en charger ? demanda-t-il, n'en pouvant plus.

Elle répondit calmement :

— J'ai de sérieux doutes sur le fait d'aller voir la police sans impliquer la Pinkerton. J'ai peur qu'ils essaient de vous accuser. Les hommes impliqués pourront dire que vous l'avez tuée et que vous LES avez menacés.

— Je n'y avais pas pensé, fit lentement Michael.

— Retournez au travail comme si rien ne s'était passé, lui conseilla-t-elle.

— Et s'ils entrent pendant que je suis là ? demanda-t-il, inquiet pour sa sécurité.

— Dites-leur que vous avez paniqué et changé d'avis, suggéra-t-elle.

— Et toi, que feras-tu ? s'enquit-il.

— Je serai à l'intérieur avec vous. J'espère que les Pinkertons arriveront rapidement.

— Et si les choses tournent mal ?

— Alors nous réagirons et nous nous défendrons par tous les moyens. Et je serai là, le rassura-t-elle.

— C'est d'accord. Ça va fonctionner.

Il trouvait que c'était un bon plan. Il n'abandonnerait pas cette enfant dans le mur.

Ils rentrèrent dans la maison et commencèrent à travailler dans la pièce la plus proche de celle où la fille était cachée. Il ne fallut pas longtemps pour que Mr Simpson et Kevin arrivent. Ils entrèrent en claquant la porte d'entrée. Michael lui fit signe de passer dans une autre pièce.

Emma murmura :

— Restez calme.

Il hocha la tête et retourna à son travail. Il les entendit arriver derrière lui.

Kevin poussa l'épaule de Michael.

— Qu'est-ce que vous faites encore là ? Je croyais que vous vouliez arrêter.

— Non, j'ai changé d'avis. J'étais juste nerveux, prétendit-il en continuant à travailler sur le mur, sans les regarder.

— Nerveux ? ricana Kevin. Vous aviez l'air énervé, pas nerveux.

— Oui, eh bien, je comprends où vous voulez en venir et je vais bien.

— Je ne sais pas pourquoi, mais je n'y crois pas. Au fait, je suis allé à l'école de votre fils et il était parti. Où a-t-il bien pu aller ? demanda Kevin d'un air faussement songeur.

Michael se tendit, mais ne se retourna pas.

Mr Simpson, à bout de patience, s'écria :

— Retournez-vous et regardez-moi !

Michael se tourna lentement vers lui, gardant sa clé cachée le long de son corps. Il se souvint de ce qu'Emma avait dit à propos de l'attaque. Mr Simpson avait l'arme pointée sur sa poitrine. Kevin n'avait pas d'arme et attendait les instructions de son père, le regard fixé sur Michael.

Michael vit Emma arriver derrière Mr Simpson avec un gros morceau de tuyau. Elle le leva pour le frapper à la tête. Dans un souffle, il s'effondra par terre. Michael en profita pour prendre sa lourde clé à molette et l'abattre dans son dos. Le pistolet glissa à travers la pièce.

Ils entendirent quelqu'un arriver au pas de course. Kevin eut l'air confus et décida de profiter de cette occasion pour quitter la maison en plongeant par une fenêtre ouverte.

Jeremy pénétra dans la pièce. Emma et Michael étaient assis sur Mr Simpson, le maintenant au sol.

— Est-ce qu'il est... commença Jeremy.

Emma termina pour lui :

— Vivant ? Oui.

Jeremy fit signe à deux de ses hommes et leur ordonna :

— Occupez-vous de lui.

— Jeremy, un autre homme s'est enfui par l'arrière, dit-elle rapidement en se levant.

— Vous deux, suivez-le.

Jeremy désigna deux autres de ses hommes. Ils partirent au pas de course.

Les autres Pinkertons ligotèrent Mr Simpson et le mirent dans un coin.

Emma s'approcha de Jeremy et lui murmura quelque chose à l'oreille. Il pâlit, mais regarda Michael et demanda :

— Pouvez-vous me montrer ce que vous avez trouvé ?

Il indiqua la pièce d'à côté. Emma les suivit. Il commença à abattre le mur et immédiatement, une odeur qui ne trompait pas envahit la pièce. Emma ne détourna pas la tête alors qu'ils révélaient le corps de la jeune fille. Tous eurent les larmes aux yeux lorsqu'ils virent la petite fille dans une robe bleu clair, ses cheveux noirs couvrant une partie de son visage.

Jeremy avait envoyé chercher la police.

— Emma, Michael, on peut s'occuper du reste si vous voulez partir.

— Aurez-vous besoin de nos dépositions ? demanda Michael.

— Non, répondit Jeremy, on pourra dire qu'une de nos sources nous a filé le tuyau.

— Merci, fit Michael.

Emma s'adressa à Jeremy :

— Merci d'être venu.

— Je serais prêt à tout pour toi. Maintenant, va-t'en, il ne faut pas qu'on te trouve ici.

Emma regarda Jeremy et souffla à voix basse :

— J'ai accepté cette affaire parce que je pensais rester à l'écart du chef de la police.

Jeremy hocha la tête et précisa :

— On veillera à ce qu'il ne soit pas au courant de ton implication. Allez-y maintenant !

Michael et Emma quittèrent précipitamment les lieux et, en tournant au coin de la rue, ils virent la police arriver. Ils avaient garé leur chariot dans une ruelle quelques rues plus bas. Ils allèrent le récupérer et rentrèrent chez eux.

Jeremy ne divulgua pas leur implication dans l'affaire.

Le nom de la fille s'avéra être Meghan Walters ; elle avait 12 ans et avait disparu depuis environ deux mois. Les journaux rapportèrent qu'elle avait été enlevée sur le chemin de l'école. Ses parents avaient le cœur brisé ; elle était leur seule enfant.

Mr Simpson fut envoyé en prison pour meurtre et on ne retrouva pas Kevin.

Cette affaire s'avéra plus dure émotionnellement que ce à quoi Emma était habituée. Elle espérait que les prochaines seraient moins personnelles.

CHAPITRE 21

L'affaire de Mr Marella donna envie à Emma de revoir Tony. Depuis leur dispute, elle ne l'avait pas beaucoup fréquenté en dehors du travail. Elle n'imaginait pas qu'il lui manquerait à ce point. Il avait toujours été auprès d'elle et sa vie lui semblait bien vide sans lui.

Tim l'avait tenue au courant des activités récentes de Tony. Il avait commencé à travailler pour le musée et en était ravi.

Ce soir-là, elle rentra chez elle en pensant à Tony et lui prépara son strudel préféré.

Elle le mit dans une boîte et prit la direction de leur appartement. Elle tomba sur sa mère devant le bâtiment. Mrs Marella parut fortement contrariée de voir Emma si près de leur maison.

Emma essaya d'engager la conversation :

— Mrs Marella, bonjour. Comment allez-vous ?

— Je vais bien, répondit-elle, le visage marqué par la colère. Tu fais juste un tour dans le quartier ?

Elle espérait que la réponse était oui, voulant protéger son fils par-dessus tout.

— Non, fit Emma avec moins d'entrain qu'avant, sentant qu'elle n'était pas désirée. Je voulais juste déposer ça à Tony pour le féliciter pour son nouveau travail.

Elle désigna la boîte qu'elle tenait.

— Emma, penses-tu vraiment que ce soit approprié compte tenu des circonstances ? demanda Mrs Marella.

Elle marmonna, tête baissée :

— Eh bien, je pensais que...

— Il vaudrait mieux que tu reprennes ton chemin, dit Mrs Marella avec un regard furieux.

Emma baissa les yeux sur la boîte à gâteau, puis regarda à nouveau Mrs Marella.

— Pouvez-vous donner ça à Tony ? demanda-t-elle en lui mettant d'office la boîte entre les mains.

Elle prit ainsi Mrs Marella au dépourvu. Puis Emma tourna les talons et s'éloigna lentement.

Mrs Marella regarda la boîte, haussa les épaules et la posa en équilibre sur ses autres paquets. Elle monta à l'étage et dut frapper à la porte pour obtenir de l'aide. Enzo ouvrit et prit immédiatement la boîte de strudel.

— Pâtisseries ! cria Enzo au reste de la famille.

— À mettre dans la cuisine, lança-t-elle en le regardant détaler.

Tony lavait des verres quand Enzo entra avec la boîte. Il leva les yeux et demanda :

— J'ai bien entendu « pâtisseries » ?

— Oui ! Et ça sent vraiment bon, s'exclama Enzo.

Tony ouvrit la boîte et découvrit le strudel.

— Mon gâteau préféré ! lança-t-il en le regardant de plus près.

Sa mère était entrée dans la cuisine et avait l'air distraite.

— Dis, maman, où as-tu trouvé ce strudel ? demanda Tony.

— Je... je l'ai récupéré en rentrant à la maison, murmura Mrs Marella.

— Récupéré, répéta-t-il doucement en fixant la boîte.

Son aspect élaboré lui semblait très familier, puis il prit une bouchée de gâteau. Il reconnut immédiatement son goût.

— Maman, tu as vu Emma. Où ça ? demanda-t-il.

— Tony, tu ne...

— Où ça, maman ? répéta Tony avec détermination.

— Devant la maison, dit-elle à contrecœur.

Quand il haussa un sourcil, elle ajouta :

— À l'instant.

— À l'instant...

Il s'élança derrière Emma. Attrapant son chapeau et sa veste, il était déjà à la porte lorsque sa mère lui intima de s'arrêter.

— Je ne veux pas que tu coures après cette fille. Elle ne se soucie pas de toi, fit-elle vivement.

Tony s'arrêta un instant et se retourna vers elle.

— Maman, tu ne sais pas quel genre de personne elle est vraiment et à quel point elle nous aime. Tu devrais parler à papa de ce qu'elle a fait pour l'aider, lui et notre famille.

Elle le regarda partir, se tourna vers Michael et demanda :

— De quoi parle-t-il ?

— Viens, assieds-toi. Il faut qu'on parle.

Elle l'écouta en silence et réalisa à quel point elle s'était trompée sur Emma.

Tony descendit aussi vite que possible. Il glissa sur les dernières marches, se releva et sortit du bâtiment. Il regarda à gauche, puis à droite. Il la vit au loin et commença à courir vers elle.

— Emma ! lança-t-il.

Au début, elle ne se retourna pas. Il l'appela à nouveau :

— Emma !

Elle se tourna lentement et le regarda d'un air hésitant.

— Pourquoi tu n'as pas apporté le strudel à l'appartement ? demanda Tony.

— Je n'étais pas sûre d'être bien accueillie, mais je voulais te dire à quel point je suis fière de toi, dit-elle, les mots coulant à flots.

— Pas la bienvenue ? Tu seras toujours la bienvenue, affirma-t-il, les yeux écarquillés par le choc.

Elle avait l'air blessée et confuse.

Immédiatement, Tony se sentit coupable de la façon dont il avait agi envers elle.

— Je sais que je me suis mal comporté en t'évitant. Je suis vraiment désolé. Ma seule excuse est que j'avais besoin d'un peu de temps pour faire le point sur ce que je ressentais, déclara-t-il.

— Tony.

Elle tendit la main vers lui, mais la retira avant d'établir le contact. Il attrapa sa main au passage et l'attira près de lui.

— Emma, je suis désolé de t'avoir donné l'impression que je ne voulais pas te voir, alors que la vérité est que j'aimerais te voir tous les jours. Nos promenades matinales me manquent. Sans parler de tes pâtisseries.

Elle rougit, mais conserva le silence.

Tony continua :

— Revenons à notre relation d'avant, tu veux bien ?

Elle y avait réfléchi pendant un moment.

— Tony, je ne veux plus de ça.

En entendant ces mots, il pâlit et serra ses mains plus fort.

Elle grimaça légèrement devant sa poigne, mais continua :

— Je veux plutôt aller de l'avant.

Devant son air confus, elle expliqua :

— Tony, je veux être avec toi, mais il faudra y aller doucement.

Il eut un sourire idiot.

— Vraiment ?

Il la serra contre lui et lui donna un long baiser.

— Est-ce que c'est assez lent pour toi ?

— Tony, dit-elle, rougissant furieusement, ayant apprécié chaque seconde du baiser.

Il souriait toujours. *Enfin du progrès*, pensa-t-il.

Ils marchèrent lentement jusqu'à sa maison, en se tenant la main. Ils échangèrent à peine quelques mots jusqu'à ce qu'ils arrivent devant son perron.

— J'ai beaucoup aimé le strudel, dit-il doucement en la regardant droit dans les yeux.

— Je suis ravie de l'apprendre. Félicitations pour ton nouvel emploi. J'espère que tu pourras m'en dire plus à ce sujet.

— Demain soir, promit-il.

— Viens dîner, et on pourra se promener et en parler après. On doit rattraper le temps perdu.

Ils s'embrassèrent à nouveau et elle erra rêveusement dans les escaliers de la maison.

Dora l'attendait, lui prit la main et l'entraîna dans la cuisine.

— Dis-moi tout, fit-elle, ayant vu le long baiser.

Emma commença par raconter comment elle était allée chez Tony et avait fini par l'embrasser (deux fois !) sur le chemin du retour.

Dora avait beaucoup de questions.

— Alors, vous êtes ensemble maintenant ?

Emma répondit simplement :

— Oui.

— Et le nouveau travail de Tony ? demanda Dora.

Emma cligna des yeux, puis rit.

— On n'a parlé que de nous.

Dora rit avec elle, sachant ce qu'elle ressentait.

— Très bien, alors comment se présente l'avenir ?

— Eh bien, on sera toujours meilleurs amis, mais avec un petit quelque chose en plus.

— Hmm, d'accord, Emma, mais qu'en est-il de la mère de Tony ? On dirait que tu es en froid avec elle.

Emma s'assit et réfléchit.

— Oui, je dois encore y réfléchir.

— Est-ce que Tony va lui dire ?

Elle hocha la tête.

— On ne veut pas lui cacher quoi que ce soit.

— Quand est-ce que vous allez vous revoir ?

Emma rougit.

— Il viendra demain soir pour dîner et faire une promenade. Enfin, si c'est possible de rajouter un couvert ?

Elle attendit que sa sœur hoche la tête.

— On a aussi parlé de la foire ce week-end.

— Ne sois pas surprise si on commence à le voir un peu plus, murmura Dora avec un sourire.

— Plus ?

— Oui, Tim et Tony semblent aimer passer du temps avec nous, dit Dora avec un sourire.

Tony vint le lendemain soir et il parla à Emma de son avenir possible au musée. Cette dernière le mit au courant de ses affaires. Ils dessinaient un nouvel avenir, ensemble.

CHAPITRE 22

Les jours suivants furent relativement calmes pour Emma, tant sur le plan personnel que sur celui des affaires. Elle voyait Tony, s'occupait de ses livraisons avec Tim, et travaillait à la boulangerie.

Un jour de livraison, Tim déposa Emma à la boulangerie pour qu'elle puisse remettre à son cousin leurs bons de livraison du lendemain. En passant la porte de derrière, elle vit que Tony était déjà là, en train de passer ses commandes pour le lendemain. Quand il la vit, il lui adressa un clin d'œil.

Son cousin le vit et la fixa.

— Emma, quand tu auras remis tes bons de livraison, j'aimerais te parler d'une commande spéciale pour demain.

Tony fit un signe de tête dans sa direction et se dirigea vers le musée pour son travail de l'après-midi.

— Quoi de neuf, cousin ? demanda Emma en enlevant son chapeau et en défaisant une partie de sa tresse serrée.

Elle lui remit ses bons de livraison.

En les regardant, il dit :

— Nous avons reçu cet après-midi une nouvelle

commande de poires pochées à l'Asbach Uralt avec mousse au quark pamplemousse-citron et feuilles de chocolat.

Emma le dévisagea.

— On nous en commande beaucoup ces derniers temps…

Avant qu'elle n'ait pu terminer, son cousin l'interrompit :

— Et seules ta mère et toi savez les préparer comme ce client l'aime.

Elle grimaça et expliqua :

— Ça ne me dérange pas d'en faire de temps en temps, mais là, ça arrive plusieurs fois par semaine.

Son cousin alla droit au but.

— Est-ce que tu y arriveras ?

Emma soupira, puis hocha la tête.

— Oui, je peux le faire. Tu peux t'assurer qu'on a tous les ingrédients ?

Elle nota les ingrédients nécessaires et son cousin examina sa liste.

— J'ai tout ce qu'il faut, répondit-il, sauf l'eau de rose. Je peux t'en faire livrer avant que tu commences demain matin.

Emma remarqua que Chloé fronçait les sourcils en regardant son cousin depuis son poste de travail.

— Qu'est-ce qui se passe entre Chloé et toi ?

— Il n'y a pas de Chloé et moi, et je ne veux pas en parler, fit-il sur la défensive, et il s'en alla en jetant un regard à Chloé et Emma.

Elle s'approcha de Chloé et murmura :

— Que s'est-il passé ?

— S'il ne veut pas en parler, alors moi non plus, répondit Chloé en s'énervant, et elle se remit à frapper la pâte sur laquelle elle travaillait.

Après tout, songea Emma, *ce ne sont pas mes affaires.*

C'est drôle, pensa-t-elle en rentrant chez elle plus tard, *personne ne commande cette recette en dehors des fêtes, d'habitude.*

Je vais devoir réfléchir à tout ça. Est-ce important ou était-ce juste une coïncidence que maman se soit retrouvée à la boulangerie le soir de sa mort à cause de ce dessert ?

En rentrant chez elle, elle prit quelques raccourcis par les rues secondaires et monta en courant les marches de la pension de famille.

— Je suis rentrée ! s'écria-t-elle en entrant dans la maison.

— J'ai cru comprendre, rétorqua Dora depuis la salle à manger. Change de chaussures et de vêtements.

— D'accord.

Résignée, Emma monta à l'étage pour se laver et enfiler sa jupe fendue et son chemisier.

Dora la suivit pour qu'elle lui raconte sa journée.

— Dora, dit-elle alors que sa sœur l'aidait à ramasser les vêtements sales. Tu te souviens que maman a préparé pour un client spécial ses poires pochées à l'Asbach Uralt avec mousse au quark pamplemousse-citron et feuilles de chocolat ? Je me souviens que papa a mentionné quelque chose à ce sujet la nuit de sa mort.

Dora se coucha sur le lit, réfléchissant intensément aux paroles d'Emma.

— Maintenant que tu le dis, je m'en souviens. Papa était si bouleversé qu'il n'arrêtait pas de dire que si elle n'avait pas été à la boulangerie à cette heure-là, elle serait encore en vie. Pourquoi cette question ?

— Je ne sais pas trop, répondit Emma en toute sincérité. Je n'arrête pas de recevoir cette même commande, ce qui est assez inhabituel à cette période de l'année, et ça a piqué ma curiosité.

— Eh bien, rien ne changera le fait que maman est morte dans l'incendie.

Emma acquiesça lentement. Elle avait l'impression d'avoir

mis la main sur une pièce importante du puzzle, mais sans savoir à quoi elle correspondait.

— Ma sœur.

Dora agita sa main devant le visage d'Emma pour attirer son attention. Quand Emma se concentra enfin sur elle, elle fit remarquer :

— On dîne dans quelques heures et tu dois encore faire tes devoirs.

Emma sourit.

— Je sais. Je vais vérifier les devoirs que papa m'a laissés. Où sont passées les dames cet après-midi ?

— J'ai cru comprendre qu'elles voulaient voir une nouvelle exposition au musée. Je crois qu'elle implique de vieux couteaux. Je suis sûre qu'elles t'en parleront ce soir, lança Dora par-dessus son épaule en sortant de la pièce.

Emma descendit à la cave pour voir comment allait son père. Il était rentré de son voyage.

— Papa, glissa-t-elle doucement.

— Emma, approche, que je te voie. Alors, as-tu vécu une grande aventure aujourd'hui ?

Son père savait qu'Emma était comme sa mère et qu'elle ne pouvait résister à l'appel de l'inconnu.

— Quels sont mes devoirs aujourd'hui ? demanda-t-elle, espérant changer de sujet, pour ne pas penser à sa mère et à son dessert de prédilection.

Elle ne voulait pas le contrarier avec ses théories.

Le changement de sujet ne le dérangea pas.

— J'ai un autre type de casse-tête pour toi. Je veux que tu lises ce document d'ingénierie et que tu me dises ce qui doit être inclus dans les dessins de structure et ce qui ne doit pas l'être. Et également deux chapitres de lecture...

Emma l'interrompit :

— Est-ce que ça peut être un roman d'aventures ?

Il lui sourit avec indulgence et répondit :

— Oui, une fois que tu auras terminé ta tâche. Oh, et certains calculs te laisseront peut-être perplexe, alors n'hésite pas à me demander si tu as besoin d'aide.

— Je n'aurai pas besoin d'aide, papa, répondit-elle d'un ton assuré.

Elle s'empara de l'ouvrage et partit à toute allure dans les escaliers, en direction du bureau.

Son père secoua la tête et se remit au travail quelques instants après qu'elle eut quitté la pièce.

Emma sortit ses notes et entreprit de passer en revue les problèmes que son père lui avait préparés. Il avait ajouté quelques pièges qui attirèrent immédiatement son attention. *Il y a des calculs supplémentaires inutiles qui sont là pour me distraire. Il existe une méthode plus simple pour calculer la charge sur le béton.* Elle apporta les corrections et résolut le problème.

Elle termina le travail d'ingénierie, prit un livre et s'installa dans un grand fauteuil en cuir usé près du bureau. En l'ouvrant avec empressement, elle commença à lire le *Tour du monde en quatre-vingts jours* de Jules Verne. C'était tellement amusant de se glisser dans la peau d'autres personnes et de vivre leur vie. *Comme ce doit être passionnant de vivre aussi librement et d'aller à New York ou à l'étranger toute seule !* Son but était d'être indépendante et de voyager, de vivre des aventures.

Elle lut encore pendant une heure et réalisa qu'il était temps d'aider à préparer le dîner. Dora avait toujours besoin de bras supplémentaires. La table, comme au petit-déjeuner, se remplit rapidement de monde, et les plateaux de nourriture furent vidés en quelques instants. Dora cuisinait divinement bien, et tout le monde le savait.

Les pensionnaires étaient bruyants, mais Emma resta silencieuse. Assise entre miss May et miss Marjorie, elle les écoutait bavarder de leur journée au musée.

— Ça vous dirait d'aller dehors après le dîner ? demanda Emma aux dames lorsqu'il y eut un blanc.

— Nous pourrons nous entraîner au lancer et te parler des couteaux que nous avons vus aujourd'hui, proposa miss Marjorie.

Miss May et miss Marjorie se sourirent, sachant qu'elles allaient aussi avoir le droit au récit des aventures d'Emma et de ses livraisons.

Une fois dehors, les deux dames se tournèrent vers Emma, et miss Marjorie demanda :

— As-tu quelque chose d'intéressant à nous raconter aujourd'hui ?

Emma les taquina avec une question, retardant quelque peu sa réponse.

— Vous voulez que je vous raconte ma journée ?

— Oh oui, répondirent-elles de concert.

— C'était calme aujourd'hui, dit-elle en pensant à ce dessert.

— Calme ? insista miss May. Pas de nouvelles affaires ?

— Je ne pense pas.

Elle hésita.

— J'ai bien quelques pistes, mais je ne suis pas sûre de ce qu'elles signifient pour l'instant.

Miss Marjorie fit un signe de tête à miss May, et elles commencèrent à lui décrire la collection de couteaux du musée.

— Je dois dire, avoua miss Marjorie, que dans ma jeunesse, cette collection m'aurait tentée.

Miss May baissa les yeux quand miss Marjorie fit ce commentaire. Emma s'inquiéta.

— Miss May, qu'est-ce qui ne va pas ?

Miss May leva la tête, et miss Marjorie et Emma virent que quelque chose la tracassait.

— Eh bien, je me suis dit qu'Emma pourrait vouloir quelque chose du musée, fit-elle d'un ton un peu provocateur.

— Oh, vous m'avez acheté un souvenir ? C'est gentil de votre part, murmura Emma.

Miss Marjorie semblait confuse, car elles n'étaient pas allées à la boutique de cadeaux.

Miss May, toujours d'une voix provocante, rectifia :

— À vrai dire, non, c'est autre chose.

Emma et miss Marjorie la regardèrent d'un air interrogateur

Elle fouilla dans son long manteau et en sortit un couteau au manche orné.

Miss Marjorie le reconnut immédiatement.

— Oh, May, qu'as-tu fait ? Il fait partie de la collection du musée. Il n'est pas à vendre.

Elle avait l'air affolée et, pour la première fois depuis qu'Emma la connaissait, semblait quelque peu désemparée.

Emma réfléchissait déjà aux moyens de résoudre ce problème.

— Miss May, je pense avoir quelqu'un qui peut nous aider à rendre ce couteau.

Miss May rétorqua :

— Mais je n'ai pas besoin d'aide. Je voulais t'offrir un beau cadeau en souvenir de moi... de nous, rectifia-t-elle en regardant miss Marjorie.

Emma prit la main de miss May dans la sienne et celle de miss Marjorie dans l'autre et regarda la femme dans les yeux.

— Vous comprenez certainement que je ne peux pas garder quelque chose qui ne m'appartient pas ?

Miss May se hérissa à cette remarque et dit avec raideur :

— Je ne veux pas le rendre.

Miss Marjorie regarda Emma ; elles ne voulaient pas le lui arracher des mains. Cela risquait de mal finir.

Elles continuèrent à lui parler doucement, lui donnant de nombreuses raisons de rendre le couteau. Ce ne fut que lorsqu'elles précisèrent qu'Emma pourrait être arrêtée pour avoir sciemment accepté une marchandise volée que miss May céda finalement et le remit à Emma à contrecœur.

Elle glissa le couteau sous son manteau.

— Je dois le mettre en lieu sûr le plus vite possible.

Elle retourna à l'intérieur pendant que les dames discutaient de ce qui s'était passé.

Elle prit son chapeau et partit à la recherche de Tony. Il devait être chez lui. Elle était nerveuse à l'idée d'y aller ; elle n'y avait pas remis les pieds depuis qu'ils s'étaient mis ensemble. Il avait parlé d'Emma à sa mère, mais elle n'avait pas réagi aussi bien qu'il l'avait espéré.

Emma n'arrêtait pas de se demander ce qu'elle dirait à Mrs Marella si cette dernière était chez elle. Elle espérait ne pas la croiser, mais elle devait parler du couteau à Tony.

Tony travaillait au musée l'après-midi, aidant à monter les expositions. Il espérait que son poste à temps partiel se transformerait en un poste à temps plein.

Elle se rendit à l'appartement de sa famille. Elle leva la main pour frapper et hésita. Sa nervosité prit le dessus à l'idée de voir sa mère, et elle tourna les talons. *Arrête*, pensa-t-elle, *sois courageuse*. Elle leva le poing et frappa avec force à la porte. Elle s'ouvrit rapidement... sur Mrs Marella.

— Bonjour, Mrs Marella, dit maladroitement Emma.

— Emma, répondit-elle froidement.

Les lignes autour de sa bouche se durcirent quand elle vit qui était à la porte.

— Tony est là ? demanda Emma d'une voix pleine d'espoir.

Mrs Marella l'empêchait d'entrer dans l'appartement.

Lorsque Tony réalisa qui sa mère bloquait, il la réprimanda légèrement et l'embrassa sur la joue. Comme elle ne bougeait toujours pas pour laisser entrer Emma, il ordonna d'une voix plus autoritaire :

— Laisse-la entrer.

Puis, pour détendre l'atmosphère, il ajouta d'un ton plus léger :

— S'il te plaît.

Mrs Marella soupira et s'écarta. Elle était prête à tout pour Tony.

— Je t'en prie, entre, l'invita-t-elle.

Emma entra et, alors que Tony lui prenait la main, elle se pencha vers lui et dit :

— Tony, il faut qu'on parle.

Elle avait l'air sérieuse et Tony lança immédiatement :

— Maman, on doit sortir un peu.

— D'accord, mais n'allez pas trop loin, fit-elle d'une voix inquiète.

— Ne t'en fais pas, maman.

Tony comprit qu'elle s'en faisait pour lui.

Ils descendirent ensemble, se tenant la main. Quand ils arrivèrent dans la rue, Tony se retourna pour lui faire face.

— Qu'est-ce qu'il y a, Emma ? Quelque chose ne va pas ?

Elle avait l'air très inquiète et un peu tendue. Ne sachant pas par où commencer, elle lui déballa toute la situation.

— Miss May a fait quelque chose qu'elle n'aurait pas dû, et je pense que tu es le seul à pouvoir l'aider.

Tony fronça les sourcils. Il connaissait miss May depuis aussi longtemps qu'elle. Il savait qu'elle était très importante pour Emma.

— Tu sais que je ferais tout pour toi.

Elle regarda autour d'elle pour voir si quelqu'un les observait.

— Tony, regarde ça. Elle ouvrit son manteau et révéla le manche du couteau.

— Mais c'est… commença-t-il, choqué.

— Il provient de la collection du musée, confirma-t-elle. Miss May l'a pris en pensant me faire plaisir.

— Elle l'a pris ? répéta-t-il, incrédule.

— Oui, et maintenant on doit trouver un moyen de le rendre, affirma-t-elle avec détermination.

— Waouh.

Il s'assit un moment sur le perron.

— Je suppose que c'est là que je vais voir l'importance que j'ai pour le conservateur.

Il secoua la tête, pensant que les choses pouvaient changer bien rapidement.

— Tony, je ne veux pas détruire ton avenir. Je peux y aller et expliquer, du mieux que je peux, ce qui s'est passé et essayer d'éviter la prison à miss May.

— Non, on a dit qu'on était ensemble et ça veut dire qu'on veut protéger nos deux avenirs.

Il réfléchit un moment.

— J'ai une idée. Tu peux me retrouver ici demain matin, de bonne heure ? Tu es en congé demain, pas vrai ?

— Non, j'ai une commande spéciale à la boulangerie. Je dois y aller tôt et je devrais avoir terminé pour 8 heures. Est-ce que ce sera bon ? demanda-t-elle, espérant trouver un moyen de se tirer de cette situation.

— Oui, je viendrai te chercher et on ira au musée ensemble. Je vais garder le couteau en attendant.

Il lui fit signe de le lui remettre.

Elle jeta un coup d'œil alentour pour s'assurer que personne ne les observait et quand elle fut certaine qu'il n'y avait aucun risque, elle fouilla dans son manteau, sortit le couteau et le lui tendit. Il le glissa sous son propre manteau par sécurité.

CHAPITRE 23

Ils se retrouvèrent tôt à la boulangerie le lendemain matin, se prirent la main et se dirigèrent vers le musée. Ils arrivèrent pile à l'ouverture et se rendirent directement dans le bureau du conservateur.

Il eut l'air un peu surpris, et demanda :

— Tony, tu es en avance, et qui est avec toi ?

— Mr Johnson, voici Emma.

Il fit un geste vers elle.

— C'est mon amie. Emma, voici Mr Johnson, le conservateur du musée. Emma et moi voulions vous parler de quelque chose d'important.

— Emma Evans ? demanda-t-il avec curiosité.

— Oui, confirma-t-elle, se demandant comment il connaissait son nom.

Elle ne l'avait jamais rencontré avant.

— J'ai beaucoup entendu parler de toi et de tes aventures. Appelle-moi Philip, dit-il, les yeux brillants d'excitation.

— Qui vous a parlé de moi ? Tony ? demanda Emma.

Tony secoua la tête.

— Non.

— Non, j'ai d'autres sources.

Mr Johnson fit un signe de la main pour indiquer que ce n'était pas important.

— Que puis-je faire pour toi ? C'est à propos d'une affaire ? Puis-je t'aider ?

— Eh bien, ce n'est pas exactement une affaire, mais nous aurions besoin d'aide.

Elle regarda Tony, qui sortit le couteau de sa veste et le lui tendit avec précaution.

Philip le reconnut instantanément.

— Où l'avez-vous trouvé ? C'est une pièce de notre collection. Il devrait d'ailleurs s'y trouver.

Il le prit soigneusement des mains d'Emma pour l'examiner.

— Nous allons tout vous expliquer.

Elle commença à parler de miss May et miss Marjorie, et de leur visite de la veille. Elle expliqua également brièvement leur histoire et leurs regrets.

— Je crois sincèrement qu'il ne s'agissait que d'une bévue et qu'il n'y avait aucune intention malveillante, souligna-t-elle.

Philippe l'écouta en silence, puis demanda :

— Tout ça est arrivé hier et personne ne l'a remarqué ?

Il réfléchit.

— Pourriez-vous demander à miss May et miss Marjorie de venir au musée pour me rencontrer ?

— Oh non, dit Emma qui semblait bouleversée, ce qui contraria également Tony.

Philip remarqua leur détresse et réalisa qu'il n'avait pas été clair.

— Non, je ne leur veux pas de problèmes. Ce que je voudrais, c'est qu'elles me montrent comment renforcer la sécurité de nos expositions.

— Vous n'allez pas les dénoncer pour le vol ? demanda-t-elle, espérant avoir bien entendu.

Philip sourit.

— Quel vol ? J'ai tout ce qui appartient au musée.

Emma sentit une vague de soulagement l'envahir, et elle tendit la main à Tony. Il la serra et lui offrit un doux sourire.

Tony poussa un soupir de soulagement et dit à Philip :

— Merci infiniment pour votre compréhension.

Il le regarda droit dans les yeux et expliqua d'un ton très sérieux :

— Tony, nous t'apprécions en tant qu'employé et nous aimerions que tu occupes un poste à temps plein ici. Peux-tu venir à l'heure habituelle aujourd'hui et nous discuterons de tes nouveaux horaires ?

Tony hocha la tête.

— J'adorerais discuter d'un poste à plein temps.

Il tourna son regard vers Emma.

— Emma, peux-tu faire venir miss May et miss Marjorie demain après-midi ?

Emma répondit :

— Je pense que oui, mais je devrais leur demander confirmation.

Ils se levèrent alors pour prendre congé. Philip les arrêta.

— Emma, j'aimerais qu'un jour tu me racontes tes aventures.

Elle hocha la tête et ils sortirent du bureau, encore étourdis par les événements de la matinée.

Tony et Emma étaient silencieux quand ils sortirent. Ils s'assirent sur les marches à l'extérieur du musée.

— Waouh, fit-elle.

Toujours abasourdi, Tony répondit :

— Comme tu dis, waouh. On pensait que ça allait marquer la fin de nos carrières et, au contraire, le résultat semble positif.

— Eh bien, on dirait que je vais devoir avoir une longue discussion avec miss May et miss Marjorie.

— Il semble que je doive aussi avoir une longue discussion, mais avec ton cousin, dit-il.

Elle se pencha vers lui et l'embrassa doucement sur les lèvres.

— Merci d'avoir été là pour moi aujourd'hui.

— Emma, je serai toujours là pour toi.

Il l'embrassa à nouveau.

Après un moment à se regarder dans les yeux, il ajouta :

— Je dois aller terminer mes livraisons du matin avant de revenir au musée.

Ils se séparèrent, Emma rentrant chez elle et Tony allant vaquer à ses livraisons.

La première chose à faire, pensa Emma, *est de dire aux dames que la police ne jettera pas miss May en prison.* À son arrivée, elle se rendit directement au salon. C'était là où miss May se trouvait généralement à cette heure de la journée.

Elles levèrent les yeux quand elle entra, l'air inquiet. Emma sourit pour montrer que ce n'était pas une mauvaise nouvelle. Elles la regardèrent et parurent se détendre.

Miss Marjorie suggéra :

— Assieds-toi avec nous.

Elle tapota le siège entre miss May et elle.

— Alors, allons-nous avoir des problèmes ?

Miss May bégaya :

— Non, non, je devrais être la seule à avoir des problèmes.

Emma leva les bras pour mettre fin à leurs commentaires. Elle apaisa immédiatement leurs inquiétudes.

— Personne n'a de problèmes. Tony et moi avons rencontré Mr Johnson, le conservateur du musée.

Elle expliqua comment la réunion s'était déroulée.

— Il aimerait vous parler à toutes les deux.

L'appréhension était de retour, et les deux dames se mirent à parler en même temps. Emma leur donna une seconde. Miss Marjorie commença :

— Oh non, impossible. Cela pourrait être un piège pour nous arrêter.

Emma essaya d'en venir rapidement au fait.

— Ce n'est pas le cas. Je pense qu'il veut savoir comment vous avez fait pour empêcher que ça se reproduise à l'avenir.

Sur ce, elle les laissa à leur discussion sur la sécurité du musée.

L'idée du conseil en sécurité était une belle opportunité commerciale. Elle pensa : *Je vais passer voir Tim avant d'y aller. J'ai ma petite idée sur la manière de procéder.*

Cette nuit-là, Tim, Dora et Emma discutèrent de son idée d'entreprise.

— Donc, ce genre de chose permettrait aux gens de travailler pour des durées plus courtes ? Et on pourrait avoir des spécialistes disponibles pour différents postes, réfléchit Tim.

Emma poursuivit son explication :

— Oui, je pense qu'on pourrait avoir différents types de postes. La sécurité pour commencer, et il y aurait de quoi faire avec les commerçants qui ont besoin d'aide pendant les fêtes, les employés de bureau, et autres. Je pense qu'on pourrait mettre ça en place et recevoir des redevances.

Tim avait les yeux brillants.

— Emma, je crois que ça pourrait marcher. On devrait y aller doucement au début, et je devrai quand même trouver un poste de comptable. Je vais travailler à développer cette idée.

— Mais... et pour miss May et miss Marjorie ? demanda Emma.

Tim concéda :

— Tu as raison. On pourrait faire ça à court terme et s'en

servir comme d'un test pour des emplois futurs. Si tu es d'accord, Emma.

Elle hocha la tête.

— Je vais aller au musée avec elles et les aider à négocier le poste et les responsabilités demain.

Il se dit qu'il passerait voir l'un de ses professeurs de comptabilité pour obtenir conseil sur la rémunération appropriée et avoir une idée de la paperasse et des contrats nécessaires. Il voulait faire les choses en règle avant de présenter sa proposition commerciale. Il envoya une note au musée pour demander quelques jours de plus et suggéra une réunion plus formelle.

Tim travaillerait dur pour présenter les choses correctement à Mr Johnson. Il serait fin prêt.

Le jour de la réunion arriva et, alors que Tim et Emma déjeunaient au club, Tim indiqua qu'il devait effectuer une dernière livraison privée avant de la ramener chez elle et de récupérer miss May et miss Marjorie.

— Tony voudrait aussi nous accompagner à la réunion. Je le ramènerai.

— Très bien, je peux attendre ici. Ça ne devrait pas être long, si ? demanda Emma, heureuse qu'il travaille sur la nouvelle opportunité d'emploi de miss May et miss Marjorie.

Tim lui toucha le menton.

— Je ne serai pas long, dit-il, et il partit.

— Très bien, je vais passer en revue mes observations de la matinée et je t'attendrai ici.

Au cours de l'heure qui suivit, les autres livreurs entrèrent et sortirent, certains par deux, d'autres seuls, jusqu'à ce qu'Emma se retrouve seule.

Elle était absorbée par son écriture. Une autre personne entra dans le club, mais elle ne leva pas les yeux pour voir qui c'était. Elle profitait de ce moment de calme, assise sur son tabouret, les jambes ballantes.

Bang ! Le « garçon » claqua ses deux mains, paumes vers le bas, devant elle, pressant sa poitrine contre son dos.

Cela la fit sursauter et les poils de ses bras se dressèrent. Elle essaya de dire avec désinvolture, d'un ton bourru :

— Qu'est-ce que vous faites ?

Puis il dit quelque chose qu'Emma n'avait pas entendu depuis « l'incident » six ans plus tôt. Il posa ses lèvres humides contre son oreille droite et murmura :

— Tu veux jouer, petite fille ?

Emma savait réagir à une agression, mais elle prit un moment pour faire le vide dans son esprit et chasser toute émotion. Par cette seule déclaration, il lui faisait comprendre qu'il savait qui elle était et voulait qu'elle sache qui il était.

Elle poussa un cri de détresse pour le distraire, comme elle l'avait fait la première fois où il l'avait agressée. Il était trop près pour qu'elle puisse accéder à son couteau caché, et elle n'avait pas son chapeau avec elle. Elle devrait utiliser d'autres méthodes pour se défendre et cette fois-ci l'emporter !

Elle avait un crayon aiguisé à la main. Elle n'hésita pas un instant et l'enfonça dans la sienne comme une lame.

Il ne s'y attendait pas et hurla de douleur. Avant qu'il ait pu retirer son bras, elle avait planifié son prochain mouvement. Elle lui donna un coup de coude dans les voies respiratoires. Il recula, portant sa main blessée à son cou et tomba par terre en toussant bruyamment.

Elle se tourna vers lui et réalisa qu'elle le connaissait. Cela n'affecta pas sa réaction.

Il se leva en quelques secondes, arracha le crayon de sa main et se dirigea vers elle.

— Espèce de petite fouine, tu penses pouvoir m'arrêter

cette fois-ci ? Tu crois que ce carnet que tu portes toujours sur toi pourra te sauver ?

Il lui administra alors un coup de poing en plein visage. Le coup la projeta contre le mur du club.

Il poursuivit d'une voix remplie de venin :

— Tu n'arrêtes pas de faire irruption dans ma vie, d'écrire dans ces satanés petits carnets. Et tu persistes à ruiner mes plans. Cette fois, je vais m'assurer que tu n'interfères plus jamais.

Elle comprit alors qu'il ne ferait preuve d'aucune pitié. Elle laissa déborder l'émotion qu'elle avait refoulée pendant si longtemps. S'élançant vers lui, elle lui administra deux coups de pied latéraux. Sa botte pointue entra violemment en contact avec son entrejambe. Il tomba comme une masse. Elle n'hésita pas et prit un tabouret, le frappant à plusieurs reprises dans le dos jusqu'à ce qu'il cesse de bouger.

Emma sentit alors ses jambes se dérober sous elle. Se souvenant soudain qu'elle avait son couteau, elle se mit à rire. Elle le sortit et le brandit au cas où il reviendrait à lui. Elle n'hésiterait pas à l'utiliser.

Elle pensa un instant à qui il était. Elle l'avait reconnu dès qu'elle s'était retournée. C'était l'homme impliqué dans les cambriolages des grands magasins et les opérations de contrebande. C'était aussi l'homme qui avait failli la tuer six ans plus tôt. *Quelles étaient ses motivations à l'époque ?* se demanda-t-elle. *Il avait dit qu'elle n'arrêtait pas de s'immiscer dans sa vie. Avait-elle vu quelque chose ce jour-là, tant d'années auparavant, qui aurait interféré suffisamment avec ses plans pour qu'il doive la tuer ? Avait-il récupéré son carnet de notes de l'époque ?*

Elle estima qu'il valait mieux attendre que Tony et Tim reviennent pour aider à nettoyer la pagaille. Elle ne voulait pas non plus qu'il s'échappe.

Son visage la lançait. Elle allait probablement avoir un œil au beurre noir et ses côtes lui faisaient mal, mais elle comptait bien monter la garde.

Tony et Tim rentraient, discutant de leurs livraisons et de la réunion de l'après-midi, quand ils réalisèrent dans quel état était la pièce.

— Emma !

Ils regardèrent frénétiquement autour d'eux. Ils aperçurent d'abord l'homme à terre, puis virent Emma à côté de lui.

Tony courut d'abord vers Emma, retira prudemment le couteau de sa main et examina son visage.

— Que s'est-il passé ? Est-ce que tu…

Emma l'interrompit :

— C'était lui.

Tony n'eut pas besoin de demander qui était ce « lui ». Ses yeux s'assombrirent et son visage pâlit.

Tim vit ce qui se passait et s'exclama précipitamment :

— Tony, laisse-moi l'attacher. Occupe-toi d'elle.

Tony réalisa qu'elle tremblait et l'attira dans ses bras.

Tim indiqua qu'il devait aller chercher de la corde dans le chariot. Il en restait généralement après leurs livraisons. Il revint et attacha les mains et les pieds de l'agresseur. Regardant Emma, il lui demanda d'un air inquiet :

— Tu vas bien ? Ton visage est mal en point.

Emma voulut hocher la tête et grimaça.

— Ça va.

— Laisse-moi voir, dit Tony en lui faisant basculer la tête en arrière. Tu vas avoir un œil au beurre noir. Il te faut mettre un linge frais ou de la glace dessus dès aujourd'hui. Tu as d'autres blessures ?

Emma ne répondit pas et continua à fixer son agresseur, s'attendant à ce qu'il se relève.

— Est-ce qu'il est… ? demanda-t-elle, laissant sa question en suspens.

— Je ne l'aurais pas attaché s'il était mort, la taquina gentiment Tim. Il est toujours en vie. Mais tu lui as mis une bonne raclée. Je suis fier de toi.

— Il revient à lui, fit remarquer Tony.

Il s'approcha de l'homme et lui souleva la tête, plongea ses yeux dans les siens puis lui fracassa le crâne contre le sol.

— Oups, dit-il. De nouveau dans les vapes.

Il retourna aux côtés d'Emma.

— Très bien, alors qui peut-on contacter pour nous aider ? demanda Tim.

Emma répondit simplement :

— Mon père.

Tim acquiesça et prit le chariot pour aller chercher Ellis. Son père envoya immédiatement un mot à Cole pour aider à régler la situation, quelle qu'elle soit.

Il arriva le premier et la première chose qu'il fit fut d'aller voir sa fille. Il n'accorda pas un regard à son agresseur, de peur de ce qu'il pourrait lui faire. Cole arriva peu après et se pencha sur l'homme à terre. Il constata qu'il était encore en vie.

Cole s'adressa à Tim et Tony :

— Que s'est-il passé ici ? Les choses sont devenues incontrôlables ?

Tim et Tony secouèrent la tête. Ils lui expliquèrent de qui il s'agissait et qui l'avait neutralisé. Cole eut l'air perplexe pendant un moment quand il réalisa qu'Emma était à l'origine de son état.

L'homme gémit et tenta de se redresser.

Cole ordonna à Ellis :

— Emmène Emma et les garçons. Nous allons arranger ça.

Emma, son père, Tim et Tony quittèrent les lieux, montèrent dans le chariot et se dirigèrent lentement vers la maison. Tony ne lâcha pas la main d'Emma tout le long du chemin.

Ils rentrèrent à la pension vers 15 heures, juste au moment où les gens commençaient à rentrer chez eux. Le groupe convint qu'il serait préférable de passer par la porte arrière. Tim se souvint soudain du rendez-vous qu'ils avaient manqué et se sépara du groupe pour passer la porte d'entrée. Il devait informer miss May et miss Marjorie du changement de programme.

Il les trouva en train d'attendre dans le salon. Elles s'étaient bien habillées et pensaient être sur le point de partir. Il leur expliqua calmement que ce ne serait pas pour tout de suite parce qu'Emma avait eu un accident.

Elles demandèrent à la voir immédiatement, mais il leur expliqua qu'elle allait bien et qu'elle avait besoin de repos. Ils devraient lui laisser un peu de temps avant de lui demander de leur raconter ce qui s'était passé. Elles hochèrent la tête, mécontentes d'être exclues, mais elles comprenaient la situation.

Il s'assit et rédigea une note à envoyer à Mr Johnson au musée. Il lui demandait de repousser leur réunion au lendemain. Il lui indiqua également que Tony devait s'occuper d'une affaire personnelle cet après-midi-là.

Pendant que Tim rédigeait sa note, la famille décida de faire entrer Emma par la cuisine. Son père s'était assuré que seule Dora serait dans la pièce à leur arrivée. Tony entra avec Emma contre sa poitrine, cachant son visage dans sa chemise.

Dora fut choquée de voir débarquer tout le monde dans sa cuisine en même temps. Mais dès qu'elle vit le visage d'Emma, elle alla immédiatement chercher une compresse froide.

— Dites-moi ce qui s'est passé.

Elle interrogea Tim et Tony du regard, cherchant des réponses. Tim était arrivé discrètement depuis la salle à manger.

Emma dit d'une voix étouffée :

— Dora, c'était lui. Il s'en est encore pris à moi.

— Mais Emma l'a eu cette fois-ci, lança fièrement Tony.

Emma leur raconta les événements, puis demanda à s'allonger. Dora lui prit le bras pour l'accompagner vers sa chambre. Emma s'arrêta, se retourna vers Tim et demanda :

— Tim, je peux venir avec toi demain pour les livraisons ?

Tim réfléchit et secoua la tête.

— Pourquoi ne pas attendre quelques semaines ? Laisse-toi le temps de récupérer.

Emma hocha la tête et dit :

— D'accord. Tu pourrais récupérer mon carnet au club ?

— Bien sûr, Emma. J'y retournerai dans la soirée, lui assura-t-il.

Emma et Dora montèrent à l'étage.

Tim, Tony et son père restèrent parler un moment. Tim expliqua à Tony qu'il s'était occupé d'informer le musée. Tony acquiesça, ne se préoccupant pas de son travail pour l'heure. Il était à sa place.

Tony regarda Ellis et lui demanda :

— Et maintenant ?

— Je fais confiance à Cole. Il va s'en occuper, déclara Ellis d'une voix ferme.

Du côté de la Pinkerton

— Hassey, qu'avez-vous découvert ? demanda Cole à son enquêteur principal.

— Il s'appelle Zeke Jones. Un criminel de longue date. On a pu le relier à ce cercle de jeu et à plusieurs cambriolages dans la région. Il doit connaître quelqu'un d'important puisqu'il n'a pas encore été emprisonné ici. Nous avons trouvé des mandats d'arrêt à son nom à New York et dans le New Jersey. Apparemment, il aime battre les femmes, dit Hassey en terminant son rapport.

Cole prit une profonde inspiration et expira lentement avant de déclarer :

— Bien, dans ce cas, nous n'avons pas besoin d'inclure la famille d'Ellis. Finissons-en. Emmenez-le chez le médecin et faites-le rafistoler. Je vais informer les autorités de New York et du New Jersey. Restons discrets et déplaçons-le dès que son état sera stable.

Hassey hocha la tête et se rapprocha du médecin qui soignait Zeke. Il leur confirma qu'il pouvait être déplacé. Ils le mirent dans le train pour New York du lendemain matin.

CHAPITRE 24

Allongée dans son bain, Emma réchauffait ses épaules douloureuses. Elle passa un linge humide sur son visage meurtri. Elle resta dans l'eau un bon moment. Quand elle en eut assez, elle se sécha et se mit péniblement au lit. Son visage et ses côtes la lançaient.

Un peu plus tard, Dora arriva avec un plateau et une serviette enroulée autour d'un bloc de glace, mais Emma dormait déjà profondément. Elle posa la serviette sur son visage et ramena le plateau en bas, ne voulant pas la déranger.

Plus tard dans la soirée, Tim, Tony et Ellis étaient toujours dans la cuisine. Le dîner était passé. Ils n'avaient pas ébruité les derniers événements hors de leur petit groupe. L'absence d'Emma au dîner n'avait pas été relevée ; il était de notoriété publique qu'elle manquait occasionnellement des repas en raison des affaires sur lesquelles elle travaillait.

Ils avaient prétendu à miss May et miss Marjorie qu'il y avait eu un accident sur la route que prenait Emma pour ses livraisons, et qu'elle allait bien. Ils avaient demandé aux dames de rester discrètes pour l'heure. Elles avaient semblé quelque peu dubitatives devant cette explication, mais n'avaient rien dit.

Plus tard dans la soirée, Emma descendit les escaliers de la cuisine et entendit le petit groupe parler.

Tim disait :

— Qu'allons-nous faire pour protéger Emma ?

Elle fit irruption dans la pièce à ces mots, et juste à cet instant, Tony lança :

— Je trouve qu'elle s'en est très bien tirée toute seule cet après-midi.

Emma surprit tout le monde en entrant dans la pièce, en marchant vers Tony et en l'embrassant.

— Merci, Tony.

Il la serra très fort dans ses bras.

Il se leva et inclina son visage pour bien voir son œil au beurre noir.

— Tu te sens mieux ?

Elle répondit doucement, de l'adoration brillant dans ses yeux :

— Oui.

— Emma, glissa doucement son père, pourrais-tu rester ici avec moi un moment ?

Tout le monde comprit le sous-entendu. Tim et Tony trouvèrent une raison de partir. Tim serra la main de Dora en sortant. Dora s'excusa et se retira dans sa chambre.

Emma resta donc avec son père.

— Emma, viens t'asseoir près de moi, fit-il en tapotant la chaise à côté de lui.

Elle s'approcha et s'assit.

— Papa, je vais bien.

— Il ne s'agit pas de ça. J'avais déjà prévu de te garder près de moi durant les semaines à venir. J'ai un gros projet à rendre et j'ai besoin de toi ici pour évaluer et confirmer mes calculs.

Emma demeura silencieuse, ce qui était inhabituel. Son père continua avec un sourire et une lueur dans les yeux :

— Ça a aussi l'avantage de me permettre de garder un œil sur toi.

Emma finit par admettre :

— D'accord, papa. Je pense que ça me ferait du bien de faire une pause et de passer un peu de temps à la maison.

Son père n'avait pas conscience qu'il avait retenu son souffle jusqu'à ce qu'Emma accepte. Il expira lentement.

— Très bien, murmura-t-il. Emma, rejoins-moi à la cave après le petit-déjeuner demain matin pour commencer à évaluer les dessins.

Il savait qu'elle voudrait s'occuper.

— Très bien, papa, répondit-elle.

Emma récupéra une autre serviette et prit de la glace dans la glacière pour la placer sur son visage. Elle monta lentement à l'étage, gardant ses mains tremblantes sur la serviette. Une fois dans sa chambre, elle la posa et regarda ses mains. Le tremblement continua dans le reste de son corps jusqu'à ce qu'elle ait l'impression de se briser de l'intérieur. Elle se coucha sur le lit, se mit en boule et pleura jusqu'à tomber de sommeil. Dora la rejoignit et se serra contre elle pendant toute la nuit.

Elle se réveilla en pleine forme et chassa tout ce qu'elle avait pu ressentir. Elle réalisa que Dora s'était déjà levée et avait commencé sa journée.

Elle s'assit, écarta une mèche de cheveux de son front et pensa : *J'ai battu le diable, je l'ai battu !* Elle redressa les épaules, déterminée à aller de l'avant. Cela lui donna l'énergie de se laver et de s'habiller. Elle enfila ainsi une jupe bleu clair et un chemisier à froufrous. Elle commençait à enfiler ses bas quand elle se vit dans le miroir.

Emma se leva lentement et s'en approcha. Elle se pencha en avant pour bien voir sa mâchoire et son œil ; ils étaient noir et bleu. Son visage était encore douloureux et elle le toucha avec hésitation. *Des blessures de guerre,* pensa-t-elle, et elle regagna la chaise pour enfiler ses bas et ses bottes avant de descendre.

Elle remarqua que son carnet de notes était sur la table d'appoint. Tim avait dû l'apporter tôt ce matin-là. Elle hésita un moment, le ramassa et regarda les articles qu'elle y avait placés. Peut-être que le moment était venu de demander à son père pourquoi il les avait gardés. En les pliant, elle les replaça dans son carnet. Elle descendit pour aider à préparer le petit-déjeuner. Elle poussa la porte et vit Amy et Dora dans la cuisine. Dora préparait du pain.

— Tu es très belle aujourd'hui, Emma, déclara Amy.

Puis elle remarqua son visage.

— Tu vas bien ? demanda-t-elle d'une voix inquiète.

— Je vais bien, merci. Juste un accident pendant mes livraisons hier, répondit Emma.

Dora regarda Emma.

— Ma sœur, quels sont tes plans pour la journée ?

— Je vais prendre quelques semaines de congé pour aider papa à terminer son projet, déclara Emma d'un ton un peu rigide.

— Mais... commença Dora.

Emma l'interrompit :

— Je sais ce que tu vas dire, que je suis irresponsable. Papa a envoyé un message à Cousin et Tim hier soir. Ils savent qu'ils ne doivent pas m'attendre avant un certain temps.

— Je sais que tu vas manquer à Cousin, fit distraitement Dora en travaillant son pain, le pliant et le repliant dans la farine sur la table de la cuisine. Il m'a dit qu'on avait encore commandé ce dessert cette semaine.

— Encore ! s'exclama Emma, exaspérée. Il semble que tout

ce que je fais ces derniers temps, c'est préparer ce dessert. Très bien, je vais m'en occuper ici pour Cousin.

Elle y réfléchit pendant qu'elle aidait à préparer le petit-déjeuner.

Après le repas, elle pensait encore à la demande de son cousin lorsqu'elle alla voir son père à la cave. Pour une raison quelconque, elle repensait toujours à la nuit de l'incendie quand on commandait ce dessert. Elle mit cette pensée de côté pour l'heure et lança à son père :

— Je suis là, papa. Je suis prête à travailler.

— Par ici.

Les plans étaient installés sur la table à dessin avec un tabouret haut. La table était inclinée et plusieurs lampes à gaz servaient au travail de précision. Emma travailla assidûment toute la matinée, comparant le dessin au code de prévention des incendies. Cela représenterait un travail fastidieux pendant les deux prochaines semaines, mais cela l'occuperait et elle en avait bien besoin.

CHAPITRE 25

Plus tard dans la semaine, son cousin lui demanda de préparer le dessert pour les livraisons du lendemain. Il s'excusa pour la justesse du délai et lui dit qu'il lui enverrait les ingrédients. Elle aurait le droit à une prime si elle le préparait le soir même.

Emma haussa les épaules et répondit qu'elle était d'accord si elle pouvait le préparer à la maison. Elle demanda à Dora si elle pouvait utiliser la cuisine ce soir-là.

— Bien sûr, répondit Dora. Je vais t'aider, comme ça on pourra échanger des ragots.

Elles préparèrent ensemble le dessert et le laissèrent refroidir sur la table de la cuisine. Emma envoya une note à Tim pour lui demander de l'aider à livrer le client.

Le lendemain, elle travaillait pour son père quand elle remarqua que l'heure était venue d'effectuer la livraison spéciale. Elle se prépara, mais n'enfila pas ses vêtements de garçon. Elle ne s'attendait pas à rester dehors très longtemps. Par habitude, quand elle enfilait sa jupe fendue, elle attachait son fourreau à sa cuisse et y glissait le couteau. Elle prit également son chapeau et s'assura que le grand couteau était bien logé. Elle descendit pour attendre Tim.

En arrivant, il remarqua qu'elle était habillée en fille.

— Pas de vêtements de livraison aujourd'hui ? Tu veux que je le livre pour toi ? proposa-t-il, sachant qu'elle souffrait probablement encore.

— Non, ça ira. Ça me fera du bien de prendre l'air, et ce n'est qu'une seule livraison.

Il sauta à terre et l'aida à se hisser sur le siège du chariot. Il lui tendit la boîte ; elle la porterait sur ses genoux.

Tim avait terminé toutes ses livraisons pour la boulangerie et avait quelques affaires à régler cet après-midi-là.

— Tim, est-ce que Mr Johnson a accepté de reporter la réunion ? Je suis désolée d'avoir causé des problèmes avec notre nouvelle entreprise.

Tim déplaça le chariot.

— Emma, ce n'était en aucun cas ta faute, et aucune excuse n'est nécessaire. Tony a expliqué ce qui était arrivé à Mr Johnson.

Elle voulut l'interrompre, inquiète que quelqu'un d'extérieur à la famille soit impliqué.

Tim lui assura :

— Pas de souci. Tony dit qu'on peut lui faire confiance.

Emma savait que Tony avait un don pour cerner les gens. S'il faisait confiance à Mr Johnson, alors elle aussi.

— Et le fait que Tony ait manqué son premier jour complet ? demanda-t-elle avec inquiétude. Il ne m'en a pas parlé.

— Il est juste protecteur. Je suis sûr que si tu lui poses la question, il te répondra.

— Oui, fit-elle doucement, sachant que Tony ferait tout pour elle.

Ils se turent tandis qu'ils se remettaient en mouvement.

Quelques minutes plus tard, un garçon arriva en courant à côté du chariot avec un mot pour Tim.

Il le lut.

— Emma, je dois te laisser la dernière livraison de la journée. Je crois que j'ai un entretien pour un poste de comptable. Ça dit que je dois postuler en personne, immédiatement.

Elle demanda, perplexe :

— Vraiment ? Maintenant ?

— Oui, je n'ai jamais eu d'entretiens encore. Je suppose que ça se passe comme ça. Écoute, je dois y aller. Le temps de faire un brin de toilette, fit-il en s'arrêtant devant le lieu de livraison final.

Il attacha les rênes et sauta pour l'aider à descendre du chariot. Il récupéra le dessert pour elle. La livraison était destinée à un magasin local, qui ne semblait pas être ouvert.

— N'entre pas. Si nécessaire, laisse-le à l'extérieur. D'accord ? demanda-t-il.

— Oui, ça devrait aller.

— Comment vas-tu rentrer ? demanda-t-il, craignant qu'elle ait besoin d'aide.

— Je marcherai ou je prendrai le trolley.

— Très bien, répondit-il, satisfait de cette réponse.

Il lui tendit l'imposant dessert et, une fois assuré qu'elle l'avait bien en main, il remonta sur son chariot et lui fit un geste de la main.

— À plus tard.

— À bientôt et bonne chance.

Et ils partirent chacun de leur côté.

Emma longea les trois blocs suivants en s'efforçant de ne pas faire tomber le dessert.

*
**

Son observateur était toujours là. Il était à l'affût de tout écart par rapport au programme, en particulier dans le secteur des maisons de jeux. Elle passa devant lui. Il était facile de savoir ce qu'elle portait et qui en était le destinataire. *Pourquoi est-elle seule ? Tim l'accompagne normalement*, pensa-t-il avec inquiétude. Il commença à se rapprocher plus qu'il ne l'avait jamais fait. Quelque chose se tramait, et il devait intervenir avant qu'il ne soit trop tard. Il était temps pour elle de le rencontrer.

*
**

Les rues étaient bondées. Le trafic habituel du midi. Emma passa devant le grand magasin sur sa gauche et regarda les vitrines. Le verre brillant créait un effet miroir. Elle vit son observateur avant d'arriver au coin de la rue. Elle laissa tomber le dessert, prête à se défendre quand il passa son bras autour d'elle, la plaquant contre le mur de la ruelle. Elle resta silencieuse, tous ses sens en alerte.

— Emma, chuchota-t-il. Je suis là pour t'aider.

Les yeux d'Emma s'ouvrirent en grand quand elle réalisa qui la suivait. Il relâcha sa prise sur son bras, mais ne la laissa pas partir pour autant.

Immédiatement, des images envahirent son esprit. Elle l'avait vu dans la ruelle près de sa maison, près de la boulangerie, tout au long de sa tournée de livraison. C'était le petit homme qui semblait être partout, même au bal de l'église. Elle avait toujours senti sa présence, mais n'avait jamais eu l'impression qu'il était une menace pour elle. Elle avait commencé à lui laisser un panier de nourriture le matin et une tarte le soir.

Elle ne se sentait pas menacée, mais lui demanda ce qu'il voulait en haussant les sourcils. Il lui prit la main et lui répondit simplement, en la faisant marcher rapidement dans la ruelle :

— Ta mère était ma meilleure amie.

Elle l'arrêta et lui arracha le chapeau de la tête. D'autres souvenirs l'assaillirent. Elle le revit tel qu'il était à l'époque, un petit homme compact aux cheveux roux et au visage couvert de taches de rousseur qui s'empourprait quand il parlait à sa mère.

— Thomas Callahan, dit-elle finalement.

Elle prononça son nom avec une voix de petite fille, se rappelant combien il avait toujours été gentil.

Il avait beaucoup changé. Sa peau était constellée de brûlures. Malheureusement, depuis l'incendie, un grand nombre de personnes avaient des cicatrices similaires. Mais derrière tout cela, il y avait les mêmes yeux de l'homme qui avait tant adoré sa mère toutes ces années auparavant.

— Je pense qu'on t'a piégée, affirma Tom d'une voix inquiète.

— Pourquoi ? demanda-t-elle, encore choquée par son apparence et ne réalisant pas qu'il l'attirait toujours plus loin.

— C'est ce satané dessert. Il n'entraîne que des problèmes. Quand j'ai réalisé qu'on n'arrêtait pas de te le commander, j'ai su qu'IL était dans les parages, lança Tom précipitamment par-dessus son épaule.

— Qui ça, IL ? demanda Emma, sortant de sa torpeur.

Il poursuivit son histoire, sans répondre à sa question. Ils avaient continué à marcher rapidement, en empruntant des rues secondaires et des ruelles, mais n'étaient pas sortis de la zone où se trouvait le club.

— J'étais dans la boulangerie pendant qu'elle préparait ce dessert en cuisine. J'ai entendu quelque chose et j'ai tendu l'oreille pour voir si elle allait bien. Avant que j'aie pu faire quoi que ce soit...

Il fut interrompu par une voix grave et profonde venant de plus loin dans la ruelle.

— Elle allait bien à ce moment-là, mais elle n'a pas voulu écouter.

Tom s'arrêta brusquement et Emma lui rentra dedans.

Deux hommes sortirent de l'ombre, leur bloquant la voie. Un troisième homme arriva derrière, mais resta dans l'ombre.

— Attendez, lança Emma à l'homme qu'elle parvenait à voir. Je vous connais. Vous venez parfois récupérer ce fameux dessert.

Il n'y eut pas de réponse.

— Je le savais, fit Thomas d'un ton dur. Je savais que tu étais revenu en ville quand on a commencé à commander ce dessert. Je t'ai cherché. Il est temps pour toi d'accepter la responsabilité de ce qui est arrivé à Mary.

— Oui, ce satané dessert. Mais je l'adore, déclara l'homme à la voix rocailleuse en sortant de l'ombre, dévoilant son visage pour la première fois. Dommage, nous allons devoir nous débarrasser de vous deux, comme nous nous sommes débarrassés de Mary. Vous pouvez peut-être me donner la recette avant.

Emma reconnut immédiatement John Harden. Il était suffisamment célèbre pour que des tas de portraits de lui soient disséminés dans les bureaux de la police locale. Il était porté disparu depuis des années. Présumé mort dans le grand incendie.

— Emparez-vous d'eux.

Ses deux hommes de main les attrapèrent, Tom et elle.

— Emmenez-les dans les tunnels. Je vous y retrouverai. Je ne peux pas me permettre d'être vu avec eux.

Les hommes qui les retenaient ignoraient qu'Emma savait se défendre. Elle avait ses deux couteaux avec elle et ne comptait pas les prévenir. Ils attachèrent Tom, mais pas elle.

Les imbéciles, pensa-t-elle.

Tom l'observait depuis longtemps et savait qu'elle préparait quelque chose. Il attendrait de voir s'il pouvait se rendre utile. On les jeta dans un *cab* fermé.

Les mains libres, elle prit son couteau dans son chapeau. Le *cab* était fait d'un matériau qui pouvait être découpé. Emma devait agir rapidement. Elle fit un signe à Thomas pour qu'il se taise et fit un geste en avant avec son couteau pour lui exposer son plan. Elle s'attaqua d'abord aux liens de Tom. Puis elle se tourna vers le côté opposé aux hommes, et découpa un arc de cercle de la longueur de son bras. Le matériau céda et Thomas et Emma passèrent à travers. Quand ils atterrirent par terre, ils se relevèrent et coururent à toute allure dans la rue.

Le buggy se mit à tanguer, au point qu'un des hommes demanda :

— Qu'est-ce qu'ils essaient de faire, le renverser ?

L'autre homme regarda à l'intérieur du *cab* et vit un trou béant.

— Merde.

Il jeta un coup d'œil dans la rue juste au moment où Tom et Emma s'enfonçaient dans une ruelle. Les hommes s'élancèrent à leur poursuite, pensant tous deux : *Le patron n'apprécierait pas qu'ils s'échappent.* Ils coururent jusqu'à l'allée où Emma et Tom avaient disparu.

Un des hommes de main attrapa l'autre par le bras pour l'arrêter.

— J'ai entendu dire que New York était un bon endroit pour les hommes comme nous.

L'autre acquiesça et tous deux se dirigèrent vers la gare. Ils savaient pertinemment qu'ils ne devaient pas rester dans le coin et être tenus responsables de ce gâchis. Les deux hommes réussirent à atteindre la gare et à prendre un train pour quitter la ville avant que leur patron ne découvre ce qui s'était passé.

CHAPITRE 26

Tom et Emma couraient à toutes jambes. Elle finit par l'attirer dans une rue latérale pour qu'ils puissent reprendre leur souffle. Elle songea : *J'ai un témoin oculaire et assez de preuves pour faire tomber John Harden et sa bande. Je sais qui pourra nous aider.*

Emma regarda autour d'elle et détermina que les bureaux du *Tribune* étaient les plus proches. *Je préférerais aller chercher Cole, mais nous sommes trop loin et le danger est trop proche. Je devrais faire appel à Daniel,* pensa-t-elle. *Il était là pour maman ; il pourrait être là pour moi aussi.* Ils sortirent de la ruelle et elle lui demanda de la suivre. Ils coururent vers les bureaux du journal. C'était après les heures de travail. Il n'y avait pas grand monde.

Emma n'avait pas dit à Tom où ils allaient, et il sembla hésiter à entrer dans le journal. Elle tira sur son bras pour le faire bouger, et ils entrèrent par l'arrière. Le journal du soir était déjà sorti et les journalistes avaient terminé leur travail. La pièce était déserte. Ils coururent vers la porte du bureau de Daniel et furent surpris lorsqu'il l'ouvrit.

— Eh bien, Emma, quelle belle surprise. Entrez.

Il leur fit signer d'entrer d'un geste ample du bras.

Bizarre, pensa Emma, *il n'a pas l'air surpris que je sois là.* Mais elle était trop soulagée pour s'attarder là-dessus.

— Asseyez-vous, leur ordonna-t-il. Dites-moi ce qui vous amène.

Tom, visiblement choqué, restait à le fixer, mais Emma l'attribua à l'excitation des dernières minutes.

Elle commença à décrire ce qui leur était arrivé et comment cela pouvait être lié aux articles sur lesquels sa mère et lui avaient travaillé.

— Donc, fit-il en tambourinant des doigts sur le bureau, vous savez tout, tous les deux.

— Oui, confirma Emma. J'ai besoin de faire passer le mot aux Pinkertons.

— Eh bien… commença-t-il, mais un coup frappé à la porte l'arrêta net. Ah, mon autre invité est arrivé.

Il se leva pour aller ouvrir la porte. John Harden entra dans la pièce.

Emma fut aussi choquée que Thomas. Elle ouvrit la bouche, mais les mots restèrent coincés.

Quand Daniel vit son choc, il ajouta :

— Je suppose que ça fait beaucoup à encaisser.

Il s'adressa ensuite à John.

— Je t'avais dit qu'elle viendrait.

— En effet, répondit John laconiquement. Qu'est-ce qu'on va faire d'eux maintenant ? Les emmener dans les tunnels et au club ?

Emma observa leur interaction, réalisant que c'était Daniel qui commandait. Emma réfléchit en silence et se demanda : *Depuis combien de temps cela dure-t-il ? Maman était-elle au courant ?*

— Oui, attachez les deux cette fois.

Il regarda John avec insistance.

— C'est la fille de Mary. Elle est aussi futée que sa mère.

John semblait attendre que Daniel prenne les devants. Emma, qui essayait de donner un sens à tout cela, prit la parole :

— Daniel, je ne comprends pas. Vous étiez l'ami de maman. Elle était la source de vos articles.

Daniel l'ignora et regarda le gangster.

— Bâillonne-les aussi. Je t'accompagne au sous-sol du club.

Ligotés et bâillonnés, Emma et Tom traversèrent le bureau du journal pour se rendre au sous-sol. Les tunnels du journal étaient directement reliés à ceux du club. Ils cheminèrent dans l'obscurité. Les hommes connaissaient les lieux comme leur poche.

Des contrebandiers, pensa Emma, reliant de nouvelles affaires à John et Daniel.

Elle reconnut les tunnels dans lesquels ils se trouvaient et ne fut pas étonnée d'être poussée dans le sous-sol du club. John ordonna à ses hommes de main :

— Prenez ces deux chaises et apportez-les ici.

Ils déplacèrent les chaises et y poussèrent Emma et Tom. Ils ôtèrent leurs bâillons.

Daniel lança d'un ton vif :

— Tu peux y aller, je m'en occupe.

John lui jeta un regard.

— Oui, comme la dernière fois. Ne fais pas de dégâts. Au fait, qu'est-ce qui arrivé à Zeke ? Je croyais que tu avais dit qu'il s'en occupait.

Daniel parut contrarié et répondit laconiquement :

— Il y a eu des complications. On dirait qu'on a un problème de main-d'œuvre.

Un autre lien, pensa Emma. *L'homme qui m'a attaquée était rattaché à ce groupe. Étaient-ils liés aux deux attaques ?*

John et ses hommes montèrent à l'étage ; il s'arrêta et s'appuya sur la balustrade pour dire :

— Daniel, tu devrais peut-être lui enlever son chapeau.

Il inclina sa tête vers elle.

Daniel suivit son conseil et, avant qu'Emma ne comprenne ce qui se passait, il attrapa son chapeau et l'envoya valser à travers la pièce.

— Et voilà. Je sais que c'est là que tu gardes ce couteau mortel que tu aimes tant.

Daniel avait silencieusement sorti un pistolet de sa veste et l'avait pointé sur Emma et Thomas. Il le tenait braqué sur eux.

Emma l'observait attentivement tout en s'efforçant de desserrer les cordes autour de ses poignets. *Merci, miss May*, pensa-t-elle.

— Allez-vous nous dire pourquoi vous nous avez amenés ici ? demanda Emma tout en continuant à œuvrer pour se défaire des cordes.

La voix profonde de Daniel résonna dans la pièce.

— Tu es en train de devenir comme ta mère, toujours à ruiner mes affaires. On formait une belle équipe, elle et moi. Elle m'a offert un moyen de devenir riche et j'ai saisi l'opportunité. J'ai essayé de l'inclure dans mes projets d'avenir, mais elle n'était pas d'accord.

— Comment ça, pas d'accord ? Vous en avez discuté avec elle ?

— Bien sûr, répondit-il. En contrôlant le crime et les informations en même temps, j'aurais pu avoir tout ce que je voulais. J'ai pensé qu'elle pourrait faire partie de cette entreprise. Elle a choisi de refuser et a voulu nous dénoncer, John et moi, aux autorités. Nous ne pouvions pas laisser cela se produire.

Emma fronça les sourcils.

— Que voulez-vous dire ?

Tom choisit ce moment pour perdre le contrôle et s'écria :

— Il l'a tuée et a essayé de me tuer cette nuit-là !

Sa chaise trembla alors qu'il essayait de se détacher et d'atteindre Daniel.

Emma se figea en entendant Thomas. Elle lui jeta un regard affolé et il fit un signe de tête affirmatif.

Daniel ne réagit pas. Il expliqua très calmement :

— L'incendie de cette nuit-là était fortuit. Nous avons pu l'utiliser comme couverture. Nous avions prévu de nous occuper d'elle un jour, mais l'incendie a bouleversé notre programme.

— Mais pourquoi ? demanda Emma. Pourquoi nous l'avoir enlevée ?

— Elle se dressait sur mon chemin. Ta mère savait tout ce que je savais sur les affaires de John.

— Vous voulez dire sur son organisation criminelle, rectifia Emma.

Il répondit par un signe de tête.

— Oui, son organisation criminelle.

Sa voix se fit plus dure :

— J'ai essayé de lui expliquer que nous pourrions faire les choses à notre façon. Je me voyais déjà contrôler les médias. Ce que les gens verraient et croiraient. Je pourrais contrôler l'opinion et John opérerait dans la clandestinité.

— Ma mère a vu clair dans votre jeu, devina Emma.

— Oui, reconnut Daniel avec regret. J'ai retrouvé John et nous avons passé un accord, tous les deux. Je continuerais à monter les échelons au sein du journal, et il me fournirait de temps en temps un crime à couvrir. Les plans ont changé après la mort de Mary. Nous avons décidé que je superviserais les opérations ici et qu'il s'installerait à New York.

— L'incendie faisait-il partie du plan ?

— Non, nia-t-il en secouant la tête. Nous étions juste au bon endroit au bon moment. Nous discutions avec Mary quand nous avons remarqué que la pièce était plus chaude que d'habitude. La poutre s'est délogée et a failli nous heurter. J'ai profité de l'occasion pour frapper Mary à l'arrière de la tête avec un rouleau à pâtisserie. Nous l'avons placée sous la poutre et la pièce a continué à se remplir de fumée. Nous sommes sortis juste à temps.

— Ma mère était-elle morte quand vous l'avez laissée là-bas ? Avez-vous au moins vérifié ?

— Non. Elle s'était mise en travers de mon chemin. Je ne pouvais pas la laisser faire.

Il leur expliquait tout en détail. Emma réalisa qu'il n'avait pas prévu de les garder en vie. Feignant le choc, elle s'attelait en même temps à se défaire des cordes. Elle les avait suffisamment desserrées pour libérer ses mains. Elle devait juste atteindre le couteau attaché à sa jambe. *Daniel ne sortira pas d'ici ce soir.*

Thomas choisit ce moment pour lui offrir la distraction dont elle avait besoin et cracha sur Daniel. Il se mit à crier :

— Tu as toujours été si mesquin. Tu n'as jamais été assez bien pour elle. Elle valait bien mieux que toi.

Daniel, qui avait ignoré Thomas jusqu'à présent, se concentra sur lui.

— Pourquoi est-ce que j'ai l'impression de te connaître ?

Il arracha le chapeau de sa tête. Comme pour Emma, les cheveux roux de Tom le trahirent.

— Toi ! Mais tu es mort ! s'exclama-t-il en essuyant le crachat sur son visage.

Il avait perdu son calme. Ses mains se mirent à trembler et son visage s'assombrit.

— Toi, le type insignifiant. Tu étais toujours avec elle,

comme son ange gardien. Je ne pouvais pas faire un pas vers elle sans que tu sois là pour me bloquer.

Il semblait être revenu à une autre époque, celle où la mère d'Emma était vivante, et ce qui lui barrait la route, une fois encore, c'était Thomas. Il sembla oublier qu'il avait une arme à la main et la lâcha lorsqu'il saisit Thomas à la gorge et commença à l'étouffer. Tom écarquilla les yeux et son visage prit une teinte violacée.

Emma profita de ce moment pour glisser sa main dans sa jupe et récupérer le couteau dans son fourreau. Elle lança alors, d'une voix ressemblant étrangement à celle de sa mère :

— Daniel.

Daniel relâcha la pression sur le cou de Thomas l'espace d'un instant et se retourna, s'attendant à voir Mary. Sans ciller, elle lança son couteau avec détermination. Il ne s'attendait pas à ça et resta figé, le couteau logé dans la poitrine. Il tomba en avant sur Thomas.

Emma se précipita pour retirer ses mains du cou de Thomas et écarta le corps inerte de Daniel qui roula sur le sol. La tête de Tom dodelinait contre le mur. Elle le releva et lui tapota le visage et le cou. Il commençait à revenir à lui. Il la regarda et sourit pendant qu'elle le détachait.

— C'est comme être à nouveau avec ta maman.

La première porte qui s'ouvrit fut celle du tunnel, et les Pinkertons entrèrent en masse dans la pièce, armes au poing. Cole et Jeremy menaient la charge et s'arrêtèrent brusquement en voyant le corps par terre. Cole jeta un regard ironique à Emma.

— J'arrive encore en retard à la fête ?

Emma hocha la tête et demanda, étonnée :

— Comment vous avez su qu'on était là ?

Une voix retentit derrière Cole :

— Je les ai vus vous enlever dans la ruelle.

Elle vit que c'était Karl.

— Emma, ça va ? demanda Jeremy en la serrant dans ses bras.

— Oui, mais Thomas a besoin d'aide, dit-elle en le désignant.

Elle regarda les Pinkertons prendre le contrôle de la scène.

Cole lança :

— Nous avons besoin d'un médecin.

Après avoir vérifié le pouls de Daniel, il déclara :

— Cet homme est mort.

On fit venir le médecin et, pendant qu'il examinait Thomas, Emma pensait : *Je ne regrette pas d'avoir jeté le couteau, et je suis heureuse qu'il n'ait pas survécu. Le monde se porte mieux sans certaines personnes.*

À ce moment-là, la porte en haut des escaliers s'ouvrit et des policiers en uniforme bleu dévalèrent les escaliers.

Thomas et Emma essayèrent d'expliquer comment ils s'étaient retrouvés là, qui était Daniel et dans quoi il était impliqué. La pièce entière devint silencieuse lorsque deux silhouettes sombres apparurent en haut des escaliers. L'une était suivie de près par l'autre.

Le premier homme était John Harden. *Il ne s'est pas échappé,* pensa Emma. Elle était soulagée et pensa ironiquement : *Je vais enfin pouvoir arrêter de préparer ce dessert.*

Mais le plus surprenant, c'était que le chef de la police escortait John Harden. Il regarda Emma.

— Je t'avais bien dit que je m'en occuperais, fillette.

Et pour la première fois, il sourit.

Elle vit immédiatement la ressemblance ; elle regarda Karl et il lui envoya un sourire identique. *Je suppose que j'avais tort à son sujet. J'ai confondu les bons et les méchants. J'ai encore beaucoup à apprendre,* pensa-t-elle.

Elle vit Cole parler attentivement au chef de la police, et

réalisa qu'ils travaillaient ensemble. *Une opération conjointe. Les rumeurs sur la corruption de la police ne le concernaient donc pas.*

John Harden était menotté et attendait qu'un policier le fasse quitter les lieux. Il regarda Emma et précisa à voix basse :

— Tu sais, j'étais dans la pièce quand il l'a tuée, mais je n'ai pas participé.

— Mais vous étiez là.

C'était plus une affirmation qu'une question.

— Oui. Je suis désolé d'avoir été impliqué, même de manière infime, dans la perte de ta maman. Mais je ne suis pas désolé d'être libéré de l'emprise de Daniel. Si tu as besoin de quelque chose, viens me trouver.

— Ça ne risque pas d'être compliqué pendant un moment ?

— Eh bien, on ne sait jamais.

— Non, en effet, dit-elle doucement.

Le chef de la police l'escorta à l'étage.

Dora et leur père arrivèrent quelques minutes plus tard ; Jeremy avait envoyé des hommes les chercher.

Ellis secoua la tête comme pour s'éclaircir l'esprit.

— Je ne comprends pas. Que s'est-il passé ?

Dora serra Emma dans ses bras.

Cette dernière expliqua :

— Eh bien, pour te répondre, papa, laisse-moi te présenter mon ombre.

Elle désigna Thomas. Son père ne s'était jamais approché assez près pour voir le visage de cet homme. Mais à présent...

— Thomas ? demanda-t-il d'une voix cassée.

Il repensa immédiatement à Mary.

— Tu... tu as surveillé mon Emma pendant tout ce temps ?

Thomas s'essuya les yeux.

— Ils nous ont enlevé Mary. Je devais protéger Emma. Elle a l'air d'emprunter la même voie que sa maman.

Il sourit en observant le chaos de la pièce.

Emma poursuivit son histoire et raconta l'histoire de Daniel et John Harden, et comment ils avaient œuvré ensemble une fois que Daniel avait tué sa mère. Lorsque son père apprit qu'elle n'était pas morte dans l'incendie, mais qu'il s'agissait d'un meurtre, il ressentit une profonde impuissance en sachant que Daniel était déjà mort.

— Et John Harden ? Que va-t-il lui arriver ? demanda son père, pensant qu'il pourrait se défouler sur lui.

Cole vit la réaction d'Ellis quand il apprit que John était toujours là pour qu'il se venge, et voulut couper court.

— Ellis, il va aller en prison et il aura ce qu'il mérite. J'ai contacté le bureau du gouverneur pour qu'il envoie ses hommes pour investiguer. Son cas sera pris en charge correctement, promit-il.

Emma vit que cette information semblait apaiser son père. Il desserra les poings et sa bouche se détendit.

Cole et Ellis montèrent à l'étage pour parler au chef de la police du rôle d'Emma dans la mort de l'homme et de la façon de s'assurer qu'elle n'ait pas d'ennuis.

CHAPITRE 27

Tony se rendit à la pension de famille dès qu'il entendit parler des événements du club. Plus tard, il lui expliquerait que Jeremy lui avait dit d'aller la voir. Emma n'avait pas encore réalisé ce qui s'était passé quand Tony se précipita dans la pension, renversant presque son père en fonçant droit sur elle. Jusqu'à cet instant, les récents événements n'avaient pas réussi à ébranler son calme. Mais une fois dans les bras de Tony, Emma fondit en larmes. Son père fit sortir tout le monde de la pièce et Dora tira les portes coulissantes du bureau pour leur offrir un peu d'intimité.

Lorsque le flot de larmes commença à se tarir, Tony sortit son mouchoir pour lui tamponner les yeux.

— Ça va mieux maintenant ? demanda-t-il doucement. Tu as vécu l'aventure que tu as toujours voulue ?

Emma acquiesça.

— Mais c'était un peu plus réel que prévu.

— Qu'est-ce que tu vas faire maintenant ? demanda-t-il.

— Dormir, marmonna-t-elle, éreintée.

— Non, je veux dire à long terme.

— Travailler à la boulangerie et faire des livraisons pour l'instant. J'ai quelques idées pour l'avenir, peut-être aller l'école, fit-elle en s'appuyant contre lui.

— D'autres dossiers ? demanda-t-il.

— Je ne pense pas m'y repencher de sitôt, mais si quelque chose se présente, alors je verrai, murmura-t-elle.

Tony hocha la tête, l'air pensif. Il avait quelque chose pour elle, mais il voulait lui laisser le temps de se reposer avant de l'évoquer.

Leur vie revint à la normale. Les journées se succédaient, semblables les unes aux autres. Il y avait un changement positif : Thomas marchait à côté d'elle et de Tony sur le chemin de la boulangerie chaque matin. Elle lui avait trouvé un travail à la boulangerie et une chambre à la pension de famille. Il serait toujours à proximité si Emma avait besoin de lui.

Elle s'avoua, quelques semaines plus tard, qu'elle commençait à s'ennuyer un peu. Pendant leur longue promenade nocturne, elle expliqua à Tony qu'elle avait besoin de travailler sur quelque chose.

Il s'arrêta et la regarda d'un air songeur.

— J'ai peut-être quelque chose à te montrer.

— Vraiment ? demanda-t-elle d'un ton curieux. D'habitude, tu n'aimes pas que je travaille sur des affaires. Pourquoi un tel changement d'attitude ?

— Honnêtement, j'avais peur que tu te blesses, mais après ta dernière affaire, je vois que tu peux te débrouiller, expliqua-t-il.

— Merci, fit-elle, touchée.

Il l'embrassa doucement. Elle vit un banc devant elle et le désigna de la main. Il hocha la tête, et ils s'assirent.

— Alors, quelle est cette affaire ? demanda-t-elle, voulant en savoir plus.

— C'est Marco. Il dit qu'il se passe quelque chose de bizarre dans une maison où lui, papa et David travaillent.

— Bizarre dans quel sens ? demanda-t-elle.

Il haussa les épaules et répondit :

— Il ne sait pas trop, c'est juste un sentiment bizarre qui s'en dégage. Il pense qu'ils cachent quelque chose.

— Je ne suis pas si occupée que ça, et j'ai le droit à quelques jours de repos. Une idée de la façon dont je peux entrer dans la maison ? demanda-t-elle en tapotant ses lèvres.

— Papa et son équipe travaillent encore sur la tuyauterie si tu veux te proposer comme aide, suggéra-t-il.

Elle fronça le nez en le regardant.

— Comme aide ? Pour le nettoyage ?

— Oui, mais papa saura pourquoi tu es réellement là, lui assura-t-il.

Elle n'hésita pas longtemps.

— Très bien, quand est-ce que je commence ?

Il éclata de rire.

— Je pense que lundi sera bien assez tôt.

Ils profitèrent du week-end pour se reposer et se détendre.

Emma se préparait à dîner avec la famille de Tony le dimanche soir pour discuter de l'affaire quand elle entendit frapper à la porte de sa chambre. Elle lança :

— Entrez.

Dora entra et annonça d'une voix ferme :

— Emma, je dois te parler.

Emma répondit sans la regarder :

— Dora, je n'ai pas le temps. Je vais dîner chez Tony pour discuter d'une nouvelle affaire.

— Tu m'évites, lui reprocha Dora.

— C'est faux, rétorqua Emma en essayant de garder un ton égal.

— Tu ne me regardes pas dans les yeux, dit Dora en la fixant.

Un éclair de colère traversa Emma et elle plongea son regard dans le sien en disant :

— C'est mieux comme ça ?

— Tu t'obstines. Tu sais que je veux parler de maman et de ce qui s'est passé avec Daniel. Chaque fois que j'essaie, tu es sur le point de partir ou tu es trop occupée.

— Eh bien, je ne veux pas en parler, marmonna-t-elle.

— Tu penses que c'est juste ? demanda Dora d'une voix stridente, laissant transparaître ses émotions.

— Je ne pense pas que cette situation soit juste, concéda Emma, espérant mettre fin à la conversation. Est-ce qu'on pourrait en parler une autre fois ?

Dora prit une profonde inspiration et expira lentement.

— Si je te donne du temps, tu finiras par me parler ?

Emma ne voulait pas s'engager à quoi que ce soit, pas encore.

— J'essaierai.

— Très bien. Je te laisse travailler sur ton affaire, fit brusquement Dora avant de quitter la pièce.

Emma s'assit lourdement sur le lit, regardant le sol. Elle aurait aimé pouvoir parler à Dora de ce qui s'est passé. Elle n'était juste pas prête. Elle détestait quand elles se disputaient. Au fil des ans, il était arrivé qu'une sœur se moque de l'autre et que des disputes s'ensuivent. Mais l'une ou l'autre avait toujours fini par admettre son erreur. *Mais qui a tort dans cette affaire ?*

Elle se leva et finit de se préparer, essuyant une larme. Elle secoua la tête et récupéra son sac pour aller chercher le dessert qu'elle avait préparé plus tôt pour Tony.

Dora était occupée à concocter le dîner. Elle ne leva pas les yeux pour voir qui entrait dans la cuisine, mais commenta :

— C'est dans la boîte là-bas.

— Merci de l'avoir mis dedans, murmura Emma.

Dora lui adressa une réponse étouffée en retour, continuant à éplucher les légumes.

Emma aurait voulu pouvoir en dire plus et que la situation ne soit pas aussi tendue. Elle haussa les épaules, prit la boîte et alla chercher son vélo. Tony lui avait expliqué que sa mère faisait des spaghettis pour le dîner et elle avait hâte d'y être.

Elle trouva l'air froid sur son visage bienfaisant pendant qu'elle roulait. Elle sentit son esprit s'éclaircir. Arrivée à l'appartement, elle sauta de son vélo, le mit sur son épaule et porta le dessert par les ficelles de la boîte avec son autre main. Elle entra dans l'immeuble et, quand elle frappa, Enzo courut lui ouvrir.

— Salut, Enzo, lança joyeusement Emma.

— Salut, Emma. On mange des spaghettis ce soir, annonça-t-il d'un air important.

— J'ai cru comprendre, rétorqua-t-elle avec ironie.

Tony s'approcha et l'embrassa sur la joue.

— Salut, Emma.

— Tony, murmura-t-elle en guise de salutation en le regardant droit dans les yeux.

— On va peut-être sauter le dîner, suggéra Tony devant ce regard.

Cette pensée fut interrompue par Michael qui lança :

— Tony, ramène cette fille ici. Le dîner est presque prêt.

— On arrive, cria-t-il en prenant le vélo et en le mettant dans le placard de l'entrée.

Il vit la boîte qu'elle portait et demanda :

— C'est un gâteau ? De quel genre ?

— C'est un gâteau Nid d'abeilles, répondit-elle.

— Dans ce cas, on peut peut-être rester dîner et on ira faire une longue promenade après, fit-il en souriant.

Il prit la boîte dans une main et sa main dans l'autre, et l'accompagna au salon. Marco, Enzo, David et Michael étaient tous sur les canapés ou assis par terre en train de lire le journal.

Marco sursauta quand il la vit entrer.

— Emma, merci de nous offrir ton aide cette semaine.

Tony se sépara du groupe pour emmener le gâteau à la cuisine et revint aux côtés d'Emma un moment plus tard.

— Ça ne me dérange pas. J'ai obtenu un congé à la boulangerie et pour les livraisons.

Elle regarda Mr Marella et demanda :

— Michael, comment pourrais-je me rendre utile cette semaine ?

Il sourit.

— Je ne pense pas que je vais te faire toucher aux tuyaux, mais je trouverai de quoi t'occuper.

Il lui tendit la main en disant :

— Ça fait plaisir de te voir.

Elle lui sourit, prenant sa main dans la sienne. Elle était heureuse qu'il soit à nouveau lui-même. Elle se pencha vers lui et l'embrassa sur la joue.

— J'ai hâte de passer du temps avec vous tous cette semaine.

Mrs Marella entra dans la pièce et adressa un sourire sincère à Emma.

— Emma, ce gâteau a l'air délicieux.

Leur relation avait pâti lorsque Emma et Tony avaient cessé de se voir, mais le service qu'Emma avait rendu à Michael lui avait montré qu'elle aimait vraiment sa famille.

Emma s'approcha et la prit dans ses bras.

— J'ai hâte de goûter vos spaghettis.

— Tant mieux : le repas est prêt. À table, tout le monde.

Mrs Marella glissa un bras autour de la taille d'Emma et l'accompagna à table. Ils s'assirent, prononcèrent les bénédictions et commencèrent à manger. Le repas était délicieux, et les conversations légères.

Après le dîner, ils retournèrent s'asseoir au salon. Emma sortit son carnet et se retourna pour regarder Michael, Marco et David.

— Dites-moi ce qui vous préoccupe chez cette famille.

Michael et David regardèrent Marco. Il haussa les épaules et répondit :

—Je ne sais pas, mais il y a quelque chose qui cloche.

Elle réfléchit en tapotant son crayon sur son carnet.

—Bien, voyons voir : qui vit dans la maison ?

— Mr Saunders est le propriétaire. Il nous paie pour la rénover, expliqua Michael.

— N'oublie pas de parler du retour de son fils James, commenta David.

—Son retour ? demanda Emma, curieuse.

— Oui, James s'est engagé dans l'armée de l'Union et il est censé être mort en 1865 à la fin de la guerre. Son père a eu du mal à accuser le coup et sa mère est morte peu après qu'ils ont appris la nouvelle, poursuivit David.

— Ça a dû être formidable pour lui de retrouver James.

— On aurait pu le penser, commenta David.

Emma vit qu'il avait employé un ton prudent et demanda :

— Est-ce que tu as vu James et Mr Saunders parler ou interagir ?

— Pas vraiment. Ils ne parlent que derrière des portes fermées, expliqua Michael.

— Que fait James comme travail depuis qu'il est revenu ? demanda-t-elle en continuant à prendre des notes.

—Il ne semble pas faire grand-chose, répondit David.

—Je ne suis pas d'accord, David, fit lentement Michael. Il travaille souvent dans le jardin quand Mr Saunders n'est pas là.

—Que fait-il au jardin ? demanda Emma.

Michael considéra la question pendant un moment et répondit :

— Je ne sais pas trop. Il semble travailler sur les plantes.

— D'accord. Qui d'autre vit dans la maison ? demanda-t-elle.

— Abigaïl, la femme de James ; Mara, leur fille ; et Christopher, leur fils, énuméra Marco.

— Pouvez-vous me parler de chacun d'eux ? demanda-t-elle en notant les différents noms.

— Qu'est-ce que tu veux savoir ? demanda Michael.

— À quoi ils ressemblent : la couleur de leurs cheveux, leur taille et leur âge ?

David commença :

— Eh bien, le fils, Christopher, a des yeux marron, des cheveux bruns foncés et il a environ 12 ans. Il est gentil, mais semble différent.

— Différent comment ? demanda-t-elle

— Je ne sais pas, un peu lent peut-être ? Mais c'est un enfant joyeux, termina David.

— Oui, dit Michael, il veut toujours aider à porter des fournitures et il parle sans arrêt.

— Ensuite ? demanda-t-elle.

Michael répondit :

— Abigaïl, la mère, a des cheveux brun foncé comme ceux de Christopher, mais des yeux bleus, je crois. Elle est de taille moyenne, comme Doris, fit-il en désignant Mrs Marella, et de même corpulence. Gentille, mais discrète. Oh, et elle s'occupe de cuisiner pour la famille.

— Est-ce qu'ils ont du personnel de maison ? demanda Emma.

— Oui, une domestique, Mandy. C'est une petite femme, plutôt quelconque. Des cheveux blond foncé, qu'elle ne semble pas capable de brosser correctement. Je dirais qu'elle a la trentaine, commenta Marco.

— Il y a une fille ? demanda Emma en regardant sa liste.

David sourit.

— Tu devrais demander à Marco de te parler d'elle. Je suis sûr qu'il a tous les détails.

Marco vira au rouge brique, mais répondit :

— Elle a environ 16 ans et elle a de longs cheveux brun plus clair qui bouclent et qui encadrent son visage...

Il s'interrompit d'un air pensif et Emma se racla la gorge pour attirer son attention.

— Elle fait environ 1,60 m. Elle est mince.

Il termina sa description rapidement.

Michael sourit et secoua la tête en réponse à la description de Marco.

— Et Mr Saunders ? demanda-t-elle au groupe.

Michael hocha la tête.

— Il s'appelle Walter. Il est plus âgé, mais il est encore très mobile et très intelligent. Je suis étonné qu'il ait quitté son emploi à l'usine Pullman Cars aussi tôt.

— Qui a eu l'idée de rénover la maison sur laquelle vous travaillez ? demanda Emma, se demandant qui payait les factures de la famille.

— Mr Saunders. Il voulait le meilleur pour sa famille, répondit Michael.

Marco et David acquiescèrent.

— Tout le monde s'entend bien ? Ou il y a des conflits ? demanda Emma.

Michael avait l'air préoccupé quand il répondit :

— Au départ, j'aurais répondu que non, pas de conflits. Quand il m'a reçu pour me présenter le travail, il m'a dit combien il était heureux que son fils soit revenu. Combien il aurait souhaité que sa femme vive assez longtemps pour voir que leur fils avait survécu.

— Quelque chose a changé ? demanda-t-elle.

— Je pense que tu devrais y aller et les observer, recueillir tes impressions, suggéra Michael.

— D'accord, répondit Emma en fermant son carnet et en tendant la main à Tony. Tu me raccompagnes ?

Il lui sourit en lui prenant la main. Ils se firent leurs adieux et rentrèrent chez Emma. Il faisait rouler son vélo tandis qu'ils marchaient.

— Qu'est-ce que tu en penses ? demanda Tony.

Elle hésita un moment avant de répondre :

— Pas grand-chose pour l'instant. Il se peut que la famille peine à réapprendre à vivre ensemble après une si longue sépa-ration. J'essaie d'imaginer notre réaction si ma mère revenait d'entre les morts. Ils doivent traverser des émotions compliquées en ce moment.

— Forcément.

Tony n'avait jamais vécu une perte comme celle de la famille d'Emma ou de la famille Saunders. Emma et lui firent la fin du trajet retour en silence, perdus dans leurs pensées.

Ils s'embrassèrent et se séparèrent. Tony lui proposa :

— Je vais ranger ton vélo. N'oublie pas de retrouver papa et les garçons à la maison demain matin.

Elle hocha la tête.

— Bonne nuit.

Elle rentra chez elle en pensant à l'affaire. Dora l'appela depuis le salon.

— Salut, Dora. Tu as veillé tard, dis-moi, fit Emma en essayant de ne pas déclencher une nouvelle dispute.

— J'ai voulu t'attendre, répondit-elle.

— Hmmm, murmura Emma en s'asseyant sur une chaise face au canapé où était installée Dora.

— Alors, quelle est cette nouvelle affaire ? demanda Dora. Emma la lui résuma en quelques mots.

— Qu'est-ce que tu en penses ?

— Je ne sais pas trop pour l'instant. Chaque affaire est différente. Je vais devoir être patiente et observer, commenta Emma.

— Eh bien, tu es douée pour ça, dit Dora d'une voix calme.

— Oui, fit Emma sur le même ton.

— Seras-tu sous couverture ? demanda Dora.

— Non, je porterai des vêtements de travail, mais je me présenterai comme une fille et je ne cacherai rien, pas même mon nom, déclara Emma.

— Je te préparerai un déjeuner à emporter. À quelle heure tu pars demain ? demanda Dora.

— J'ai confirmé l'horaire avec Michael. Comme on ne veut pas déranger la famille, on commencera à 9 heures. Je les retrouverai chez Tony et j'irai là-bas avec Michael et les garçons.

Emma se leva et quitta la pièce.

Dora l'arrêta brusquement en posant une main sur son bras et lui dit :

— Tu sais que je suis toujours en colère contre toi à propos de maman, mais...

Quand Emma voulut l'interrompre, elle fronça les sourcils.

— Je vais te laisser le temps de réfléchir avant de te le redemander.

Emma réfléchit un moment et dit :

— Alors, tu vas rester en colère contre moi jusqu'à ce que je parle de ce dont tu veux parler ?

— Emma.

Elle poussa un profond soupir.

— Ma colère finira par se transformer en déception. De la

déception que tu gardes pour toi quelque chose qui compte pour nous deux. Tu me promets d'y réfléchir ?

— C'est d'accord.

Elle se sentit soudain seule sans sa sœur, même si elle était à côté d'elle.

— Je vais monter, fit Dora. Et toi ?

— Dans un moment.

Elle s'affaissa sur la chaise, pensant aux paroles de sa sœur.

Je ne suis pas encore prête à parler de ce qui s'est passé.

CHAPITRE 28

Le lendemain matin se déroula plus lentement que d'habitude. Emma resta au lit, ne voulant pas affronter Dora en bas. Sa journée commença plus tard qu'à l'accoutumée ; la boulangerie et les livraisons exigeaient de commencer bien plus tôt d'ordinaire.

Elle roula sur le côté du lit et enfila ses chaussettes de laine pour protéger ses pieds du sol glacé. Elle s'assit sur un coin de drap pour se préparer. Emma enfila un pantalon et une chemise. Elle ne pensait pas en avoir besoin, mais elle prit son couteau par habitude. Elle noua ses cheveux en queue de cheval et les tressa pour les maintenir et ne pas les avoir dans le visage.

Elle enfila ensuite ses bottes et descendit. Elle remarqua alors que la maison était plus bruyante qu'à l'accoutumée. Les enfants étaient encore là et se préparaient à commencer leur journée. On servit le petit-déjeuner dans la salle à manger et la cloche sonna pour l'annoncer. Les gens sortaient de leurs chambres et descendaient les escaliers. Elle réussit à se procurer un biscuit et une saucisse en écoutant distraitement miss May et miss Marjorie parler de leur travail pour assurer la sécurité au musée. Après avoir mangé, elle aida à débarrasser. Elle rapporta le premier plat dans la cuisine et vit Dora préparer des petits pains sur le plan de travail.

— Bonjour, lança Dora d'une façon un peu formelle.

— Bonjour. Merci pour le petit-déjeuner. Je peux aider à débarrasser, et ensuite je dois y aller, dit Emma pour montrer sa bonne volonté.

— On s'en sort, répondit-elle en évitant le regard d'Emma. N'oublie pas ton déjeuner.

Elle fit un signe de tête vers la table où il était posé.

Emma tendit la main et prit sa gamelle, fixant Dora, voulant dire quelque chose, mais ne sachant pas quoi. Elle acquiesça finalement, prit un manteau et sortit par la porte arrière pour commencer sa journée.

C'était une belle journée de printemps et l'air était frais. Emma était contente d'avoir le manteau de son père. Il était grand et confortable. Tandis qu'elle marchait, attendant avec impatience de débuter sa journée, elle vit Tony se diriger vers elle.

— Tu n'avais pas besoin de venir à ma rencontre, j'étais en route pour chez toi.

— J'aime te voir sans être en compétition avec ma famille, la taquina-t-il.

Il remarqua son expression distante et demanda :

— Qu'est-ce qui ne va pas ?

— Dora veut parler de ce qui s'est passé avec Thomas et Daniel. Je ne suis juste pas encore prête.

Tony hocha la tête. Elle n'avait pas non plus discuté de l'affaire avec lui. Ils marchèrent vers sa maison, se tenant la main et parlant de leur journée à venir.

Enzo dut l'entendre dans les escaliers, car il ouvrit la porte quand elle arriva.

— Bonjour, Emma.

— Bonjour, Enzo. Tu passes une bonne matinée ? demanda-t-elle, toujours heureuse de le voir.

— Ce serait le cas si seulement je pouvais sécher l'école, fit-il en adressant à sa mère un sourire victorieux.

Elle connaissait ses garçons et ne se laissait pas faire. Elle agita son doigt dans sa direction en disant :

— Hors de question. Tu vas à l'école.

— Oh, maman, gémit Enzo.

— Oh, Enzo, l'imita-t-elle pour se moquer. Va chercher tes livres.

Il hocha la tête et décampa, sachant qu'il ne gagnerait pas cette dispute.

Michael sortit de sa chambre. Il enfilait son manteau quand il la remarqua.

— Emma, content de te voir.

— Moi aussi, répondit sincèrement Emma.

— Marco et David, vous avez bientôt fini de petit-déjeuner ? Tout le monde vous attend, leur rappela Mrs Marella.

— Oui, maman, on va se préparer, lança David.

Il fit signe à Marco, indiquant leur chambre.

— Bon, d'accord, obtempéra Marco, la bouche pleine.

Et il suivit son frère hors de la salle à manger.

— Emma, ils seront bientôt prêts, fit Mrs Marella en débarrassant la table. Voudrais-tu manger un morceau en attendant ? J'ai fait des crêpes ce matin.

C'est tentant, pensa Emma. Elle répondit avec un sourire :

— J'en prendrai une avec plaisir.

Mrs Marella lui adressa un sourire et lui apporta une crêpe. Elle était très heureuse qu'Emma soit de retour dans leur vie et avec Tony.

Tout le monde s'entassa dans le salon en même temps.

Tony avait enfilé un beau costume et tous les autres portaient des vêtements de travail.

— Voici vos déjeuners.

Mrs Marella distribua une gamelle à chacun. Elle regarda Emma.

— As-tu de quoi manger ?

— Dora s'en est chargée, répondit-elle en montrant sa gamelle.

Ils sortirent, et elle vit que David avait préparé le chariot et les attendait. Tony aida Emma à monter à l'arrière et l'embrassa.

— À plus tard.

— Oui, à bientôt, lança-t-elle en le regardant s'éloigner.

Elle attendit et il se retourna pour lui adresser un sourire et un signe de la main. Elle sourit et le salua en retour. Le chariot s'éloigna dans une secousse. Elle se retourna vers l'avant et remarqua que Marco se recoiffait et boutonnait sa chemise. David sourit, mais ne dit rien. Emma sourit également et regarda autour d'elle alors que Michael les conduisait au travail.

Ils ralentirent et elle se retourna pour voir où elle allait passer ses journées. Elle commença son observation de la maison. *Il s'agit d'une grande maison de style victorien, principalement bleue et blanche. Les autres maisons du quartier semblent être mieux entretenues,* pensa-t-elle en remarquant le porche affaissé et les bardeaux manquants. *Il n'a pas dû avoir envie de travailler sur la maison après avoir perdu sa femme et son fils. Comme c'est triste de passer à côté de sa vie sans la vivre vraiment.*

Les garçons et Emma sautèrent à terre et Michael leur remit leurs outils. Michael regarda Emma.

— Nous travaillons dans toute la maison, alors pour te rendre utile, tu peux nettoyer et transporter des matériaux si nécessaire.

Emma acquiesça, sachant qu'elle devait apparaître comme un membre de l'équipe à part entière.

Ils prirent leurs gamelles et leurs outils et se dirigèrent vers la porte. Alors que Marco frappait, ils entendirent un bruit de pas précipités qui lui rappela Enzo. Un petit garçon ouvrit la porte.

Ce doit être Christopher, pensa Emma.

Christopher se concentra sur Marco et s'écria :

— Marco !

— Salut, Christopher, comment vas-tu ?

— Je vais bien. Tu veux petit-déjeuner ? Je peux vous aider aujourd'hui ?

Et les questions continuèrent. Marco se montra extrêmement patient avec lui.

Emma remarqua la complexité de l'artisanat de la maison alors qu'ils traversaient le hall. Il y avait des sols en bois dur, des lambris sombres et un bel escalier en colimaçon.

— Nous sommes à l'arrière, indiqua Michael.

Emma suivit le groupe en jetant un coup d'œil à la maison et en enregistrant tout ce qu'elle pouvait. *Très propre.* Elle ne vit pas la domestique mentionnée plus tôt. *Elle aide peut-être en cuisine.*

Elle entendit quelque chose derrière elle, le bruissement d'une jupe. Elle se retourna et aperçut une fille d'environ son âge dans les escaliers.

— Qui es-tu ? demanda la fille.

— Emma, dit-elle en essayant de jauger le ton de son interlocutrice.

— Tu es une fille, s'exclama la fille.

Ce doit être Mara, pensa-t-elle, et elle répondit :

— Oui.

— Et tu travailles dans la plomberie et les conduites de gaz ? poursuivit-elle.

— Oui.

Elle s'efforçait de faire des réponses courtes, essayant d'évaluer son interlocutrice. Elle comprenait pourquoi Marco était si épris d'elle. Elle était très belle.

Elle surprit Emma en disant :

— Je veux apprendre à faire quelque chose d'utile.

Emma s'apprêtait à répondre quand Michael l'appela.

— Je dois y aller.

— Est-ce qu'on pourra parler de ton travail, plus tard ? demanda-t-elle.

— Avec plaisir, répondit Emma.

Elle adressa un signe de tête à Mara et se dirigea vers l'endroit où Michael et les garçons s'installaient. Elle vit que Christopher tenait compagnie à Marco. Il faisait de son mieux pour travailler alors que le garçon continuait à parler.

Mara vint rappeler à Christopher qu'il était censé être avec elle et s'atteler à son travail scolaire. Il la suivit à contrecœur.

— On se voit bientôt, Christopher, promit Marco.

Christopher sourit en réponse et partit avec Mara.

— Emma, dit Michael, voyant que son attention s'était égarée. Déplace ces tuyaux dans la pièce suivante, veux-tu ? Nous allons commencer par là.

— Très bien.

Elle enfila ses gants et commença à déplacer la pile de tuyaux.

Ils n'étaient pas très lourds, juste encombrants. Elle remarqua que la pièce qu'ils rénovaient était le salon principal. Michael avait expliqué qu'ils avaient terminé les chambres familiales.

La matinée passa rapidement et Emma eut fort à faire pour déplacer les matériaux et tout nettoyer. Lorsqu'ils firent une pause déjeuner, elle l'accueillit avec joie, mais réalisa aussi que le travail physique lui faisait du bien et lui permettait de ne pas penser à sa sœur.

Ils se rendirent dans le jardin pour déjeuner. Michael et Emma s'assirent sur des chaises à table. Marco et David s'installèrent sur le patio, dos à la maison.

Marco regardait tout autour de lui et Emma le remarqua.

— Je crois que je l'ai vue à la bibliothèque, dit-elle négligemment.

— Oh, je devrais aller vérifier les conduites de gaz dans cette pièce, fit-il en s'y dirigeant.

— Marco, lança Michael, nous avons déjà terminé cette pièce.

— Je vais vérifier si tout fonctionne correctement.

— Fais attention, l'avertit doucement Michael.

— Compris, papa, acquiesça Marco, conscient qu'ils étaient des employés de la maison.

Michael hocha la tête et lui fit signe de continuer.

Alors que Marco partait, une femme âgée très séduisante en robe bleu foncé sortit avec un pichet de limonade.

— Voulez-vous boire quelque chose ? demanda-t-elle à leur groupe.

— Avec plaisir, fit Emma. Merci.

David se leva également et alla chercher de la limonade.

— Comment avance le salon ? demanda Abigaïl.

— Ça se passe bien. Je vous propose que nous allions y jeter un coup d'œil si vous le souhaitez, dit Michael en se levant.

— Avec plaisir.

Ils retournèrent à l'intérieur pour inspecter le travail.

— Elle a l'air gentille, fit remarquer Emma à David alors qu'ils s'éloignaient.

— Plus que son mari. Au moins, elle, elle nous parle. J'ai l'impression que le mari préférerait qu'on ne soit pas là, commenta David à voix basse.

— Pourquoi tu dis ça ? demanda-t-elle, curieuse au sujet de cet homme qu'elle n'avait pas rencontré.

— Il n'est pas très amical. Tu verras quand il rentrera cet après-midi.

— Où est le vieux Mr Saunders ? demanda Emma.

— Il travaille au jardin. Ça semble être son endroit préféré, expliqua David.

— Alors, il est encore actif ?

Il sourit.

— Il faut que tu le rencontres. On a quelques minutes si tu veux faire un tour dans le jardin.

— Avec plaisir.

Ils se dirigèrent vers l'arrière de la maison et entrèrent dans le jardin. C'était une serre, attenante à la maison. Des fenêtres en verre recouvraient la structure. Une végétation luxuriante apparaissait au niveau des fenêtres inférieures. Ils aperçurent un homme âgé qui semblait être en forme.

David demanda en s'approchant de lui :

— Mr Saunders, comment allez-vous ?

— David, dit-il en souriant. Comment allez-vous aujourd'hui ? Est-ce une nouvelle aide ?

— Oui, c'est Emma Evans. Elle travaille avec nous cette semaine.

— Que faites-vous donc, ma chère ? demanda Mr Saunders d'un ton affable.

— Je nettoie et j'aide là où c'est nécessaire, répondit-elle.

— C'est bien, répondit-il avec un sourire.

— Grand-père ! s'écria Christopher.

Il arriva en courant et serra les genoux de son grand-père. Ce dernier caressa les cheveux de Christopher et inclina sa tête vers le haut en disant :

— Salut, Christopher. Ça avance, les devoirs ?

Christopher fronça les sourcils.

—Je déteste l'école.

— Mais tu vas essayer pour moi ? Mara fait de son mieux pour t'aider, fit-il doucement.

— Oui, je sais, répondit-il en traînant les pieds. Je peux travailler ici avec toi ?

— Que dis-tu de ça ? Encore une heure avec Mara et ensuite tu pourras venir m'aider à planter. Ça te va ? demanda-t-il.

— Oui, monsieur, répondit-il à contrecœur.

— Formidable. Maintenant, retourne voir Mara et termine ton travail scolaire.

Il sourit à son grand-père et regagna la maison en courant.

— Il est toujours à cent à l'heure. Il ne tient pas en place, commenta Walter.

Il croisa le regard attentif d'Emma. Elle décida de tester le vieil homme pour voir sa réaction.

— J'ai appris que votre fils était revenu après avoir été porté disparu. C'est merveilleux.

Son expression devint plus grave. Il regarda les plantes en répondant :

— En effet. Ne devriez-vous pas vous remettre au travail ?

David fit signe à Emma pour qu'ils partent. Elle hocha la tête et dit à Walter :

— Vous avez raison. Ce fut un plaisir de vous rencontrer.

—Hmm, murmura-t-il, et il retourna à son jardinage.

Emma et David rejoignirent Marco et Michael au salon. Ils finirent de nettoyer la pièce et restèrent entre eux.

Alors qu'ils remballaient à la fin de la journée, Emma remarqua un homme qui se tenait dans l'embrasure de la porte. Elle se dirigea vers lui, mais il tourna les talons et s'éloigna sans dire un mot.

Elle ne trouva pas étrange que James ait l'air si renfermé. Les hommes qui rentraient de la guerre revenaient parfois changés et étaient peu communicatifs. Il avait tant de raisons d'être reconnaissant d'être chez lui et de ne pas avoir perdu de membres. En ville, de nombreux hommes étaient rentrés sans bras ni jambes, certains étaient devenus dépendants de la morphine pour atténuer la douleur.

Elle passa mentalement en revue les notes sur les personnes qu'elle avait rencontrées ce jour-là :

- Mara : charmante, veut se rendre utile ; il y a quelque chose entre Marco et elle.
- Christopher : un enfant étonnant, un peu différent, mais aimable et amusant à côtoyer ; Walter l'adore.
- Abigail : la mère, discrète, mais qui semble gentille et qui gère la maison efficacement.
- James : le père, vétéran, en retrait ; pas sûre de lui pour le moment.
- Walter : le grand-père, un homme très heureux lorsqu'il s'occupe de son jardin et de ses petits-enfants ; malheureux lorsqu'on lui pose des questions sur son fils revenu au pays.
- Domestique : elle fait le ménage et aide en cuisine.

Elle continuait à prendre des notes dans le chariot sur le chemin du retour quand Marco dit quelque chose d'intéressant.

— Quelque chose d'étrange est arrivé.

— Quoi ? demanda Emma en le regardant.

Marco continua :

— J'ai appelé Mara encore et encore, et elle ne m'a pas répondu jusqu'à ce que je sois près d'elle.

Emma le consigna et continua à écrire. Elle leva les yeux quand ils ralentirent et réalisa qu'ils s'étaient arrêtés devant la pension de famille.

— Oh, vous n'aviez pas besoin de me ramener à la maison.

— C'est le moins que l'on pouvait faire. Tu as fait du bon travail aujourd'hui, commenta Michael.

— On se voit demain matin ? demanda Marco avec espoir.

— Bien sûr. On se retrouve à l'appartement demain matin, fit-elle tandis qu'il sautait à terre pour l'aider à descendre du chariot.

Elle était reconnaissante pour cette aide après cette longue journée. En leur faisant un signe d'adieu, elle se dirigea vers la pension de famille.

— Emma.

Elle entendit Dora l'appeler quand elle entra.

— Oui, je suis là, dit Emma distraitement, pensant qu'elle devait se rendre à la bibliothèque en ville pour vérifier s'il y avait des articles traitant du retour de James.

Cela aurait fait une bonne histoire. Elle tapotait ses lèvres tout en réfléchissant.

Dora quitta la salle à manger pour rejoindre le hall et demanda :

— Longue journée ?

— Pas trop. Et le travail était intéressant, répondit Emma.

— As-tu déniché une affaire ? demanda-t-elle, curieuse.

— Je n'en suis pas encore sûre, mais il y a là une histoire intéressante. Le garçon qui part à la guerre et revient une fois devenu un homme avec sa famille, expliqua Emma.

— Tu l'as vu ? demanda Dora.

— James ? demanda-t-elle en hochant la tête. Je l'ai juste aperçu. Les autres membres de la famille sont très gentils. Mais j'ai senti un certain froid avec le grand-père quand j'ai parlé du retour de James.

— Accompagne-moi à la cuisine, suggéra Dora.

Emma prit le coude de sa sœur et s'exécuta. Elle posa sa tête sur l'épaule de Dora pendant qu'elles marchaient, heureuse qu'elles puissent encore être proches même sans être d'accord.

Quand elles entrèrent, Amy était en train de remuer une soupe odorante. Emma commenta :

— Ça sent bon, Amy.

Elle hocha la tête, sourit et retourna à son mélange.

— Dora, je crois que je vais devoir aller à la bibliothèque après le dîner.

— Très bien, pourquoi ne pas demander à Thomas de t'accompagner ? Il aimerait probablement y aller avec toi, suggéra Dora.

— Au lieu de me suivre de loin, tu veux dire, dit-elle avec un sourire.

Dora hocha la tête et retourna à sa pâtisserie. Elle voulait confronter Emma à nouveau, mais lui avait promis qu'elle lui laisserait un peu de temps. Au lieu de cela, elle ajouta :

— Il est dans le bureau si tu veux le voir.

— Merci.

Emma s'empressa d'aller le trouver.

— Salut, Thomas.

Il leva les yeux de son livre et sourit, toujours heureux de la voir.

— Tu voudrais venir à la bibliothèque avec moi ? Tu pourrais t'asseoir avec moi dans le trolley, le taquina-t-elle.

— Avec plaisir. Maintenant ?

Il se redressa, prêt à partir.

— Non, on peut y aller après dîner, gloussa-t-elle. J'ai besoin de me laver.

— C'est vrai que tu es toute sale, dit-il en remarquant ses vêtements de travail.

— J'y vais.

Elle rit et monta à l'étage pour se laver et se changer.

Après avoir terminé ses ablutions, elle enfila sa jupe rouge fendue et son chemisier blanc. Sa queue de cheval lui faisait mal au crâne. Elle se brossa les cheveux, les laissa détachés et descendit pour aider à préparer le dîner. Dora était toujours mécontente qu'Emma ne lui réponde pas, mais elle n'était pas prête à avoir cette conversation. Elle voulait réserver son énergie à l'affaire en cours.

Une fois le dîner servi, tout le monde s'installa dans la salle à manger. Emma était affamée par ce travail physique. Miss May et miss Marjorie essayèrent de la faire parler, mais elle était distraite et ne disait pas grand-chose. Elle aida à débarrasser et demanda à Thomas :

— Prêt ?

— Oui, laisse-moi prendre mon chapeau et mon manteau, répondit Thomas.

Ils saluèrent Dora et Amy en sortant de la cuisine.

En parlant tranquillement, ils se dirigèrent vers le trolley et la bibliothèque.

— Je serai par là, dit-elle en se dirigeant vers la zone où étaient conservés les anciens journaux.

Elle chercha la date à laquelle elle savait que James était revenu avec sa famille. Elle trouva ce qu'elle cherchait ; l'article était plus court que prévu. Il précisait que James était rentré chez lui et n'était pas mort à la guerre. Ce qui était surprenant, c'était tout ce qui ne figurait pas dans l'article. Elle nota le nom du journaliste et prit la décision d'aller le voir tôt le lendemain.

Leur retour à la maison fut agréable. Thomas lui parla de son travail à la boulangerie et des personnes qu'il avait rencontrées ce jour-là. En rentrant chez elle, Emma rédigea une note disant à la famille de Tony qu'elle les retrouverait un peu plus tard le lendemain.

CHAPITRE 29

Le lendemain matin, Emma se rendit dans les bureaux du journal. Elle n'était pas sûre de vouloir retourner dans ce bâtiment, mais elle remarqua que le bureau du rédacteur en chef semblait être occupé.

— Je suppose qu'ils ont remplacé Daniel. Le monde continue à tourner.

Elle s'approcha du bureau de l'un des journalistes et lui demanda où se trouvait l'auteur de l'article qui l'intéressait.

Il grogna, sans lever les yeux de sa machine à écrire :

— Il est là-bas.

Il fit un signe de la main droite dans cette direction.

Elle s'approcha du bureau qu'il avait indiqué et vit que c'était un jeune homme. Elle lui demanda :

— Est-ce vous qui avez rédigé l'article sur le retour de James Saunders ?

— Oui, c'était moi. L'avez-vous apprécié ? demanda-t-il, espérant que cette jeune femme avait été conquise par sa plume.

Sans répondre, elle sortit son carnet et son crayon.

— C'est une interview ? demanda-t-il en souriant.

— En quelque sorte.

L'article était très bref pour une histoire personnelle. Un article de ce type ne devrait-il pas inclure des informations sur la famille, sur l'endroit où la personne avait vécu et sur la manière dont elle allait aller de l'avant ?

Il ne répondit rien. Au lieu de cela, il se redressa sur sa chaise, la faisant grincer bruyamment. Il enleva ses lunettes pour les nettoyer, ne répondant à aucune de ses questions.

Emma continua :

— Avez-vous interrogé la famille ?

— Oui, répondit-il enfin en la regardant.

— Mara, Christopher, Abigaïl, James et Walter ? demanda-t-elle en parcourant sa liste de personnes.

— Oui, chacun d'eux, sauf James. Il n'était pas encore rentré quand j'ai commencé l'interview.

Se souvenant de ce jour, il rit soudain :

— Ce Christopher est une vraie girouette.

Elle éclata de rire.

— Il n'a pas arrêté de vous parler, n'est-ce pas ?

— En effet.

Il redevint sérieux.

— J'ai bien interrogé tout le monde. Et Mara et Abigaïl ont été très aimables, mais ne m'ont pas appris grand-chose à part qu'elles étaient contentes.

— Et Walter ? demanda-t-elle avec curiosité.

— Il était également réservé, mais semblait très heureux d'avoir sa famille avec lui.

— Et Christopher ?

— J'ai eu un moment seul avec lui et il m'a dit des choses dont les autres n'ont pas parlé.

Emma attendit, certaine que cela répondrait à un certain

nombre de questions. Il marqua une pause et regarda autour de lui.

— Faisons une promenade rapide jusqu'au quai.

Elle hocha la tête et le suivit. L'endroit était désert à cette heure de la journée, ce qui leur offrirait un peu d'intimité.

Elle attendit qu'il reprenne la parole. Il recommença à parler de Christopher :

— Il m'a indiqué qu'ils n'étaient pas du tout originaires du sud et qu'ils avaient vécu non loin de Chicago. Il a aussi dit qu'il avait un nouveau nom et qu'il le préférait au précédent.

— Un nouveau nom et une nouvelle ville. Avez-vous découvert autre chose ? Ça n'a pas éveillé votre curiosité ? demanda-t-elle, sachant qu'à sa place, elle aurait fait des recherches plus approfondies sur la famille.

— Si, admit-il.

— Que s'est-il passé ? Quelque chose a dû se produire, car l'article ne reflétait aucune de ces informations, souligna-t-elle.

— James est rentré chez lui et a réalisé que j'avais passé du temps seul avec Christopher, dit-il simplement.

— Comment a-t-il réagi ? Était-il en colère ? demanda-t-elle.

— Je ne pense pas que la colère soit le bon mot. Il semblait plus effrayé ou paniqué.

Emma pensa : *Un grand nombre de soldats sont revenus de la guerre traumatisés par l'intensité des combats. Et la lutte contre l'impuissance, la panique et le manque de sommeil...*

— Que s'est-il passé ? demanda-t-elle, fascinée par son récit.

— Je lui ai expliqué en quoi consisterait mon article et il a demandé à voir ce que j'avais prévu de publier.

Il marqua une pause avant de dire :

— C'est là qu'il m'a proposé de l'argent pour raccourcir l'article.

— Est-ce qu'il a expliqué pourquoi ? s'enquit-elle.

— Il a juste affirmé qu'ils essayaient de former une nouvelle famille et qu'il ne voulait pas que des étrangers s'immiscent dans leurs affaires.

— Vous pensez qu'il disait la vérité ?

— Jusqu'à un certain point, admit-il, mais je me suis dit qu'il y avait autre chose à l'époque. Je le pense toujours.

— Mais vous avez accepté l'argent ? fit-elle remarquer.

— Oui. Je ne suis pas parfait et je savais que je pourrais en avoir besoin. C'était plus que je ne gagnais en six mois ici. Et je n'ai fait de mal à personne en publiant un article plus court.

— Hmm, fit-elle en notant ce qu'elle avait appris.

Christopher n'était pas son vrai nom ; ils venaient de Johnsonville.

— Est-ce que Christopher a mentionné ce que son père faisait à Johnsonville ?

— Oui, répondit-il en regardant ses notes. Il ne travaillait pas. Abigaïl subvenait aux besoins du foyer. Elle travaillait pour une famille influente, les Lewison.

— Merci pour ces informations.

Elle ferma son carnet.

— S'il vous plaît, ne mentionnez pas mon rôle dans cette affaire à qui que ce soit, la prévint-il à voix basse.

— C'est promis. Merci pour tout.

En s'éloignant du quai, elle récupéra son vélo sous les escaliers en pensant : *Le chef de la police. Je vais voir s'il peut confirmer certains faits pour moi.*

Elle se rendit au poste et monta les escaliers menant au bureau du chef.

— Emma, lança le secrétaire. Bienvenue.

Quel contraste avec la première fois où je suis venue ici, pensa-t-elle ironiquement. Elle demanda à voix haute :

— Le chef aurait-il un peu de temps à me consacrer ?

— Je pense qu'il trouvera le temps. Laisse-moi vérifier.

Il se leva, frappa à la porte et entra. Il ressortit un moment plus tard.

— Tu peux entrer, Emma. Le chef va te recevoir.

— Merci.

Elle passa devant son bureau et entra dans la pièce.

— Emma, lança le chef.

Il se leva et fit le tour du bureau pour la saluer. Il prit sa main dans la sienne et proposa :

— Assieds-toi, je t'en prie.

Ils s'assirent sur son canapé et elle sortit le carnet familier.

— Ahh, tu es là pour affaires, commenta-t-il, curieux.

— Oui, j'espère que ça ne vous dérange pas ?

Lorsqu'il lui fit signe de continuer, elle lui décrivit son affaire en cours.

— J'espérais que vous pourriez envoyer un télégramme au chef de la police locale et lui demander s'il connaît la famille. Abigaïl travaillait chez les Lewison à l'époque. Je ne suis pas sûre des noms qu'ils utilisaient, mais je peux vous donner leur description et vous dire à quelle période ils s'y trouvaient probablement.

— Je vais envoyer un télégramme, dit-il. Nous devrions avoir des nouvelles dans la journée ou demain matin.

Elle lui confia ses notes sur la famille, le remercia et descendit, bien décidée à se rendre au bureau de l'administration des anciens combattants. Le bâtiment était tout près. Elle traîna donc son vélo et s'y rendit à pied. Elle demanda au greffier les états de service de James Saunders. Les dossiers étaient accessibles depuis 1868.

— Puis-je également obtenir une liste des personnes de son régiment ? demanda-t-elle, pensant être sur une piste.

Elle nota les informations et rentra à la pension de famille. Quand elle arriva, le chef de la police lui avait envoyé une note accompagnée d'un télégramme. Il confirmait que la description correspondait à la famille de Doug Gregg. Sa femme s'appelait Martha Gregg quand elle travaillait chez les Lewison. Cela lui disait quelque chose. Elle sortit sa liste de membres du régiment. Doug Gregg y figurait. *Donc, Doug connaissait James.* En lisant le reste de la note, elle vit que la famille Gregg était partie en bons termes, sans devoir d'argent à personne.

Bon, maintenant j'ai cette information, mais quand devrais-je la communiquer ? Elle envoya un mot à Michael à son travail pour lui dire qu'elle serait là le lendemain.

Le lendemain matin, elle croisa Tony à mi-chemin de son appartement.

— Tu viens encore à ma rencontre ? le taquina-t-elle.

— Oui, tu nous as manqué hier, dit-il en se penchant pour l'embrasser.

— Toi aussi, mais j'ai fait des progrès dans l'affaire, expliqua-t-elle.

— Tu peux m'en dire plus ?

— Pas encore. Je voudrais continuer à observer la famille avant de dire quoi que ce soit, déclara-t-elle.

Il hocha la tête.

—Je comprends.

Retrouvant Michael et les garçons à l'appartement, elle leur expliqua qu'elle travaillait toujours sur l'affaire, mais qu'elle faisait des progrès. Michael dit :

— Allons-y. David, prépare le chariot.

Alors qu'ils descendaient, Emma demanda à Marco :

— Dans quelle pièce on travaille aujourd'hui ?

— On est passés à la salle à manger, répondit-il.

— C'est une grande pièce, commenta-t-elle.

— Oui, ça devrait prendre trois ou quatre jours pour refaire la tuyauterie et réparer les murs. Nous avons nettoyé la pièce précédente. Tu peux enlever les derniers débris et aider à la préparation des murs, proposa Michael.

— D'accord, répondit-elle en pensant que cela lui donnerait le temps d'évaluer les prochaines étapes.

Ils se dirigèrent vers la maison et frappèrent à la porte. Christopher les fit à nouveau entrer.

— Emma, tu es de retour !

— Eh oui. J'avais des choses à faire hier, répondit-elle.

Une fois de plus, Christopher accompagna Marco.

— Mara a fait quelque chose de spécial pour toi, chuchota Christopher à voix haute. Mais c'est un secret.

— Vraiment ? demanda Marco, heureux que Mara ait pensé à lui.

Le petit groupe continua de parler tout en se rendant dans la salle à manger.

Michael fit signe à David et Emma.

— Vous deux, finissez le salon. David, explique à Emma ce qu'elle doit faire.

David hocha la tête et répondit :

— Ça marche.

Emma et David entrèrent dans la pièce et commencèrent à ramasser les débris de la veille. Au bout d'un moment, il décréta :

— Je vais vérifier la texture du mur. On devrait pouvoir peindre.

Emma hocha la tête et continua à travailler sur les débris.

Elle retournait à l'intérieur quand elle remarqua que James était dans la cour, le visage tourné vers le soleil. Il semblait très fatigué. Cet homme l'intriguait. Il avait réussi à changer la vie de sa famille en prenant l'identité d'un autre, mais ne semblait pas être là pour nuire à qui que ce soit.

— Mr Saunders, puis-je vous aider en quoi que ce soit ? demanda Emma.

— Quoi ? fit-il, distrait. Non, non.

— C'est une belle journée, n'est-ce pas ? demanda-t-elle, essayant de faire connaissance.

— Oui, dit-il, le visage toujours tourné vers le soleil.

— Je vais rentrer, fit-elle en voyant qu'il ne disait rien d'autre.

— Oui, commenta-t-il doucement.

Elle retourna à l'intérieur. Tant d'hommes étaient revenus de la guerre en colère, brisés. Cet homme-là semblait plus distrait qu'en colère. Elle se demanda s'il avait été blessé à la tête ou si c'était juste sa façon de faire face.

Elle effectua plusieurs trajets, nettoyant la pièce pendant que David commençait à peindre. Quand elle eut fini d'enlever les débris, elle lui demanda :

— Je peux t'aider ?

— Bien sûr, prends un pinceau et commence par ce mur. Ne t'approche pas trop des fenêtres. Je m'occuperai des détails.

Elle acquiesça, prit un pinceau et le trempa dans la peinture. Ils terminèrent la pièce juste avant le déjeuner.

— Beau travail, Emma, fit David en regardant son œuvre. Tu pourras passer dans la salle à manger ensuite.

Il rit :

— Tu as de la peinture sur le visage.

Il s'approcha pour l'essuyer.

— Merci. C'était amusant.

— Tes épaules risquent d'être un peu douloureuses ce soir, l'avertit-il. Prends un bain chaud pour les détendre.

— Je le ferai, promit-elle en faisant rouler ses épaules.

Ils prirent leur gamelle et sortirent. Marco et Michael les attendaient pour déjeuner.

Abigaïl apporta de la limonade et Mara un plateau couvert de parts de gâteau prédécoupées. Emma en goûta une part.

— Hmm, c'est bon. Pourrais-je avoir la recette ?

— Avec plaisir, répondit joyeusement Mara.

— C'est un gâteau à la mélasse.

Mara jeta un coup d'œil et demanda timidement :

— Ça te plaît, Marco ?

— Oui. C'est merveilleux.

Elle rougit et bégaya :

— Bien, je vais y retourner.

— Tu ne veux pas rester un moment pour parler ? proposa Marco.

— Avec plaisir, fit-elle en s'asseyant à côté de lui, dos à la maison.

Ils profitèrent tous deux du gâteau et du soleil de l'après-midi.

Une fois de plus, Emma remarqua que James se promenait. Il semblait se diriger vers la serre.

— Mara ? demanda Emma en le regardant.

— Oui ? s'enquit-elle sans détourner le regard de Marco.

— Ton père ? Est-ce qu'il va bien ? demanda prudemment Emma.

Cela attira l'attention de Mara, et elle se concentra sur Emma.

— Tu veux parler de son étourderie ?

— Oui, répondit-elle.

— Quand il le veut, il peut se concentrer. C'est juste que je pense que les souvenirs de la guerre peuvent le submerger, expliqua-t-elle. Maman dit qu'il est très différent de l'époque de leur mariage.

— Est-ce qu'il travaille ? Est-ce qu'il a un intérêt pour quelque chose ? demanda Emma.

— Il n'a pas eu de travail depuis un moment, mais il aime la terre et travailler avec les plantes.

— Il doit tenir ça de son père. Il semble aussi aimer beaucoup le jardinage.

Elle détourna le regard.

— En effet. J'aimerais bien qu'ils travaillent ensemble, mais papa n'y va pas quand grand-père est là.

Emma remarqua son hésitation et la nota mentalement.

— À quoi d'autre s'intéresse-t-il ? demanda-t-elle.

— À nous, répondit la jeune fille. Il veut s'assurer qu'on est en sécurité.

Ça me semble normal, pensa Emma. Peut-être avait-il pris une nouvelle identité pour protéger sa famille. Leur assurer un nouveau nom et une nouvelle vie.

— Michael, quand est-ce qu'on aura fini de travailler sur cette maison ? demanda Emma.

— La salle à manger est la dernière pièce ; nous devrions avoir terminé d'ici la fin de la semaine.

— Très bien, dit Emma.

Elle ne voulait pas mettre en péril leur travail, mais prévoyait de communiquer ses informations à la famille prochainement.

CHAPITRE 30

La semaine passa rapidement. Les pièces finirent par être éclairées par les lampes à gaz. Ils testaient les lumières et faisaient une visite finale avec Walter quand Emma demanda à Michael :

— On dirait que le travail est terminé ?

— Oui, répondit-il distraitement.

— Mr Saunders, fit-elle lorsqu'ils eurent achevé leur inspection.

— Oui, Emma ? demanda Walter en détournant son attention des lampes pour la regarder.

— Pourrais-je vous parler, à vous et votre famille ? demanda-t-elle.

— Je ne comprends pas. Pour quoi faire ? s'enquit Walter, déconcerté par cette demande.

Michael et les garçons gardèrent le silence pendant qu'Emma parlait avec lui.

— Je voudrais vous communiquer certaines informations à vous tous, déclara-t-elle.

Curieux, il dit :

— Allons dans le salon. Je vais appeler la famille.

Il se tourna vers son petit-fils.

— Christopher, s'il te plaît, va chercher ton père.

— D'accord.

Il partit à sa recherche.

La famille se réunit dans la salle à manger. Michael et ses garçons s'éclipsèrent, sachant qu'Emma avait les choses en main.

— Emma, nous serons dehors si tu as besoin de nous, dit Michael alors qu'ils passaient la porte d'entrée.

Emma entra dans le salon et s'assit. Elle sortit son carnet et commença.

— Comme vous le savez, je m'appelle Emma. Mon nom complet est Emma Evans. Je travaille occasionnellement comme enquêtrice.

Elle marqua une pause devant le hoquet de stupeur d'Abigaïl. Emma essaya d'ignorer la réponse et continua :

— Quelqu'un que je connais m'a demandé de faire des recherches sur votre famille, expliqua-t-elle d'un ton formel.

Quand elle vit que Walter allait l'interrompre, elle s'empressa d'ajouter :

— Ce n'était pas malveillant. Cette personne s'inquiétait pour vous. Je vais continuer si cela vous convient.

Abigaïl, Mara et James avaient l'air très mal à l'aise. Elle pensa qu'il valait mieux en venir au fait et se tourna vers James.

— Je sais que vous n'êtes pas James, mais Doug Gregg, et que vous venez tous de Johnsonville.

Il y eut un silence assourdissant dans la pièce. Elle continua à s'adresser directement à James :

— Je crois aussi que vous avez pris cette identité pour pouvoir installer votre famille ici et la protéger.

James, alias Doug, avait l'air défait et les femmes effrayées, mais étrangement, Walter ne semblait pas surpris.

James regarda Walter et demanda :

— Vous le saviez ?

— Vous pensez que je ne sais pas à quoi ressemble mon fils ? Où avez-vous eu cette photo ? demanda Walter d'un ton neutre.

James/Doug avait fourni un petit portrait de la mère de James comme preuve de son identité.

James/Doug répondit :

— Vous ne me croirez probablement pas, mais je le connaissais. Nous étions dans le même régiment...

Emma l'interrompit en disant :

— Je peux le confirmer.

Elle pensa au nombre d'hommes que l'Illinois avait fournis à l'Armée de l'Union. Plus de 250 000 hommes s'étaient portés volontaires et plusieurs milliers étaient morts.

James/Doug la regarda et attendit un moment avant de poursuivre :

— J'étais là quand il est mort à la bataille du Potomac et il m'a demandé de vous rapporter la photo.

— Vous avez choisi une drôle de façon de le faire, commenta Walter, sa voix ne trahissant aucune émotion.

— Quand je suis arrivé ici avec ma famille, c'était si facile d'être simplement James au lieu de vous raconter comment il était mort, expliqua-t-il.

— Comment est-il mort ? demanda Walter d'une voix rauque.

James fit signe à sa femme de faire sortir les enfants. Emma resta ; ils avaient oublié sa présence.

— Tellement de personnes sont mortes là-bas. J'étais avec James et tout le monde mourait autour de nous. Nous marchions dans le sang et la cervelle de nos amis. Je ne peux toujours pas dormir avec tous ces cauchemars.

Il prit une profonde inspiration.

— James a pris une balle dans la poitrine. J'ai fait de mon mieux pour l'aider et je l'ai porté jusqu'à la tente du médecin. Il a parlé de vous et de votre femme tout le long. Puis il s'est tu et quand j'ai finalement demandé à un docteur de l'examiner, ils m'ont dit qu'il était mort. Je ne les ai pas crus, et je suis resté jusqu'à ce qu'ils me fassent rentrer dans mon régiment.

Walter laissa ses émotions prendre le dessus et se mit à pleurer. Il leva finalement les yeux et dit à James :

— Rappelez votre femme et votre fille.

Quand elles revinrent, James/Doug dit :

— Je vais repartir avec ma famille.

Abigaïl se tourna vers Walter.

— Je suis désolée si nous vous avons fait du mal.

Walter répondit :

— Vous n'irez nulle part.

Ils parurent choqués par sa déclaration et restèrent immobiles.

— J'aime vous avoir ici avec moi.

Il se retourna pour regarder Emma et dit :

— Emma, il était temps que ça sorte, alors merci. Mais je pense que cette information doit rester dans ma famille. Serait-il possible de garder ce secret pour moi, pour nous ?

— Bien sûr. Je suis très heureuse que vous vous soyez trouvés, déclara Emma.

— James, dit Walter, montrant qu'il continuerait à utiliser ce pseudonyme. Veux-tu venir dans le jardin avec moi ? J'aimerais te montrer ce sur quoi je travaille.

Il eut l'air surpris, mais heureux, et répondit :

— Avec plaisir.

Il le suivit dehors.

Abigaïl et Mara s'embrassaient et pleuraient. Abigaïl regarda Emma et dit :

— Nous sommes tellement soulagées. James… Doug ne pouvait pas travailler, et il voulait juste s'assurer que nous avions un endroit sûr où vivre.

— Je comprends. Je vous laisse, vous et votre famille, à votre intimité, dit-elle, et elle quitta la pièce.

Emma sortit de la maison et vit que Michael et les garçons l'avaient attendue. Elle leur raconta brièvement ce qui s'était passé.

— S'il vous plaît, restez discrets. Ces gens ont besoin les uns des autres, leur glissa-t-elle doucement.

— Nous serons discrets, dit Michael. Tout le monde est d'accord ?

Ils hochèrent la tête et il tourna les talons pour faire avancer le chariot.

Sur le chemin du retour, Emma pensa à la façon dont l'affaire s'était terminée. Il n'y avait pas eu de morts ou de lutte cette fois, mais un groupe de personnes qui avaient choisi d'être ensemble. Elle ne cessait de penser aux membres d'une famille qui s'éloignaient les uns des autres parce qu'ils avaient des secrets.

Dora, pensa-t-elle alors qu'ils arrivaient à la pension de famille. Elle sauta sans attendre d'aide et lança un rapide :

— Au revoir.

Elle gravit précipitamment les marches du perron et franchit la porte, prenant au dépourvu Dora qui relevait le courrier dans le hall.

— Qu'est-ce qui ne va pas ? Il s'est passé quelque chose ? demanda Dora, inquiète.

— Oui, confirma Emma. Tant de choses. On peut parler ?

— Oui, allons dans le bureau, dit Dora d'une voix inquiète.

Elle ferma les portes derrière elles et s'assit à côté de sa sœur.

Emma prit les mains de Dora, la regardant profondément dans les yeux.

— Je veux te dire que je suis désolée de ne pas avoir voulu parler de maman avec toi.

Dora n'avait pas réalisé que c'était à propos de leur mère. Elle prit une profonde inspiration et demanda :

— Pourquoi ce changement d'avis ?

Emma lui raconta l'affaire sur laquelle elle avait travaillé et comment elle s'était terminée.

— J'ai réalisé qu'en ne te parlant pas de maman, je dressais un mur entre nous. Ça n'a jamais été mon intention.

Elle poursuivit en décrivant l'affaire de leur mère. Elle lui expliqua en détail comment Daniel avait essayé de faire d'elle le même genre de personnes qu'eux et, que quand elle avait résisté, ils l'avaient tuée.

— Comment ? demanda Dora d'une voix tremblante en essuyant ses yeux.

— Ils sont arrivés à la boulangerie cette nuit-là. Ils ont dit qu'ils étaient là pour lui parler une dernière fois, mais ils ont décidé qu'elle représentait un poids pour eux. Daniel l'a frappée avec un rouleau à pâtisserie, puis l'a allongée sous une poutre qui était tombée.

Dora connaissait la suite. Elle se sentit plus apaisée en apprenant ce qui s'était passé.

— Emma, tu essaies de me protéger des dures réalités de la vie. Je suis plus forte que ça, dit-elle doucement.

— Je le sais, fit Emma d'un ton grave, mais j'ai encore une chose à te dire.

Dora s'essuyait les yeux et demanda :

— Oh, que pourrait-il y avoir d'autre ?

— Quand j'ai découvert que Daniel avait tué maman, j'ai décidé que je le tuerais, dit-elle, sans rompre le contact visuel.

— Mais tu l'as tué pour protéger Thomas, répondit sa sœur, se sentant un peu perdue.

— Oui, mais j'aurais lancé ce couteau dans tous les cas. Je savais comment ça allait se terminer, dit-elle simplement.

— Oh, fit Dora, ne sachant pas trop quoi dire.

— Dora, je ne te l'ai pas dit parce que je ne voulais pas que tu penses que j'étais un monstre, expliqua-t-elle, baissant les yeux pour la première fois.

Dora l'attrapa immédiatement par l'épaule et la secoua légèrement.

— Non, je sais qui sont les monstres. Tu en as tué un. Tu ne dois jamais te voir de cette façon. Tu m'entends ?

— Oui, fit Emma, des larmes dans la voix.

— Je t'aime et je t'aimerai toujours, quoi qu'il arrive, déclara Dora.

— J'ai peur que tu sois plus émotive que moi, souffla Emma.

— Je ne pense pas. Je montre davantage ce que je ressens, c'est tout. Tu as souffert, tu as gardé ça pour toi et tu n'as pas pu en parler, répondit Dora.

Emma acquiesça.

— On essaiera de faire mieux la prochaine fois, dit Dora.

— Oui, fit Emma en posant sa tête sur l'épaule de sa sœur. C'est décidé.

Notebook Mysteries

Decisions
and
possibilities

KIMBERLY MULLINS

About the Author

À propos de l'autrice

Kimberly Mullins est l'autrice de la série *Les carnets mystérieux*. Ses livres sont basés sur des événements historiques survenus dans le Chicago des années 1880-1890. Elle est titulaire d'une licence en biologie et d'une maîtrise en commerce. Ses cours préférés étaient ceux d'histoire. Elle vit au Texas avec son mari et son fils. Lorsqu'elle n'écrit pas, elle travaille comme ingénieure en sécurité des procédés dans une grande entreprise chimique. Vous pouvez la retrouver sur son site Web kimberlymullinsauthor.com, sur Twitter, Facebook et Instagram.

www.kimberlymullinsauthor.com.

twitter.com/kremullins_kim

tiktok.com/@krmullins14